# QUEM FOI DAVID WEISER?

Paweł Huelle

# QUEM FOI DAVID WEISER?

Tradução de TOMASZ BARCINSKI

EDITORA RECORD
RIO DE JANEIRO • SÃO PAULO
2012

CIP-BRASIL. CATALOGAÇÃO-NA-FONTE
SINDICATO NACIONAL DOS EDITORES DE LIVROS, RJ

H881q Huelle, Pawel, 1957-
Quem foi David Weiser? / Pawel Huelle; tradução de Tomasz Barcinski. – Rio de Janeiro: Record, 2012.

Tradução de: Weiser Dawidek
ISBN 978-85-01-09550-3

1. Ficção polonesa. I. Barcinski, Tomasz. II. Título.

11-7024 CDD: 891.853
CDU: 821.162.1-3

Título original em inglês:
WEISER DAWIDEK



Essa tradução foi publicada mediante acordo com Spoleczny Instytut Wydawniczy ZNAK, Cracóvia (Polônia).

Texto revisado segundo o novo Acordo Ortográfico da Língua Portuguesa.



Impresso no Brasil

ISBN 978-85-01-09550-3

A Juliusz

Afinal, como foi que tudo aconteceu para nós três nos encontrarmos no gabinete do diretor da escola, com os ouvidos repletos de palavras do tipo: "protocolo", "interrogatório", "declaração juramentada"? Como foi possível que assim, sem mais nem menos, deixamos de ser simples crianças e alunos normais e passamos a ser considerados réus? Até hoje não sei qual foi o mistério que fez com que nos tornássemos adultos repentinamente. Talvez tenha havido alguns preparativos anteriores, mas nunca soubemos de algo do tipo. A única coisa que senti naquela ocasião foi uma dor na perna esquerda, pois nos fora ordenado permanecer de pé por muito tempo, tendo que suportar sempre as mesmas perguntas, os mesmos sorrisos maldosos e as mesmas ameaças, tudo misturado com doces pedidos de "esclarecermos tudo mais uma vez, tim-tim por tim-tim, sem inventar nada".

O homem de uniforme secava o suor da testa e nos mirava com um olhar de animal exausto, ameaçando-nos com o dedo e murmurando impropérios incompreensíveis.

O diretor, com o colarinho da camisa aberto e a gravata afrouxada, tamborilava com os dedos sobre a superfície negra da escrivaninha, enquanto M-ski, nosso professor de ciências, entrava na sala a toda hora para indagar como estava progredindo o interrogatório. Víamos como os raios do sol de setembro forçavam passagem através das cortinas cerradas e iluminavam o empoeirado tapete cor de vinho, e sentíamos pena pelo verão que se acabara.

Enquanto isso, eles continuavam a fazer as mesmas perguntas sem parar, não conseguindo compreender as coisas mais simples do mundo, exatamente como se eles — e não nós — fossem crianças.

— Vocês estão prestando falso testemunho, o que é um crime de acordo com o código penal! — gritava o homem de uniforme, enquanto o diretor o apoiava com meneios de cabeça, levando a mão ao nó da gravata a todo momento.

— Ah, que trapalhada vocês arrumaram, meninos, que trapalhada — repetia, afrouxando ainda mais o grande nó triangular que, de longe, parecia um jabô jacobino.

Apenas M-ski mantinha uma calma controlada, como se tivesse certeza de algo. Ficou sussurrando alguma coisa no ouvido do homem de uniforme, após o quê ambos olharam para a nossa trinca com um interesse ainda maior, o que normalmente prenunciava uma nova série de perguntas.

— Cada um de vocês conta uma história diferente! — gritou o diretor. — E nenhuma delas combina com a outra. Como é possível que vocês não consigam chegar a uma versão que seja comum a todos?

— O assunto é sério demais para brincadeiras — acrescentou o de uniforme. — As brincadeiras terminaram ontem; hoje, vocês vão ter que revelar a verdade nua e crua!

Não tínhamos a mínima ideia de como era a verdade nua e crua, mas nenhum de nós mentia; dizíamos apenas aquilo que eles queriam ouvir, e quando M-ski perguntava sobre granadas não explodidas, nós admitíamos que sim, que se tratava de granadas não explodidas — e quando o homem de uniforme acrescentava um armazém de munição enferrujada, nenhum de nós negava que este certamente devia ter existido de fato e que era bem provável que ainda existisse, só que ninguém sabia onde, o que levava o de uniforme a ficar todo vermelho de raiva e a acender um novo cigarro. Havia naquilo uma inconsciente forma de defesa que fazia com que eles se desfizessem como uma bolha de sabão. Por exemplo, se nos tivessem perguntado se tínhamos testemunhado as explosões de Weiser, cada um de nós se apressaria em dizer que sim, mas que não saberíamos afirmar a que horas, sendo que um de nós iria acrescentar que, na verdade, Weiser costumava fazer aquilo sozinho, apenas ocasionalmente convidando Elka para assistir. Sentíamos claramente que não havia respostas corretas às perguntas que eles nos faziam, e, mesmo se houvesse, aquilo que ocorrera naquela tarde de agosto permaneceria para sempre como algo inexplicável para eles — assim como uma equação do segundo grau será eternamente incompreensível para nós.

Estávamos parados diante da mesa do diretor — eu no centro e Szymek e Piotr cada um de um lado meu. Aqueles dois podiam se salvar lançando olhares para a esquerda ou a direita, enquanto eu permanecia sozinho com o olhar do diretor e o símbolo nacional — uma águia branca contra um fundo vermelho — pendurado na parede logo acima da sua cabeça. De vez em quando eu tinha a impressão de que a águia mexia a asa esquerda, querendo sair voando para o pátio, e aguardava o barulho de vidraça quebrada e o rufar das asas da ave voando para a liberdade, mas nada disso ocorria. No lugar do esperado voo, desabavam sobre nós cada vez mais perguntas, mais ameaças e mais pedidos, enquanto permanecíamos imóveis, totalmente inocentes e apavorados com a ideia de como aquilo iria acabar, pois tudo sempre tem que ter um fim, assim como o verão, cujos últimos sons chegavam aos nossos ouvidos através de uma fresta na janela do gabinete do diretor.

— É impossível alguém desaparecer simplesmente, sem deixar nenhum vestígio — gritava o de uniforme. — Isso é totalmente impossível, e você, Korolewski — neste ponto, virou-se para Szymek —, nos diz que naquele dia Weiser e aquela colega de vocês — o de uniforme não conseguia se lembrar do nome de Elka — saíram juntos de casa de manhãzinha e que você nunca mais os viu, enquanto vocês três foram vistos juntos caminhando pela linha do trem ainda na parte da tarde.

— Quem nos viu? — perguntou timidamente Szymek, mexendo nervosamente os pés.

— Você está aqui para responder, e não perguntar! — Os olhos do homem de uniforme brilharam ameaçadoramente. — Isso ainda vai acabar muito mal para vocês todos!

Szymek engoliu em seco e suas orelhas de abano ficaram vermelhas.

— Aquilo, quando nos viram, aconteceu dois dias antes — respondeu.

O diretor revirou algumas folhas de papel nas quais estava registrado o nosso depoimento.

— Mentira! Você está mentindo descaradamente mais uma vez! — gritou para Szymek. — Os seus colegas afirmaram categoricamente que vocês três estavam caminhando pela estrada de ferro que leva a Bretów, ou será — neste ponto virou-se para nós — que não foram estas as palavras de vocês?

Piotr assentiu.

— Sim, senhor diretor. Mas nós nunca afirmamos que aquilo foi no último dia. Na verdade, aquilo foi dois dias antes.

O diretor afrouxou ainda mais a gravata, que, a essa altura, não parecia mais uma gravata, mas um xale estreito e colorido. O de uniforme lançou um olhar sobre os depoimentos e fez uma careta de desagrado, mas conteve-se para não gritar, passando a fazer novas perguntas, aparentemente fora de contexto. É bem possível que ele quisesse saber onde Weiser pegava o material explosivo para suas demonstrações pirotécnicas, ou talvez perguntasse sobre algo totalmente secundário: como era o vestido de Elka quando a vimos pela última vez, ou então se Weiser, antes de sumir, não tinha feito alguma observação do tipo "de que iria fazer algo extraordinário, algo que mostraria a todos do que era capaz". Tudo girava em torno de Weiser e Elka, mas nós tínhamos certeza de que eles jamais chegariam à verdade, pois a pista que resolveram seguir era falsa desde o princípio.

Já não me lembro quanto tempo depois M-ski sugeriu uma nova forma de conduzir a investigação. Enquanto isso, tive a sensação de que Weiser e Elka — de algum meio só conhecido por eles — deviam estar nos vendo depor no gabinete do diretor, diante de um ameaçador homem uniformizado. E, na certa, Weiser estaria assentindo em aprovação ao ouvir como nós três estávamos dando tanto trabalho aos investigadores, enquanto Elka soltava uma alegre gargalhada, mostrando seus dentes de esquilo tão brancos. Piotr e Szymek devem ter pensado o mesmo, já que não esboçaram qualquer reação quando M-ski nos mandou sair do gabinete e ir para a secretaria, onde deveríamos aguardar a convocação para interrogatórios individuais. Agora, eles iriam nos fazer perguntas separadamente — era esta a nova ideia deles, com a qual esperavam um sucesso maior do que o obtido até então.

Uma vez na secretaria, finalmente nos foi permitido sentar. Além disso, ficar livre dos olhares de M-ski e dos gritos daquele homem de uniforme foi algo fantástico e inesperado; um visível sinal da Providência Divina de que o pior já passara. O triunvirato no gabinete resolvera nos dar um pouco de tempo para que pudéssemos avaliar a gravidade da nossa situação e chegar às devidas conclusões, mas nós nem precisávamos conferenciar para definir o que diríamos a seguir. Sabíamos de antemão que cada um de nós falaria o que sentia, e era isso que nos dava as maiores chances de suportar aquele abuso de poder.

O primeiro a enfrentar a linha de fogo foi Szymek, entrando submisso no gabinete e deixando-me a sós com Piotr, mas por pouco tempo. Logo apareceu o zelador da escola para ficar de olho em nós. A partir daquele momento, ficamos num silêncio preenchido apenas pelo tique-taque do relógio de parede e interrompido pelas badaladas indicativas das horas.

Afinal, como foi que viemos a travar conhecimento com Weiser? Já o havíamos visto antes por diversas vezes; ele estudava na mesma escola que nós, corria pelo mesmo pátio e comprava suco de laranja na mesma loja — a de Cyrson —, em garrafas com aquelas tampas de porcelana e borracha presas por molas de arame. No entanto, ele jamais participou das nossas brincadeiras, ficando sempre à parte e demonstrando visivelmente seu desinteresse em se juntar ao nosso grupo. Quando jogávamos futebol no gramado perto das antigas casernas prussianas, ele se contentava em ser apenas um espectador calado; e quando o encontramos na praia, em Jetlików, ele disse que não sabia nadar, desaparecendo rapidamente no meio dos banhistas como se estivesse com vergonha. Esses encontros foram breves e indefinidos, o que correspondia à sua aparência. De estatura mediana, Weiser era muito magro e levemente curvado. Além disso, seu rosto tinha uma tonalidade doentia e sua única característica digna de atenção eram os olhos — grandes, arregalados e negros como carvão. Provavelmente, era por causa daqueles olhos que ele aparentava estar sempre assustado, como se vivesse à espera de uma péssima notícia. Morava com o avô, no número 11, e na porta de sua casa havia uma placa amarela com os seguintes dizeres: "A. Weiser. Alfaiate". E isso era tudo que sabíamos sobre ele antes do último verão, prenunciado pelo canto das cigarras e pelos quentes ventos provenientes do sul. Portanto, como foi mesmo que viemos a travar conhecimento com Weiser?

Se cada coisa tem que ter um começo, nesse caso deve ter sido o dia de Corpus Christi, que, naquele ano, caiu excepcionalmente tarde — no mês de junho. Envoltos pelo calor e pela poeira, andávamos numa procissão, separados do padre Dudak por um grupo de coroinhas e terceiranistas recém-comungados, cantando com todos: "Salve Jesus, Filho de Maria, Tu és Deus Verdadeiro na Hóstia Sagraaaada" e olhando com fé e dedicação para os movimentos do incensório. Pois o incensório era o mais importante — nem a hóstia, nem as imagens santas da Mãe de Deus e de Deus que se fez homem, nem as figuras de madeira carregadas em andores pelos membros das mais diversas congregações, nem os estandartes e fitas seguras por mãos com luvas brancas, e sim, precisamente, o incensório; o incensório com seus movimentos para a esquerda, para a direita, para cima, para baixo e soltando nuvens de fumaça; o incensório de metal dourado e pendendo de uma grossa corrente da mesma cor, e o cheiro de incenso que incomodava as narinas, mas que ao mesmo tempo era suave e apaziguador. Naquele ar parado, as tais nuvens permaneciam por bastante tempo sem mudar de forma, e nós apressávamos nossos passos e pisávamos nos calcanhares dos que caminhavam à nossa frente somente para pegá-las antes que se dissipassem.

E foi então que vimos Weiser pela primeira vez no papel que lhe era característico: o papel que ele mesmo escolhera para si e que depois impôs a todos nós — algo que, àquela altura, obviamente não poderíamos saber. Ao chegar ao altar erguido a cada ano perto de nossa casa, o padre Dudak agitou o incensório, soltando uma impressionante nuvem que aguardávamos com ansiedade; e quando a acinzentada fumaça se dissipou, vimos Weiser parado numa elevação do terreno à esquerda do altar e olhando para tudo aquilo com visível altivez. Era a altivez de um general passando suas tropas em revista. Sim, Weiser estava parado naquela colina e olhava, como se todos os cantos, estandartes, imagens sacras, congregações e fitas tivessem sido preparados especificamente para ele, como se não houvesse qualquer outro motivo para as pessoas andarem pelas ruas do nosso bairro com hinos de louvor nos lábios. Hoje já sei, sem a menor sombra de dúvida, que Weiser devia ter sido assim desde o começo e que ele saiu do seu esconderijo e nos mostrou pela primeira vez sua verdadeira face naquele momento em que a nuvem do incensório se dissipou. Aliás, aquilo não durou muito tempo. Quando desapareceram os últimos vestígios do cheiro de incenso, quando cessou o canto entoado pela voz aguda do padre Dudak e a multidão avançou na direção da igreja, Weiser já sumira da colina e não se juntara a nós. Pois que tipo de general iria se misturar às tropas que acabara de revistar?

Os dias que faltavam para acabar o ano letivo passaram a ser contados nos dedos. O mês de junho desvairou no calor e todas as manhãs éramos despertados pelo canto das aves anunciando a supremacia do verão. Weiser voltou a ser o tímido Weiser de outrora que observava de longe nossas brincadeiras cheias de gritos e risos. Mas algo mudara; agora sentíamos em seu olhar um certo distanciamento, uma presença que era intensa, penetrante e capaz de captar qualquer transgressão nossa. É bem possível que nós, inconscientemente, não conseguíssemos suportar aquele olhar; o fato é que, no dia da entrega dos certificados de conclusão do curso de religião, voltamos a vê-lo da mesma forma como o vimos no dia de Corpus Christi ou, melhor dizendo, numa situação semelhante àquela. A casa paroquial, assim como todo o nosso bairro, ficava nas cercanias de uma floresta, e quando o padre Dudak terminou as orações e o sermão entregando santinhos aos mais devotos e todos nós recebemos os certificados impressos lindamente em cartolina grossa, começou uma correria desenfreada na direção daquela floresta a fim de aproveitarmos o verdadeiro primeiro dia das férias, já que as aulas haviam terminado no dia anterior e tínhamos diante de nós dois meses de maravilhosa liberdade. Corríamos feito loucos, gritando e empurrando-nos mutuamente com os cotovelos. Nada — pelo menos assim parecia — poderia diminuir aquela animação. Nada, exceto o gélido olhar de Weiser. Lá estava ele, recostado num pinheiro, como se esperando especificamente por nós... Apenas há poucos minutos, ou sempre?... Isso não sabíamos então, nem teríamos como saber mais tarde, no gabinete do diretor e na secretaria a ele anexa, onde aguardávamos novos interrogatórios; e nem mesmo agora, enquanto escrevo estas palavras, quando Szymek mudou-se para outra cidade, Piotr foi morto na rua em 1970,* e Elka emigrou para a Alemanha. Porque Weiser poderia estar nos aguardando desde o princípio, e isso é provavelmente a parte mais importante desta história que escrevo sem quaisquer floreios.

E assim, lá estava ele olhando para nós — apenas isso, aparentemente apenas isso. No entanto, ele deteve o avanço do vagalhão de corpos suados e gargantas bradantes, fazendo com que recuasse por um momento... Por aquele breve momento no qual a selvagem força da natureza recua para voltar a avançar com vigor redobrado. "Davizinho Weiser não participa das aulas de religião" soou de algum ponto atrás, e este mote, embora levemente modificado, foi logo adotado pelos que estavam mais à frente: "Davizinho Weiser é um judeuzinho!" E foi somente naquele momento, quando isso foi dito, que sentimos uma antipatia por ele, uma antipatia que foi se transformando em ódio por ele nunca estar conosco, por nunca ter feito parte do nosso grupo; por seus olhos levemente esbugalhados claramente demonstrarem que éramos nós que nos diferenciávamos dele — e não ele de nós.

---

*Em dezembro de 1970, os operários do Estaleiro Lênin, em Gdansk (futuro berço do movimento Solidariedade), promoveram uma greve que se transformou numa gigantesca manifestação contra o regime. A polícia disparou contra a multidão, matando 45 e ferindo 1.200 manifestantes. (*N. do T.*)

Szymek deu um passo à frente e enfrentou-o diretamente:

— Weiser, por que você não participa conosco das aulas de religião?

A pergunta ficou suspensa no ar, demandando uma resposta imediata.

Ele permaneceu calado, apenas sorrindo levemente — um sorriso irônico, pareceu-nos então. Aí, alguém lá de trás sugeriu que lhe "déssemos umas amassadas" — o que consistia em deitar o delinquente na grama e apertar suas costas com os joelhos e cotovelos —, e já víamos suas costas brancas desnudas e sua camisa voando de mão em mão, quando Elka pulou no meio dos agressores e gritou, distribuindo pontapés a torto e a direito:

— Deixem ele em paz, deixem ele em paz!

Quando aquilo não surtiu qualquer efeito, ela se atracou com um dos atormentadores e arranhou seu rosto, deixando nele longos sulcos vermelhos. Deixamos Weiser em paz, alguém chegou a lhe entregar a camisa amarrotada, e ele, sem dizer uma palavra, vestiu-a como se nada tivesse ocorrido. Foi somente momentos depois que nos demos conta de que não fora ele, mas nós que acabamos sendo humilhados; ele continuou inalterado, o Weiser de sempre, que podia olhar para nós como olhara no dia de Corpus Christi — de forma calma, fria, sem emoção e distante. Não é fácil suportar uma coisa dessas, de modo que, assim que ele se afastou, andando ao longo da cerca da igreja, Szymek arremessou a primeira pedra, gritando: "Davizinho Weiser é um judeuzinho!", no que foi seguido pelos demais, gritando o mesmo e atirando pedras. Mas ele não se virou e nem chegou a apressar o passo, preservando assim seu orgulho e nos deixando com a vergonha. Elka foi correndo atrás dele, de modo que paramos de atirar pedras.

Aquele foi o primeiro contato mais próximo com Weiser — suas costas brancas como as de um cadáver, sua amarrotada camisa xadrez e, como já mencionei, seu insuportável olhar, que havíamos sentido pela primeira vez no dia de Corpus Christi, quando se dissipou a perfumada nuvem liberada do incensório dourado do padre Dudak.

Teria sido aquilo uma simples coincidência? Teria Weiser aparecido por sua livre e espontânea vontade diante da casa paroquial, assim como aparecera naquela elevação ao lado do altar no dia de Corpus Christi? Se não foi, que força o impeliu a fazer aquilo? Por que ele decidiu se mostrar especificamente daquela forma? Estas perguntas não me deixaram dormir por muito tempo, bem depois da investigação e ainda anos mais tarde, quando já me tornara adulto. E é exatamente por falta de uma resposta a elas que traço estas linhas, sem ter certeza de coisa alguma. As cartas que envio anualmente para Mannheim — na esperança de esclarecer ainda algumas outras questões ligadas àqueles acontecimentos e a Weiser — jamais são respondidas. No início achei que Elka, tendo assumido a cidadania alemã, não quisesse receber nenhuma informação daqui; não despertar quaisquer recordações que a pudessem tirar do seu novo equilíbrio alemão. Mas não penso mais assim ou, pelo menos, não estou mais tão certo disso. Entre ela e Weiser aconteceu algo que nós nunca conseguimos assimilar, algo que os ligava de uma forma estranha e que não podia ser descrito pela linguagem infantil da fascinação pelo sexo ou por termos semelhantes que os psicólogos da época gostavam de usar. Seu teimoso silêncio era algo mais do que um simples desinteresse pelo país de sua infância.

Naquele dia, quando a camisa de Weiser voava de mão em mão, fomos no bonde número quatro para a praia, em Jetlików. Apesar de ser ainda o início da tarde, o bonde estava cheio e os ardentes raios do sol faziam com que emanasse dele o típico cheiro de verniz abrasado. Nem passou pelas nossas cabeças lembrar de Weiser e da cena ocorrida antes do meio-dia. Assim que o bonde parou junto da cruz de madeira, saltamos rapidamente e corremos agitando as toalhas, sem nos preocuparmos com as redes estendidas entre as casas dos pescadores nem com as pirâmides de cestos cheirando a piche e a óleo de fígado de bacalhau. Era só então que começavam as férias de verdade, com mergulhos para apanhar punhados de areia, disputas de natação até a boia vermelha e corridas até o píer de Sopot, onde os mais valentes se exibiam dando saltos mortais. Jetlików não poderia existir sem nós, assim como a cidade não poderia ter existido sem a praia e a baía. Eram vasos comunicantes, e embora hoje tudo esteja diferente, a lembrança daquilo permanece indestrutível.

À frente do nosso alegre bando corria Piotr, querendo fazer uma demonstração do seu "número praiano", o qual consistia em tirar a camisa e a bermuda enquanto corria e, sem parar, atirar-se na água, formando ondas de espuma esbranquiçada. Seus pés descalços já corriam sobre a areia quando ele parou repentinamente à beira d'água — e gritou como se alguém tivesse enfiado um objeto pontudo na sua perna:

— Enchovas! Venham ver! Milhares delas!

O que vimos ultrapassava a compreensão da potencialidade criminosa da natureza. Milhares de enchovas boiando com a barriga para cima moviam-se acompanhando a preguiçosa oscilação das ondas, formando uma larga faixa de cadáveres. Bastava enfiar a mão na água para que escamas se grudassem na pele, formando uma reluzente armadura. Mas a sensação provocada por aquilo estava longe de ser agradável. Em vez de um banho, tínhamos uma sopa de peixes na qual dava vontade de cuspir de tanto asco. Só que aquilo — como se revelou mais tarde — era apenas o começo. Nos dias seguintes a sopa foi ficando cada vez mais espessa, transformando-se numa papa pegajosa e fedorenta. Sob o abrasador sol de junho, os corpos foram apodrecendo, as barrigas dos peixes ficaram inchadas a ponto de quase explodirem e o fedor da decomposição chegava até a cruz de madeira onde parava o bonde. As praias se esvaziaram rapidamente; o número de enchovas mortas parecia crescer a cada dia e o nosso desespero não tinha fim. Jetlików não desejava nossa presença. Sobre a superfície da água, que mudava de cor de hora, em hora, passando de verde-claro para marrom-escuro, surgiram nuvens de moscas de dimensões até então jamais vistas que se alimentavam dos peixes apodrecidos e depositavam neles seus ovos. Apesar do calor inclemente, o mar revelou-se inacessível. Tudo em vão — o tempo maravilhoso, o calor e o céu azul-celeste parecendo zombar de nós. Finalmente, as autoridades decidiram fechar todas as praias, desde Srogi até Gdynia, o que não passava de uma confirmação formal do verdadeiro estado das coisas.

Nada de pior poderia ter nos acontecido, mas quando pensei nisso enquanto aguardava, na secretaria da escola, minha vez de ser interrogado e dava tratos à bola do que iria dizer a M-ski desta vez, já estava suspeitando de que aquilo não havia sido uma simples obra do acaso. E mesmo que tivesse sido, não fora à toa. Não fosse aquela sopa de peixes, jamais teria passado pela nossa cabeça a ideia de espionar Weiser, jamais teríamos ido atrás dele através do desativado estande de tiro, e ele, por sua vez, jamais teria nos admitido em sua vida. Mas estou me antecipando; esta história, assim como qualquer história digna do nome, deve ser contada de forma ordenada.

A porta do gabinete foi entreaberta e pude ver Szymek sendo empurrado para fora pela mão de M-ski. Antes de soar o sobrenome de Piotr e mesmo antes de o zelador se levantar para acompanhá-lo, vi a enorme orelha de Szymek inchada e retorcida de forma anormal. Senti uma câimbra no estômago e na região próxima do coração, mas não pude perguntar nada, pois M-ski apareceu na porta e, empurrando Piotr para dentro do gabinete, ordenou ao zelador que não nos permitisse trocar qualquer palavra. Szymek sentou-se numa cadeira dobrável, abaixou a cabeça e não ergueu os olhos dos joelhos. Por um instante fiquei me indagando se eu também iria receber puxões de orelha, mas logo parei, dando-me conta de que o arsenal dos métodos interrogatórios de M-ski era ilimitado.

Sim, a participação de M-ski em toda esta história não foi devidamente esclarecida até hoje, e se não o foi até agora, como é que eu, naquela hora, aguardando minha vez de ser chamado, poderia saber quem de fato fora ou não fora M-ski? Naquela época eu o temia demais, enquanto os acontecimentos subsequentes fizeram com que eu deixasse de pensar nele. Mas quando a porta forrada de couro capitonê cerrou-se silenciosamente atrás de Piotr, eu me lembrei de um acontecimento muito importante.

No dia 1º de maio de cada ano, os alunos da nossa escola, assim como os das demais, marchavam ordenadamente com bermudas escuras e camisas brancas. M-ski marchava sempre à frente — carregando um cartaz e sorrindo para as autoridades presentes na tribuna de honra — com sua voz estridente e estimulava-nos a cantar: "Em frente, juventude do mundo, façamos ouvir nossa voz fraternaaaal!" E nós marchávamos direitinho, sorrindo e cantando como todos à nossa volta, sabendo muito bem que aqueles que não comparecessem àquela festa de alegria, juventude e entusiasmo geral receberiam no dia seguinte ou dois dias mais tarde a visita de M-ski em suas casas, indagando aos seus pais o que acontecera, se o aluno estava gravemente enfermo e em que ele poderia ser útil para que no 1º de maio do ano seguinte estivesse totalmente sadio. No ano anterior, apenas um único aluno da nossa escola faltara à cerimônia de 1º de maio. Fora precisamente Weiser, e, o que foi mais surpreendente, M-ski nunca visitou sua casa para indagar ao avô o motivo pelo qual seu neto não marchara conosco. Naquela ocasião, não demos muita atenção a esse fato, mas agora, quando se aproximava o momento do meu interrogatório, isso me pareceu muito importante.

Que tipo de conexão poderia haver entre M-ski e Weiser? Até hoje estou convencido de que nenhuma. Mas por que, então, M-ski não fora visitar sua casa? Será que não gostava de alfaiates? Ou teria esquecido? Não, ele certamente não se esquecera; na qualidade de professor de ciências e de homem altamente metódico, ele era um tipo pedante que anotava tudo no seu caderninho, do qual jamais se separava. E se M-ski soubesse algo relacionado a Weiser que não sabíamos e que jamais viríamos a saber? Se fosse esse o caso, por que aquele esquisito professor de ciências não conseguia atinar como desaparecera nosso colega?

Ah, sim. M-ski era um tipo realmente esquisito — daqueles que hoje só se encontram em livros, e mesmo assim não em qualquer um. Assim como nós, ele não viajava nas férias de verão, e nós o víamos frequentemente nos prados perto da Floresta de Bretów ou às margens do riacho no Vale da Alegria, com uma rede e uma enciclopédia sobre insetos nas mãos e correndo atrás de borboletas. E quando ele não caçava seres volantes, andava encurvado e com os olhos fixos no chão, parando a todo momento, pegando uma plantinha qualquer e murmurando para si mesmo: "*Menyantes trifoliata*" ou "*Viola tricolor*", após o quê enfiava a plantinha numa pasta de cartolina verde que carregava consigo em vez da rede cheia de remendos. M-ski estava escrevendo uma obra sobre a fauna e a flora das florestas que se estendiam ao longo das fronteiras meridionais da cidade até Gdynia, nas quais Frederico, o Grande, costumara caçar. E era certamente em função disso que ele pegava e colecionava tudo o que crescia ou se movia dentro de seu campo de visão. Por sorte era míope, e graças a isto muitas folhas, plantinhas, besouros, joaninhas, moscas e outras minúcias florestais conseguiram escapar ilesas.

Sim, naquele verão escaldante, quando Weiser permitiu que nos aproximássemos de seus segredos ou, mais precisamente, de sua vida — na verdade, só parcialmente e na justa medida em que ele estava disposto a admitir —, naquele verão encontrávamos M-ski frequentemente nas cercanias do estande de tiro, do Cemitério de Bretów e do Vale da Alegria. Seus esbugalhados olhos de peixe desviavam-se do céu ou do chão e nos observavam às escondidas, e nós nunca sabíamos se ele não poderia nos considerar como exemplares da fauna local, indispensáveis para sua monumental obra. Abstraindo-se da escola e das festividades de 1º de maio, devíamos lhe parecer uma espécie particularmente irritante de insetos, o que dava para perceber no seu olhar frio, distante e vazio. Eu tinha medo daquele olhar; muito mais do que dos "depenar o ganso", "esticar a tromba do elefante", "aquecer as patinhas" ou outros ainda mais rebuscados e dolorosos castigos corporais adotados por ele durante suas aulas. Num determinado momento, quando olhei para a avermelhada orelha de Szymek, cheguei a pensar que M-ski, com aquele seu olhar, seria capaz de transformar em inseto qualquer pessoa que ele quisesse, e fiquei imaginando minha pele se transformando numa quitina esverdeada a título de armadura enquanto meus braços contorcidos se subdividiam num número infindável de pernas cabeludas. Imaginar aquilo era cem vezes pior do que o medo da dor, da avermelhada orelha de Szymek ou do desconhecimento do que me aguardava no decurso da sindicância.

Nos primeiros dias de julho a consistência da sopa de peixes parecia ter chegado ao seu apogeu. Não havia o que fazer à beira do mar, de modo que tivemos que dirigir nossa atenção para um outro lugar. E, assim, este passou a ser o primeiro capítulo do livro sobre Weiser — que nenhum de nós escreveu nem escreverá, pois o que estou fazendo agora não é de forma alguma escrever um livro, mas apenas o preenchimento de uma mancha branca, o tapamento de um buraco com linhas escritas a título de capitulação total.

Sim, o primeiro capítulo do livro não escrito começa com a sopa de peixes na baía e as nossas brincadeiras no Cemitério de Bretów, que passamos a frequentar em lugar da praia e onde travávamos nossas guerras no meio de aveleiras e amieiros e no silêncio dos túmulos abandonados e lápides com inscrições em alemão. Szymek comandava um destacamento das SS, cobrindo suas orelhas de abano com um enferrujado capacete da Wehrmacht, o exército alemão. Piotr dispunha de um grupo de guerrilheiros que era permanentemente perseguido, atacado, dizimado, cercado e exterminado por completo, para logo renascer e preparar novas armadilhas contra as tropas de ocupação. Quando os homens de Szymek nos aprisionavam, nós, a exemplo do que víamos nos filmes, erguíamos os braços e, assim como nos filmes, marchávamos com as mãos entrelaçadas atrás da cabeça e, assim como nos filmes sobre a guerra de verdade que passavam no nosso cinema Tramwajarz, caíamos fuzilados por uma saraivada de tiros de metralhadora para dentro de uma vala de verdade que ficava no fim do cemitério, lá onde começava a floresta de pinheiros. E quando me lembro do entusiasmo e da perícia com que desabávamos naquela vala e a tensão com que aguardávamos a mão de Szymek fazer o sinal de execução, me dou conta de que devíamos isso única e exclusivamente ao cinema Tramwajarz, no qual eram programadas sessões especiais para jovens, no intuito de nos inteirarmos da heroica história da nossa pátria.

Já não me lembro mais exatamente em que dia e após qual batalha fomos feitos prisioneiros e, perfilados com as mãos ao alto diante dos canos dos fuzis dos homens das SS, aguardávamos que a ordem "*Feuer!*" emanasse de sob o enferrujado capacete de Szymek, quando vimos Weiser trepado num dos pinheiros. Era bem provável que ele já tivesse estado ali nos dias anteriores, apreciando os nossos jogos de guerra. Na verdade, antes de vê-lo ouvimos seu grito — um grito dirigido a Szymek, impedindo-o de emitir a ordem de fuzilamento —, e somente depois o vimos na árvore. Estava sentado num dos galhos, apontando para a distante torre da igreja uma velha e deteriorada submetralhadora Schmeisser e olhando para nós exatamente da mesma forma como no dia de Corpus Christi, quando emergira inesperadamente da fumaça do incensório. Aos pés do pinheiro e apoiada no tronco vimos Elka. Ela não disse nada, mas era claro que estava com ele e não conosco. E foi assim que não ouvimos daquela vez o surdo "du-du-du-du-du" após o qual deveríamos cair de joelhos e, depois, já de forma desordenada — de lado, de costas e de bruços —, sobre a grama, pois Weiser saltou da árvore e se aproximou de um estupefato Szymek.

Hoje, assim como naquele dia quando estive na secretaria da escola, sentado numa cadeira de dobrar ao lado de Szymek e aguardando a minha vez de ser chamado a depor, eu pagaria uma fortuna para poder me lembrar das palavras de Weiser lá no cemitério, pois foram suas primeiras palavras dirigidas expressamente a nós. Szymek, indagado sobre isso por carta, não me respondeu e, ocupado com seus afazeres numa cidade distante, evita ostensivamente recuperar quaisquer lembranças de Weiser. Elka, que era quem deveria se lembrar melhor de tudo, adotou a cidadania alemã e não respondia de Mannheim a qualquer pergunta, e Piotr, ao sair à rua em 1970 para ver o que estava acontecendo, acabou sendo acertado por uma bala de verdade.

Sim, estou convencido de que o livro sobre Weiser deveria começar por aquelas palavras...

Weiser, segurando a velha e enferrujada Schmeisser, saltou do pinheiro, aproximou-se de Szymek e talvez tenha dito: "Deixe que eu faça isso melhor" ou simplesmente "Eu vou fazer". Só que Weiser não disse nada disso; não poderia ter dito, porque a próxima coisa que vimos foi a Schmeisser nas mãos de Szymek, enquanto Weiser e Elka se afastavam pela trilha descendente na direção do destruído portão do cemitério, como se ele tivesse ido até ali exclusivamente para nos deixar a submetralhadora e partir para se ocupar com assuntos mais importantes. A execução foi suspensa, e ficamos todos em volta de Szymek, querendo segurar — nem que fosse por um momento — aquele pedaço de ferro inútil que tanto nos impressionava.

Sim, naquele momento Weiser não era ainda o mais importante; nós discutíamos qual dos dois lados iria ficar com a arma. Eu fazia parte do destacamento de Piotr e, evidentemente, achava que a arma deveria pertencer a nós, já que o outro lado dispunha de um capacete. Finalmente havíamos chegado a uma nova — e muito mais instigante — forma de guerrear. A partir daquele dia, após cada batalha Piotr trocava com Szymek a arma pelo capacete, e assim ora éramos alemães, quando o nosso comandante colocava o capacete na cabeça, ora nós transformávamos em guerrilheiros, correndo entre os túmulos com a submetralhadora nas mãos.

Acredito piamente que Weiser planejou desde o começo nos envolver em seus projetos; que ele, desde o começo, aguardava apenas o momento mais adequado para, como no dia de Corpus Christi ou no Cemitério de Bretów, nos pegar de surpresa. No início — quando não sabíamos da existência do porão na desativada olaria nem das explosões realizadas no vale atrás do estande de tiro, nem mesmo da sua coleção de selos dos tempos da ocupação nazista; quando, sem sabermos de nada, nos esgueirávamos por entre os túmulos do Cemitério de Bretów — Weiser ora aparecia, ora desaparecia, assim como desaparece alguém que nos surge num sonho e a quem não podemos mais esquecer, embora detalhes de sua fisionomia, suas palavras ou seu modo de se comportar tenham se dissipado por completo na nossa mente. Ele voltou a ser lembrado de uma forma despercebida quando alguém mencionou seu nome alguns dias depois ao retornarmos às nossas casas sob os avermelhados raios do sol poente. De início, de uma forma casual e totalmente desvinculada da fumaça do incensório e da submetralhadora enferrujada, indagando em voz alta e zombeteira: O que será que ele está fazendo já que não brinca conosco? Ou então: Por que aquela boba da Elka anda atrás dele como um cachorro e olha para nós com desprezo? E finalmente: Por que cargas-d'água ele nos deu aquela arma enferrujada? Pois nenhum dos rapazes teria se separado de um objeto tão sensacional, a não ser que fosse forçado a isso. Mas aquilo não era ainda o que se apossaria de nós mais tarde, quando não conseguíamos adormecer pensando nele e passando horas espionando ele e Elka. Por enquanto, a sopa de peixe fedia cada vez mais e a cada dois dias um de nós ia até Jetlików para ver como iam as coisas.

Olhei para Szymek. Sua orelha de abano já não estava mais tão vermelha e até quase retornara às suas dimensões originais. O zelador da escola permanecia sentado na cadeira entre a minha e a dele. Pela janela entreaberta da secretaria chegavam a nós os preguiçosos sons de uma tarde de setembro; passos de transeuntes se misturavam com gritos de crianças, e o sol iluminava o telhado vermelho da casa do outro lado da rua. Todas as casas na nossa parte de Wrzeszcz tinham as mesmas telhas vermelhas; e eu achei que numa tarde como aquela, já no final do verão, quando os raios solares adquirem uma característica toda especial, elas deveriam se apresentar de uma forma magnífica quando vistas da Colina de Bukow, da qual, além dos inclinados telhados vermelhos, podia-se ver o aeroporto localizado atrás da via férrea, bem como a baía, com sua faixa de areia branca. Toda vez que olhávamos para a nossa cidade lá de cima, ela nos parecia totalmente distinta daquela na qual levávamos nossa vida cotidiana. Naqueles dias eu não sabia por que, e hoje — quando não há mais a Colina de Bukow, nem Weiser, nem a Jetlików de outrora — acho que lá de cima simplesmente não dava para ver a sujeira dos pátios, as lixeiras não esvaziadas e toda a feiura de um subúrbio, cujo símbolo poderia ser a cinzenta e empoeirada loja de Cyrson, na qual comprávamos suco de laranja em garrafas com tampas de porcelana e borracha, presas por uma mola de arame.

E assim, em vez do panorama visto da Colina de Bukow, eu via o telhado da casa em frente com os raios de sol deslizando em zigue-zagues cada vez menores e uma mansarda com uma janela entreaberta, pela qual o vento agitava levemente uma fina cortina. O relógio da secretaria bateu 17 horas e momentos depois ouvi o familiar som do piano no qual a professora de música acompanhava o ensaio vespertino do coro. No início houve uma introdução e, logo em seguida, começaram a chegar a mim, cada vez mais alto, versos de uma histórica canção popular, ou popular canção histórica

— já não consigo mais me lembrar da forma pela qual aquilo era chamado. "É a vós, senhores magnatas, que devemos os grilhões que tolhem a nossa liberdade! É por causa de vós, príncipes, bispos e prelados, que nosso país é banhado em sangue fraternal!" Aquilo era um refrão, repetido dezenas de vezes, assim como no início de um outro hino, igualmente elevado e patético: "Quando a nação em armas partiu para o campo de batalha, os grão-senhores estavam definindo quanto iriam cobrar de aluguel pelas suas propriedades." Nunca pude compreender, nem nas aulas normais nem nas de canto — nas quais tínhamos que cantar aquele hino até a exaustão — o que havia em comum entre grilhões e bispos, ou de quais aluguéis se tratava quando a nação partia para o campo de batalha, ou seja, qual era a ligação entre aluguéis e batalhas. Aliás, por que culpar os magnatas e grão-senhores se eles não mais existiam, e, caso existissem, certamente não na nossa cidade nem no nosso país? Hoje, por sorte, não preciso mais quebrar a cabeça com aquilo, mas o hino ficou gravado para sempre na minha memória, e quando penso nele nunca o ligo a prelados, escola ou à professora de canto orfeônico, mas à luminosidade de uma tarde de setembro quando estava sentado na secretaria da nossa escola aguardando a minha vez de ser interrogado, à visão da cortina agitada pelo suave sopro do vento, a Weiser e à quinta hora da tarde anunciada pelo relógio de parede, cujo suave gongo lembrava os sininhos do padre Dudak durante a Consagração da Hóstia.

Quando a orelha de Szymek já readquirira um aspecto totalmente normal, M-ski abriu a porta do gabinete do diretor. Chegara a minha hora. O inesquecível cheiro do piso encerado da escola, eternamente pesado e oleoso, misturava-se ao de tabaco e de café, bebido por todos os três interrogadores. Só M-ski não fumava; em compensação, puxava nervosamente os punhos da camisa.

— Quer dizer que você, Heller, continua afirmando — dizia a mim, pois era assim que o de uniforme me chamava naquela época —, continua afirmando que viu Weiser e Elka pela última vez no dia 28 de agosto, no vale atrás do estande de tiro?

— De certa forma, sim — respondi, adquirindo confiança.

— O que quer dizer esse "de certa forma"?!

— Porque depois não os vimos mais de perto.

— Isso quer dizer que vocês os viram no dia seguinte de uma forma diferente? O que quer dizer "não de perto"?!

— Não, no dia seguinte nós simplesmente não os vimos.

M-ski ajeitou-se na sua poltrona.

— Então nos conte em detalhes e em ordem cronológica o que aconteceu naquela tarde, e não tente distorcer a verdade dos fatos, pois você não conseguirá ocultar nada de nós!

Comecei, esforçando-me ao máximo para não olhar nos olhos de M-ski. Falei calma e pausadamente, convencido de que mesmo assim eles não seriam capazes de encontrar o fio da meada e que permaneceriam dando voltas e mais voltas até se cansarem e nos deixarem em paz:

— Weiser nos mandou esperar, como sempre, junto do pinheiral, e quando viu que nós obedecemos, atravessou o vale e fez um sinal para que nos deitássemos. Logo depois a terra tremeu com a explosão e torrões de terra e pedaços de madeira caíram sobre nossas cabeças.

— E depois?

— Depois, como sempre após cada explosão, levantamos a cabeça e ficamos aguardando até ele fazer um novo sinal, o que significava que podíamos nos levantar e ir até o lugar onde tinham sido colocados os explosivos; só que daquela vez não houve o sinal. De repente vimos os dois caminhando de braços dados, como se fossem adultos... Weiser e Elka. Mas eles não estavam andando em nossa direção, mas na direção oposta, para o outro lado do vale, onde cresce um velho carvalho. Não se viraram nem uma vez sequer, escalando a parede do vale e desaparecendo em seguida. Quanto a nós, ficamos parados ali (porque conseguimos chegar ao local da explosão), ao lado de uma cratera enorme. Logo vimos que aquilo não tinha sido uma explosão qualquer, pois a cratera parecia uma daquelas provocadas por uma bomba atirada de um avião. Ficamos admirando a obra de Weiser, medindo a profundidade da cratera e, como sempre, cheirando a terra revolvida, cheia de formigas alucinadas e de minhocas destroçadas, quando alguém gritou e apontou para a colina: "Olhem!" Então nós olhamos e vimos Weiser e Elka. Vimos os dois chegarem ao topo da colina e desaparecerem no meio das árvores. E foi assim que nós os vimos pela última vez: de longe, atrás do estande de tiro. Depois, no dia seguinte, começaram as buscas, e nos porões da antiga olaria foi encontrado o depósito de Weiser, de cuja existência não tínhamos a mais vaga ideia, pois Weiser gostava de guardar seus segredos. Não sabíamos da existência de caixotes de TNT, granadas não detonadas ou munição, porque nunca lhe perguntamos onde ele pegava o material para suas minas, e mesmo se tivéssemos perguntado, será que alguém como ele teria respondido? Não. Só Elka poderia saber daquele depósito. E caso houvesse ainda um outro, de cuja existência nós obviamente não teríamos o mínimo conhecimento, a única pessoa a quem Weiser poderia confidenciar esse segredo seria Elka, e é bem possível que tenha sido por isso que ele a levou consigo.

Os três adultos ouviam o que eu dizia aparentando indiferença. O diretor afrouxava a gravata, que, a essa altura, parecia uma daquelas compressas que a gente coloca na garganta quando está com angina. O homem de uniforme sorvia o resto de café de um copo de vidro numa cestinha de metal, enquanto M-ski tamborilava os dedos no brilhante tampo da escrivaninha sem olhar diretamente para mim, mas para algum ponto na parede, um pouco acima da minha cabeça.

— Isso tudo nós já sabemos — exclamou M-ski —, e sem a ajuda de vocês. O que queremos saber é por que um de vocês está mentindo, ou será que os três estão mentindo, cada um à sua vez?

— É isso mesmo — interrompeu-o o diretor. — Um dos seus colegas declarou que vocês andaram brincando com eles no dia seguinte, à margem do rio Strzyz, logo depois daquela ponte derrubada, o que significa que eles passaram a noite fora de casa e que vocês sabiam disso, assim como sabiam onde achá-los!

— Vamos deixar as brincadeiras de lado, garoto — acrescentou o de uniforme. — Se eles foram esfrangalhados por uma granada não detonada, vocês serão responsabilizados como cúmplices do crime e, uma vez no reformatório, vão aprender a não brincar com fogo.

— Nós brincamos à beira do Strzyz um dia antes, e não depois — falei, surpreso com a facilidade com que mentia pela primeira vez. — O meu colega deve ter confundido as datas.

Aí eles começaram a gritar todos ao mesmo tempo, soltando ameaças, fazendo perguntas, dizendo que não sairíamos dali enquanto a questão não fosse totalmente esclarecida, que os nossos pais já tinham sido informados sobre o inquérito, que não receberíamos nenhuma comida ou bebida e que ficaríamos ali até falarmos toda a verdade. Faziam questão de me convencer de que estavam prontos a permanecer ali até a madrugada ou até por mais tempo, e caso alguém encontrasse aquele outro depósito (o qual eles suspeitavam ser ainda mais perigoso) e acontecesse uma desgraça, então nós seríamos responsabilizados por aquilo — portanto, era melhor confessar logo.

Como eu sabia muito bem que eles não compreenderiam coisa alguma, repeti tudo que acabara de dizer. M-ski ergueu-se da poltrona, aproximou-se de mim com passos marciais como se estivéssemos numa parada de 1º de maio, agarrou o meu nariz arrebitado e perguntou se quando vi Weiser no vale aquela fora re-al-men-te a última vez que o vira. Respondi de forma afirmativa, sentindo o meu nariz ser esmagado pelos seus dedos. Mas aquilo não era o "esticar a tromba do elefante" que ele costumava adotar nas suas aulas de ciências. Hoje, quando relembro aquele momento, eu chamaria aquilo de "esticar a tromba do elefante além do limite", porque no início tive que me esticar todo e, depois, fui ficando cada vez mais na ponta dos pés, espantado por ainda não estar suspenso em pleno ar. O braço de M-ski movia o ponto central do meu peso ora para a direita ora para a esquerda, de modo que havia momentos em que eu tinha que pisar no chão na ponta de um dos pés, quando o nariz doía de forma insuportável e se tornava mais arrebitado do que se tornara ao longo dos anos desde o meu nascimento. Paralelamente, M-ski repetia a pergunta, lentamente e silabando: "Foi re-al-mente a úl-ti-ma vez?" Finalmente me largou, e cambaleei até a parede, tendo que limpar o sangue com a manga da camisa, pois sempre tive um nariz muito delicado e pouco resistente a estiramentos.

Os interrogadores resolveram fazer uma pausa, de modo que nós três voltamos a ficar juntos sentados nas cadeiras dobráveis da secretaria, e eu tive a impressão de estar ouvindo o escandido versinho dirigido a Weiser naquele dia no qual recebemos nossos certificados de conclusão do curso de religião, quando, antes de sua camisa xadrez ser atirada para o ar e antes de Elka sair em sua defesa, um do nosso grupo gritou: "Davizinho Weiser não participa das aulas de religião" — e um outro logo transformara a frase em: "Davizinho Weiser é um judeuzinho!" E pensei que, não fosse Elka, nós nunca teríamos travado conhecimento com Weiser, pois lá, perto da casa paroquial, teríamos simplesmente lhe "dado umas bordoadas", e tudo acabaria naquilo, de uma forma comum e banal. Weiser teria continuado a evitar nossa companhia, e jamais lhe passaria pela cabeça ficar espreitando as nossas brincadeiras no Cemitério de Bretów, nem de nos presentear com uma arma automática fabricada em 1943 pela empresa Schmeisser — e o verão daquele ano não se diferenciaria em nada das outras férias, anteriores ou posteriores. Sim, quando naquele dia Elka se atirou com fúria sobre nós para proteger Weiser, ela deve ter tido um pressentimento — até hoje estou convencido disso —, principalmente por ela nunca antes ter se metido nos jogos de guerra nos quais costumávamos ser ainda mais cruéis do que adultos. E o que ela fez? Atirou-se sobre nós como se Weiser fosse seu irmão mais novo, e o efeito de sua atitude foi inesperado: deixamos que eles partissem em paz — e se não esboçamos qualquer reação, certamente não foi por termos ficado com medo das unhas de Elka.

Será que ela estava apaixonada por ele? E era sobre isso que eu pensava sentado na secretaria com o nariz inchado, enquanto no gabinete preparavam o round seguinte do interrogatório; sim, era assim que eu pensava naquela hora, imaginando seus seios precocemente cheios e arredondados, seus longos cabelos louros e o vestido vermelho que ela costumava usar nos dias de calor. Hoje eu já sei que estava enganado, muito embora isso torne ainda mais difícil descrever a relação daqueles dois desde o momento em que eles, perseguidos pelas nossas pedradas, se afastaram ao longo da cerca da igreja. Antes daquele dia, Elka mostrava um claro desprezo por aqueles de nós que não conseguiam nadar até a boia vermelha, mergulhar de cabeça de cima do cais ou driblar um adversário numa das partidas de futebol que realizávamos perto das ex-casernas prussianas. Até que, sem mais nem menos, ela viu naquele magro e encurvado Weiser alguém muito importante e atirou-se sobre nós com unhas e dentes. Era impossível ela ter se transformado tanto numa fração de segundo. Ela deve ter sentido aquilo que nós viemos a sentir algumas semanas depois, vendo Weiser no porão da olaria desativada — uma coisa que fez com que ficássemos arrepiados e sentíssemos uma corrente elétrica percorrer nosso corpo.

Mas é preciso que eu apresente os fatos de forma ordenada, pois não se trata de um livro sobre Weiser, nem sobre nós há dezenas de anos, nem sobre a nossa cidade daqueles dias, nem sobre a escola e muito menos sobre M-ski, que, àquela época, era a segunda pessoa mais importante depois do diretor — não estou interessado em nada daquilo, e se me decidi a escrever tudo e me lembrar do cheiro daquele verão quando a sopa de peixes preencheu a baía, foi por causa de Weiser. Foi isso que me forçou a empreender uma viagem à Alemanha e é isso mesmo que agora me força a registrar tudo, desde o começo e sem omitir qualquer detalhe, por mais insignificante que ele possa parecer. Pois em casos como esse, um detalhe acaba se revelando a chave que abre os portões, e todo aquele que já se defrontou com algo inexplicável sabe disso muito bem. Portanto:

Estávamos nos primeiros dias de julho. Imersa no calor e desprovida de sua baía, a cidade mal parecia respirar, enquanto a sopa de peixe ia ficando cada vez mais espessa, trazendo mais e mais preocupações às autoridades municipais. No início, supunha-se que a epidemia passaria por si só, e nada foi feito. Depois, resolveram tomar algumas medidas, pois surgiram na praia homens com ancinhos de madeira — daqueles com os quais se recolhe palha — que passaram a juntar os corpos dos peixes, jogando-os em caminhões que os levavam até o aterro sanitário municipal, onde eram respingados com gasolina e incinerados.

Essas ações tiveram um efeito contrário ao almejado — a quantidade de enchovas apodrecendo ao sol aumentou e os jornais publicaram notícias alarmantes sobre uma mortandade generalizada de gatos e cães nas regiões próximas da baía. As pessoas observavam também que já fazia dois meses que não caía uma gota de chuva sequer na cidade, algo que os mais velhos explicavam com satisfação como sendo um castigo divino.

Enquanto isso, continuávamos travando nossas guerras particulares no Cemitério de Bretów, munidos do capacete e da arma automática que Weiser nos dera e, alternadamente — uma vez como alemães e outra vez como guerrilheiros —, caíamos derrubados por balas, exatamente como nos filmes de guerra exibidos no cinema Tramwajarz. E era só esporadicamente que nos indagávamos por que Elka não brincava conosco e o que ela via naquele magro e debilitado Weiser para passar dias a fio andando com ele pelos mais diversos pontos da cidade. Havia os que os viram na Starówka, junto da estátua de Netuno; outros seriam capazes de jurar que Weiser e Elka passavam a maior parte do tempo no gramado junto do aeroporto, enquanto outros ainda, incluindo Piotr, os flagraram andando na direção da ponte destruída, lá onde o rio Strzyz passava debaixo do aterro da antiga via férrea sobre a qual desde a guerra não passara mais nenhum trem. Mas não dávamos muita atenção àquilo; a cada dois dias um de nós pegava o bonde de manhã cedo e ia até Jetlików para ver como estava a situação das enchovas, retornando ao cemitério para relatar que o fedor na praia era ainda maior e que nuvens de moscas gigantes sobrevoavam aquela sopa de peixes. À sombra das árvores do cemitério, o ar era mais agradável do que nos pátios e nas ruas.

Certo dia, quando brincávamos no cemitério, vimos um homem de pijama e roupão hospitalar junto de uma cripta com inscrição gótica. Estava sentado sobre a lápide e murmurava algo baixinho, como se estivesse rezando uma ladainha. Ao ser cercado por nós não demonstrou qualquer preocupação e, com um gesto da mão, nos mostrou de onde viera — era um fugitivo do manicômio que ficava no topo de uma colina do outro lado da estrada que saía da cidade. Piotr sugeriu que fôssemos ao hospital e informássemos onde se encontrava o certamente procurado fugitivo, mas nenhum de nós havia visto antes um doido de verdade e queríamos nos certificar de que era verdade tudo aquilo que o padre Dudak dizia nas suas inflamadas homilias sobre os loucos que renegavam a Deus. Porque o padre Dudak afirmava do púlpito da nossa igreja paroquial que a sopa de peixes na baía e a grande seca eram sinais enviados por Deus.

— Arrependam-se enquanto ainda é tempo — gritara ele do púlpito no último domingo. — Não reneguem a Deus, homens de pouca fé; não adorem falsos profetas e ídolos, porque Ele se voltará contra vocês. Não sejam como aqueles loucos que, confiando exclusivamente nas próprias forças, querem reconstruir o mundo. E eu lhes pergunto que mundo é esse no qual desapareceu a fé, que mundo é esse no qual não se rendem homenagens a Ele, o Criador e Redentor? Eu lhes pergunto e os advirto: não deem confiança aos loucos, recuperem os seus sentidos antes que seja tarde demais. Vocês podem ver por si mesmos que Deus lhes envia sinais de Sua ira...

E era nesse estilo inflamado que o padre Dudak ora assustava ora implorava a seus paroquianos, e nós entendemos naquele momento que existiam loucos que haviam feito com que não pudéssemos nos banhar em Jelików naquele verão, e queríamos verificar qual era a aparência de um desses loucos.

Portanto, quando surgiu uma ocasião e o destino enviou ao Cemitério de Bretów um homem num roupão de hospital, não seguimos o conselho de Piotr e não fomos correndo para Srebrzysko a fim de denunciar o fugitivo, mas ficamos à sua volta, olhando com curiosidade para seu rosto enrugado e seus chinelos gastos. Mas se aquele homem era um louco, ele certamente não era um daqueles sobre os quais esbravejava do púlpito o padre Dudak. Não falou nada conosco, e Szymek, o mais corajoso de nós todos, enfiou-lhe na cabeça o capacete enferrujado. Foi quando o homem fez um gesto com a mão, indicando que queria examinar a velha submetralhadora, e quando já estava com a Schmeisser nas mãos ficou de pé sobre a cripta e, apontando para cima com o cano da arma, começou a discursar numa bela voz:

— Irmãos! A Palavra do Senhor fez dos meus ouvidos seu receptáculo, portanto escutai o que vos direi em testemunho. Eis que o Senhor esvaziará a Terra e mudará sua aparência, dispersando os que a habitam. A Terra ficará deserta e completamente destruída, pois foi isso que falou o Senhor. A Terra irá chorar e se desfazer, fenecerá e cairá o globo terrestre, desfalecerão todas as nações do mundo. E isso porque esta Terra foi corrompida por aqueles que a habitam, pois eles transgrediram leis, romperam acordos e quebraram a eterna aliança!

Embora não entendêssemos o significado daquelas palavras, eram tão elevadas e estimulantes que ficamos ouvindo aquele homem de pijama em tal êxtase que esquecemos por completo que se tratava de um louco fugido do manicômio de Srebrzysko. Enquanto isso, ele erguia as mãos e agitava a nossa submetralhadora; ficava na ponta dos pés como se quisesse galgar um lugar mais alto, sendo que as abas de seu imundo roupão lembravam duas enormes asas amarelas, com as quais ele, caso assim o desejasse, poderia alçar voo e voar até o topo da Colina de Bukow ou ainda mais longe.

— E, assim, os homens serão aviltados — continuava o Asas Amarelas — e seus olhos insolentes serão abaixados e humilhados. E é por isso que a maldição devorará a Terra e seus habitantes; é por isso que os habitantes da Terra serão queimados, até o momento em que se derramará sobre nós o Espírito vindo das alturas, transformando os desertos em campos férteis e os campos férteis em florestas!

Quando relembro hoje aquela límpida e serena voz, não tenho qualquer dúvida de que a única pessoa entre nós que poderia ter compreendido as palavras daquele homem de asas amarelas teria sido Weiser. Só que ele não estava conosco naquele momento; na certa, devia estar sentado com Elka no porão da desativada olaria ou vagando pelos campos em volta do aeroporto.

Enquanto isso, as asas amarelas se recolheram; o homem saltou do túmulo e, continuando a discursar, nos conduziu pela trilha coberta de musgo até o semidestruído campanário, que, embora localizado num cemitério abandonado, ainda era usado pelo pároco de Bretów aos domingos e feriados.

— Lamuriem-se — a voz do homem adquiriu agora mais força —, pois o dia do Senhor se aproxima. O dia em que o Onipotente acabará com a Terra... E o que vocês farão no dia da aniquilação e da ruína vindas de longe? Olharão para a Terra e não verão nada, pois até a luz terá desaparecido!

Quando chegamos ao campanário, ele depositou a arma numa tora de madeira, segurou a corda dos sinos e começou a puxá-la. Junto com os primeiros repiques ouvimos palavras ainda mais belas que as que se podia ouvir nos sermões do padre Dudak:

— E é por isso que largueou o inferno sua garganta e abriu sua bocarra de forma imensurável...

E então, intoxicados pela beleza dos sons que emanavam dos sinos de Bretów — pois, diferentemente da nossa paróquia, ali havia três sinos e não apenas um —, ouvíamos o homem de roupão repetir sem cessar, como se fosse o refrão de um canto: "Ai daqueles que promovem leis injustas, ai daqueles que promovem leis injustas."

Alguns de nós chegamos a nos balançar ao ritmo daquele hino, pois certamente era um hino — apenas não religioso, já que nunca o ouvimos na igreja. Também não era um hino das massas, já que nas aulas de canto orfeônico cantávamos exclusivamente hinos das massas, e esse nunca nos fora apresentado. E talvez tivéssemos aprendido seus versos e sua suave melodia, transformando num autêntico hino de massas — se fosse possível denominar nosso pequeno grupo de "massas" —, mas fomos impedidos pela ação de um sacristão manco que se aproximava com surpreendente rapidez e nos ameaçava com o punho cerrado.

— Seus hereges! Já nem sabem mais respeitar um lugar sagrado?! Sumam daqui, senão eu...

Gritava e apressava o passo, enquanto sua sobrepeliz branca se destacava cada vez mais claramente do pano de fundo verde formado pelas árvores da floresta.

Junto com Asas Amarelas pusemo-nos em fuga na direção da Colina de Bukow, mas o sacristão resolveu nos perseguir por mais tempo, até o limite do cemitério.

— Arruaceiros! — gritava, ainda mais alto. — Vândalos! Fora daqui! Onde já se viu perturbar a paz dos falecidos?!

Quando já estávamos fora do perímetro do cemitério, repentinamente, como se emergindo da terra, vimos a figura de M-ski, com sua pasta numa das mãos e uma plantinha na outra. Distraído de sua atividade, olhava para nós com seu olhar de peixe morto.

— O que está acontecendo, meninos? Estão vendo esta plantinha? Linda, não é verdade? Você saberia dizer — perguntou, virando-se para mim — a qual família ela pertence? Não? Ela é da ordem de *Aggregatae*, da subfamília *Liguliflorae*, uma autêntica *Arnica montana* que, como o próprio nome indica, costuma crescer nas montanhas, e eu a achei aqui, no norte e num ambiente morênico... Incrível. Ela floresce em junho e julho...

As divagações de M-ski sobre sua incrível descoberta foram interrompidas pelo sacristão, que, conhecendo o professor de ciências, não hesitou em fazer violentas recriminações:

— Senhor darwinista, o senhor não tem o direito de trazer os seus estudantes aqui — disse, bufando —, porque este lugar é sagrado. Vou escrever uma carta para a direção da escola, perguntando se para ensinar história natural é preciso fazer bagunça em cemitérios.

— Eu... quero dizer... a minha pessoa... — gaguejava M-ski — estou aqui de forma privada, e esses garotos não estão comigo.

— Não estão com o senhor?! — exclamou o enfurecido sacristão. — O que quer dizer com isso? Eu vi com meus próprios olhos como o senhor fez soar os sinos, junto com os garotos, e gostaria de saber o motivo desta sua atitude. Por acaso o padre costuma ir à escola e tocar sinos durante uma aula? Não! Portanto, peço manter a devida distância da igreja!

Aquilo fora demais. M-ski enrubesceu e disparou uma torrente de advertências e ameaças, nas quais palavras como "provocação", "clero", "moral jesuítica", "obscurantismo" e "atraso" se repetiam com frequência. Em seguida, atirou a *Arnica montana* dentro da pasta e foi embora, tendo antes nos advertido de que, caso viesse a nos ver novamente nas redondezas do cemitério, nós nos arrependeríamos amargamente. O sacristão também se afastou, e foi só então que notamos a falta de Asas Amarelas, que aproveitou a confusão para bater em retirada, e — o que foi muito pior — levando consigo o capacete da Wehrmacht e a enferrujada Schmeisser.

É verdade que naquele dia nem Elka nem Weiser estiveram conosco, de modo que eu talvez nem precisasse registrar tudo que ocorrera, nem mencionar o louco de pijama e roupão amarelo, os três sinos do Cemitério de Bretów e aquela plantinha montanhesa de caule cabeludo e flor amarela. Só que nesta história — e quero crer que muito mais do que em qualquer outra — é somente num retrospecto que certos detalhes e acontecimentos se tornam significantes e interligados entre si, a ponto de não mais podermos separá-los. Pois não fosse por Asas Amarelas, pelos sinos de Bretów, pela ameaça feita por M-ski e pela *Arnica montana*, nossa atenção não teria se concentrado em Weiser da forma como ele gostaria. Porque creio que Weiser esteve esperando durante todo o tempo como um animal de rapina que aguarda pelo momento exato em que a presa está com o vento às costas, desorientada e vulnerável. Usando seus métodos misteriosos, ele simplesmente testava a nossa prontidão.

No dia seguinte não fomos a Bretów. Diante da lona de Cyrson, desde a manhãzinha formara-se uma longa fila de clientes sedentos. Garrafas de suco de laranja passavam de mão em mão; a mulher do dono da loja pesava maçãs e pepinos, e o papel pega-moscas lembrava uma cabeluda perna de aranha. No pátio, a Sra. Korotek pendurava roupas recém-lavadas e nós sabíamos que o marido dela, empregado no estaleiro, iria voltar para casa totalmente embriagado, pois era dia de pagamento. Aliás, assim como os nossos pais, quase todos retornavam bêbados às suas esposas nos dias de pagamento, enquanto nossas mães, a exemplo da Sra. Korotek, ficavam desesperadas e faziam cenas e, assim como ela, queixavam-se de suas aflições e desgraças diante da imagem da Nossa Senhora Mãe de Deus. Mas, por enquanto, o insuportável calor tirava a vontade de se fazer qualquer coisa, e a Sra. Korotek, atravessando o pátio com o cesto vazio nos braços, dizia que um calor como aquele não poderia prenunciar boa coisa. Um gato de pelo gasto lambia suas feridas à sombra de um castanheiro, e sobre todo o bairro erguia-se o nauseabundo cheiro da salsicharia que ficava atrás da loja de Cyrson. Não mais do que uma vez por hora, um automóvel passava sobre os paralelepípedos da nossa rua, levantando atrás de si uma nuvem de poeira que custava a baixar.

E eis que vimos Weiser com Elka saindo pela porta dos fundos do prédio e atravessando o jardinzinho raquítico e queimado pelo sol por entre pés de feijão que, naquele ano, não chegaram a atingir nem a metade da altura de suas estacas. Weiser dizia algo, e Elka ria. Cutuquei Szymek com o cotovelo para irmos atrás deles, mas Szymek me deteve.

— Espere um momento — falou, e correu para casa para pegar o binóculo francês que seu avô conquistara na Batalha de Verdun, durante a Primeira Guerra Mundial.

Não sei se Szymek ainda tem aquele binóculo, mas lembro que ele era de artilharia, com a possibilidade de ser ajustado e com aquelas linhas tracejadas nas lentes para medir a distância do alvo. Lembro também que ele representava um objeto de desejo e inveja, razão pela qual Szymek o tirava de casa muito raramente e somente em ocasiões muito especiais, como aquela no ano anterior, quando ficamos olhando do sótão do nosso prédio para o incêndio a bordo de um navio chinês que havia atracado no Porto Novo com uma carga de algodão.

Elka e Weiser atravessaram os trilhos de bonde, seguindo pela rua dos Pilotos na direção do viaduto sobre a via férrea que ligava Wrzeszcz Superior a Zaspa. Pararam no viaduto e ficaram olhando por um certo tempo na direção do aeroporto. Por enquanto não precisávamos do binóculo, que permaneceu no seu estojo de couro, pois aqueles dois no viaduto estavam acima de nós, a duas curvas da estrada, que naquele ponto era bastante íngreme. Escondidos atrás da cerca da fábrica de papel, pudemos ver Weiser tirar algu ma coisa do bolso e mostrá-la a Elka, que a pegou na mão e ficou examinando atentamente. Quanto a nós, sentimonos seguros ocultos pela sombra dos enormes bordos que cresciam ali; e mesmo se tivesse havido algo de diferente daquilo de que consigo me lembrar, a sombra daqueles bordos era inesquecível. Os bordos já deviam estar ali há séculos, e quando os carpinteiros construíram os armazéns da fábrica ao longo da rua dos Pilotos, fizeram furos nos telhados para que aquelas árvores magníficas pudessem ser preservadas. Estávamos à sombra de bordos que emergiam dos telhados e Szymek começou a se impacientar.

— O que será que eles estão aprontando? — perguntou, e já ia pegar no binóculo quando eles partiram na direção do aeroporto.

Um trem amarelo e azul passou rapidamente debaixo do viaduto quando chegamos nele seguindo Weiser e Elka, que, aproveitando uma abertura na cerca, adentraram o perímetro do aeroporto.

— Eles não deram a mínima bola para os guardas — admitiu com reconhecimento Szymek, tirando o binóculo de seu estojo e levando-o aos olhos. — Agora, vamos ver o que eles tanto procuram por lá.

Elka e Weiser desapareceram no meio dos espessos arbustos adjacentes à pista de pouso. Ao ler "adjacentes", alguém poderá pensar que os arbustos cresciam num ponto específico da pista ou junto de uma das suas ramificações, como, por exemplo, o pátio de manobras. Nada poderia ser mais distante da verdade — os arbustos nos quais Elka e Weiser sumiram começavam exatamente na cabeceira da pista, na parte meridional do aeroporto, e avançavam perpendicularmente para o norte, na direção do mar.

— Onde eles podem ter se metido? Que sacanas! — exclamou Szymek (pois era assim que costumávamos falar àquela época). — Aposto que estão brincando de médico!

— De quê? — perguntei, com descrença.

— De médico — repetiu Szymek. — Ele tira a calcinha dela e fica olhando tudo que quer. Mas, onde eles se meteram?

Apoiado sobre a balaustrada metálica do viaduto, Szymek tentava ajustar o binóculo apontando-o para os arbustos. À nossa direita podíamos ver a velha Wrzeszcz, com sua cor de tijolo escurecido e as torres de suas igrejas; à direita vislumbravam-se os contornos de Oliwa e bem à frente de nós estendia-se a pista do aeroporto, com o pequeno terminal de passageiros, os hangares e uma biruta imóvel pendendo de um mastro. Mais ao longe, onde terminava a pista, dava para ver a estreita faixa da areia da praia, a baía e os navios aguardando sua vez de atracar.

— Onde eles podem ter se metido? — repetiu Szymek, passando-me o binóculo meio contra a vontade, pois não gostava de se separar dele, e quando o fazia era sempre por pouco tempo.

Quando nas lentes do binóculo apareceram as tracejadas linhas de ajuste de distância, eu me senti como um oficial de artilharia francês morto na Batalha de Verdun. No exato momento em que eu estava ajustando o foco do binóculo, ouvimos o barulho de um avião se aproximando. Os arbustos junto da pista de concreto se agitaram, e só então pudemos ver aqueles dois, deitados lado a lado, de mãos dadas e erguendo impacientemente as cabeças na direção do Ilyushin que se preparava para pousar. Só que aquilo não era brincar de médico; eles estavam apenas deitados de costas, com os pés estendidos e de mãos dadas, enquanto com a outra mão se agarravam às raízes dos arbustos, que, naquele lugar, eram grossas e entrelaçadas. O avião, em trajetória descendente, passou por cima da Colina de Bukow e aproximava-se do viaduto e da via férrea, enquanto eu mirava no vestido vermelho de Elka e em seus joelhos desnudos, acertando finalmente o foco das lentes. Graças a isso, pude apreciar com total nitidez aquilo que vi alguns segundos depois, quando a brilhante fuselagem do avião parecia tocar com a barriga o topo dos arbustos:

O aparelho está a 10... talvez 15... metros acima da terra, e a distância entre os arbustos e a pista de pouso não ultrapassa o espaço percorrido por uma pedra arremessada sem muita força. Elka ergue os joelhos, seu rosto se contorce numa careta com a boca escancarada, parecendo estar gritando de medo. Weiser também tem a boca aberta, mas não contorcida, além de não erguer os joelhos. O deslocamento de ar faz com que os arbustos se dobrem como se tivessem sido cortados por uma foice. Elka ergue ainda mais os joelhos e, junto com eles, os quadris. Seu vestido vermelho, levantado pela corrente de ar, descobre um ponto negro entre suas coxas. Mas o tal ponto negro não é uma calcinha nem qualquer outro tipo de roupa de baixo. Aquele ponto negro levemente erguido e revelado pelo vestido vermelho por causa do barulhento avião é surpreendentemente fofo, ondulante e delicado. Visível exatamente na marca "0" da escala tracejada na lente do binóculo de artilharia francesa, aquele ponto lembra um triângulo que logo desaparece nas dobras do vestido vermelho que cai sobre os quadris de Elka tão logo o gigantesco Ilyushin toca com suas rodas a dura superfície da pista de concreto, a 10 ou 15 metros de distância dos dois. E isso é tudo, pois ambos se levantam e correm na direção da cerca, fugindo do guarda do aeroporto armado com um fuzil.

Szymek arranca o binóculo das minhas mãos, leva-o aos olhos e exclama:

— Eu não disse?! Eles estavam brincando de médico e se assustaram com o avião!

Mas eu já sabia àquela altura que as coisas não se passaram da forma como Szymek gostaria que se tivessem passado. Durante todo o tempo em que o avião se aproximava, a mão de Weiser permaneceu no mesmo lugar, e não fora ela que erguera o vestido vermelho de Elka. Estava claro para mim que Elka, por intermédio de Weiser, permitia aos aviões se envolverem com ela em estranhas e excitantes brincadeiras. E não sei o que mais me espantou — se o fato de o brilhante Ilyushin 14 ter levantado o vestido vermelho de Elka ou a revelação de que entre as pernas dela havia aquela visão de um triângulo negro, igual ao da minha mãe ou da irmã mais velha de Piotr, o que era mais do que sabido já que no nosso prédio havia apenas um banheiro por andar.

À tarde o clima refrescou um pouco e pelas janelas abertas das moradias chegava até nós a gritaria de brigas familiares. Retornavam os últimos paus-d'água, não sem parar antes no bar Liliput, localizado em frente à igreja evangélica, a qual iria ser convertida num cinema. Embora a comunidade evangélica na nossa parte da cidade tivesse membros ativos, seu número foi decaindo gradativamente a cada ano, a ponto de eles não disporem mais de recursos para manter um templo próprio. A maior parte deles era formada por velhos cidadãos de Gdańsk, chamados pela população de "alemães", o que nem sempre correspondia à verdade. A Sra. Korotek gritava para seu marido: "Seu desgraçado! Seu vagabundo da última espécie!"; do rádio emanavam os sons de uma alegre polca, e Szymek já contara à turma que Weiser levava Elka para o aeroporto para boliná-la, muito embora nem todos soubessem o significado dessa palavra. E quando Elka atravessou o pátio, um deles gritou para que ela se deixasse ser bolinada também por nós e não somente por aquele judeuzinho do primeiro andar. Elka aproximou-se do banco no qual estávamos sentados, e seus olhos soltavam raios.

— Vocês não passam de um bando de imbecis — falou por entre dentes cerrados. — Um monte de fedelhos que só sabem chutar uma bola e quebrar os dentes uns dos outros... nada mais do que isso!

— E daí? — ecoou alguém, a título de provocação.

— Daí, nada — respondeu ela. — Ele sabe fazer TUDO, compreenderam, seus moleques? Ele é capaz de fazer qualquer coisa que quiser. Até fazer com que os animais obedeçam às suas ordens!

— Ah, é? — zombou Szymek. — Quer dizer que ele pode parar um automóvel em disparada ou um avião em pleno ar?

O ar de zombaria enfureceu Elka, que se lançou sobre Szymek com unhas e dentes, e nós teríamos presenciado uma nova briga não fosse uma voz vinda de uma janela do primeiro andar.

Junto da janela aberta de sua moradia, Weiser presenciara toda a cena, e quando as unhas de Elka já estavam prestes a se enfiar no rosto e nos cabelos de Szymek, ele falou:

— Muito bem; diga-lhes para que estejam no jardim zoológico amanhã, às 10, junto ao portão principal.

Weiser falou exatamente assim: "Diga-lhes" — lembro-me disso perfeitamente. E, no entanto, ele nos tinha todos diante de si e poderia ter tido simplesmente: "Estejam às 10 horas amanhã, junto da porta do jardim zoológico." Mas ele preferiu dirigir-se a ela daquela forma, adotando o mesmo procedimento mais tarde, quando nos convidava para seus espetáculos pirotécnicos no vale atrás do estande de tiro.

— Ouviram? — perguntou Elka. — Estejam às 10 horas junto do portão do zoológico, e vocês verão.

Mas não nos disse o que veríamos e seguiu em frente, enquanto ficamos ouvindo o Sr. Korotek bater na esposa com o cinto de couro e os pedidos de ajuda desta para todos os santos. Mas aparentemente os pedidos foram feitos sem fé suficiente, pois da janela provinham mais e mais sons de golpes aplicados pelo marido, acompanhados pelos desesperados gritos da esposa.

Ao anoitecer, os adultos se concentraram nos bancos e ficaram olhando para o céu procurando um anunciado cometa, enquanto nós ficamos jogando futebol no campo de grama ressecada, junto das ex-casernas prussianas. Piotr, que naquele dia fora destacado para ir até Jetlików, informara que a sopa de peixes adquirira uma cor arroxeada e fedia ainda mais que de costume, enquanto o acesso à praia estava bloqueado por grandes placas assinadas pelas autoridades das três cidades situadas à beira da baía.

— Basta! É preciso acabar com isso de uma vez por todas! Por que estes meninos não foram para uma colônia de férias, um acampamento nos bosques ou um centro de treinamento? Por que ninguém pensou em mantê-los ocupados para que não ficassem vagueando pelos campos e bosques, nos quais volta e meia encontramos projéteis não explodidos e restos de munição? O senhor, camarada diretor, também é parcialmente responsável por isso. — A voz do procurador soou ameaçadoramente, e o diretor só não afrouxou mais a gravata porque seu nó já estava totalmente desfeito. — Por que os meninos não viajaram durante as férias? O camarada sabe tão bem quanto eu que nesse ambiente (havia uma ênfase toda especial na palavra "nesse") os pais, seja por falta de tempo, seja por desconhecimento dos mínimos preceitos de pedagogia, perdem o controle sobre o comportamento dos seus filhos. E é aí, precisamente nesse ponto, que entra em jogo a função do senhor, o papel da escola, da coletividade. Será que eu tenho que lhe ensinar isso? Só no ano passado tivemos em toda a Polônia dezenas de incidentes semelhantes, e estou convencido de que muitos deles poderiam ter sido evitados caso tivesse havido a devida supervisão também (ênfase no "também") no período das férias!

Ouvíamos, com a respiração presa, as palavras do procurador e, depois, o que diziam o diretor e M-ski. Embora não desse para ouvir direito tudo através da semicerrada porta do gabinete, mesmo assim podíamos perceber que eles continuavam seguindo por uma trilha errada. Porque tanto M-ski quanto o diretor, o homem de uniforme e o procurador — que apareceu na secretaria por volta das 7 —, todos eles achavam que após aquela explosão no vale atrás do estande de tiro Weiser e Elka voaram diretamente aos céus em centenas ou até milhares de pedaços. Achavam que se tratava da detonação de um projétil não explodido. No entanto, havia um ponto que entrava em choque com aquela interpretação: durante as buscas não fora encontrado nenhum vestígio de qualquer roupa ou corpo; e era por isso que eles estavam tão furiosos conosco, gritando e ameaçando como se tivéssemos alguma culpa pelo que acontecera. Eles simplesmente se recusavam a acreditar que nós tínhamos visto Weiser e Elka se afastarem sãos e salvos. Nem suspeitavam que o nosso último encontro ocorrera realmente no dia seguinte, à margem do Strzyz, perto da ponte destroçada, onde o riacho passava através de um estreito túnel por baixo do aterro da estrada de ferro. Perdiam-se nos nossos depoimentos, achando que tínhamos entrado em pânico, escondêramos os restos dos corpos e que agora mentíamos, emaranhando-nos em nossas explicações. Nem lhes passou pela cabeça que, caso suas suspeitas estivessem corretas, nós já teríamos revelado o local onde tínhamos enterrado um frangalho da camisa de Weiser ou um pedaço do vestido vermelho de Elka.

— Os alemães deixaram enterrados atrás de si arsenais inteiros — dizia o procurador. — E essa é a herança mais trágica da guerra (ênfase no "mais trágica") nos dias de hoje! E, assim mesmo, nenhuma das aulas na sua escola foi dedicada a esse assunto (ênfase no "na sua"). Diga-me, camarada diretor, o que o senhor fez a fim de alertar a juventude para esse tipo de perigo? O camarada sabe o que havia naquela olaria? Explosivos suficientes para fazer voar pelos ares não somente aquele prédio, mas todos os demais nas suas cercanias.

O diretor se envolveu numa confusa explicação, após a qual M-ski falou da crescente falta de entusiasmo dos jovens por atividades coletivas, do declínio da vigilância e outras baboseiras, terminando na política do Vaticano e na intransigência do clero, com o qual ele entrara em choque por mais de uma vez. E, para provar o que dizia, falou ao procurador do nosso encontro no Cemitério de Bretów.

— Estou interessado exclusivamente em fatos — respondeu este, não se deixando ser desviado do assunto principal. — Quero uma descrição detalhada do que se passou naquele dia crítico. O sargento (nesse ponto, ele deve ter se virado para o homem de uniforme) deverá incluir no seu relatório um desenho esquemático do local, algo que espero não precisar lhe ensinar. Não me interessa como vocês vão fazer isso, mas o relatório completo, sem quaisquer lacunas ou imprecisões, deverá estar pronto até a manhã de segunda-feira!

Ao sair do gabinete, o procurador ainda acrescentou:

— E pensar que ainda um ano atrás esses meninos (uma clara referência a nós) estariam atrás das grades na rua Okopowa acusados de sabotagem, e nem Nossa

Senhora poderia tê-los ajudado. Sim, sim... mudaram os tempos e os costumes...

E passou pela secretaria, deixando atrás de si um doce rastro de água de colônia.

— Bem, temos um problema e tanto — falou M-ski alguns momentos depois (e certamente apontando com seu dedo grosso o monte de papéis espalhados na escrivaninha do diretor) —, porque aqui, nesses depoimentos, nada é coerente com nada, nem faz qualquer sentido.

— Os garotos estão mentindo — acrescentou o sargento. — Estão com medo, mas mentem.

— Mentem porque estão com medo; será que o sargento ainda não se deu conta disso? — observou o diretor.

E eles ficaram um tempão discutindo esse ponto, enquanto eu me perguntava por que o velho avô de Weiser, que era alfaiate e muito raramente saía de casa, morrera exatamente no dia em que começaram as buscas. Bateram na sua porta, e como ninguém respondesse, a arrombaram e constataram que o Sr. Weiser sofrera um infarto. Aparentemente, ele foi encontrado sentado numa cadeira, com a cabeça apoiada numa velha máquina de costura marca Singer na qual estava fazendo uma peça de roupa. Muito mais tarde vim a saber que a peça de roupa era um colete encomendado pela viúva do capitão — por que exatamente pela viúva, nunca consegui descobrir. Ao pensar no Sr. Weiser, senti um frio na espinha; afinal, sua morte, tão repentina, não poderia ter sido acidental, algo que hoje me é totalmente claro. Porque o permanentemente calado avô de Weiser era a única pessoa que poderia dizer de que forma Elka e Weiser nos deixaram naquele dia ensolarado e o motivo pelo qual nós mesmos não conseguíamos compreender aquilo por completo.

Pois para compreender tudo por completo seria preciso fazer mais ou menos o que estou fazendo agora, vinte e poucos anos mais tarde. Seria preciso lembrar-se de todos os detalhes importantes, colocá-los em ordem e examiná-los em conjunto, assim como hoje se observa uma mosca que há milhares de anos ficou aprisionada numa dourada gota de âmbar. Mas naquela hora nenhum de nós estava preparado para isto; nem Szymek, nem Piotr, nem eu. Nenhum de nós teria feito uma ligação entre a sopa de peixes e a fumaça do incensório espalhada pelo padre Dudak no dia de Corpus Christi, quando cantávamos "Salve Jesus, Filho de Maria, Tu és Deus Verdadeiro na Hóstia Sagraaaada". Também ninguém teria assumido que a seca daquele ano não fora uma seca normal, nem que as explosões realizadas por Weiser no vale atrás do estande de tiro tivessem algo a ver com o que ele fazia no porão da olaria desativada, ou com a brilhante fuselagem do Ilyushin 14 que, lá no meio dos arbustos, erguia o vestido vermelho de Elka. De qualquer modo, mesmo se nós tivéssemos relatado exatamente o que vimos no último dia à beira do Strzyz, junto da ponte demolida, nem M-ski, nem o diretor e nem aquele de uniforme levariam o nosso relato a sério. "É impossível", diriam, "vocês continuam a mentir, meninos travessos." E os interrogatórios voltariam a se concentrar em torno da última explosão, na qual — na opinião deles — tudo acabara.

Além disso, estávamos presos por uma promessa; na verdade um juramento solene, feito a Weiser. Mas eu prometi não antecipar coisa alguma... Portanto, volto ao ponto no qual estava sentado entre Szymek e Piotr na secretaria, com a perna ainda doendo. Através da janela semiaberta se esvaíam os últimos vestígios do refinado buquê da água de colônia do senhor procurador, que abandonara a escola pontualmente às 7h30.

— Wojtal! — soou do outro lado da porta do gabinete; era o sobrenome de Piotr. — Sua vez!

E Piotr adentrou o gabinete junto com a última batida do gongo do relógio de parede.

Por que o procurador mencionara a rua Okopowa? Por que dissera que ainda um ano antes estaríamos lá, trancados como um grupo de sabotadores? Hoje sei muito bem o que ele tinha em mente, mas naquele dia, quando Piotr desapareceu atrás da porta do gabinete e teve início a segunda — na verdade, terceira — sessão de interrogatório, as palavras do procurador não me deixavam em paz. Lembrei-me de quando numa tarde, dois anos antes, tinha parado diante do nosso prédio um automóvel cor de oliva e saltado dele dois homens com longos casacos que se dirigiram ao apartamento da Sra. Korotek e saíram de lá levando consigo o marido dela, que estava totalmente embriagado muito embora aquele não fosse o dia do pagamento. Os adultos ficaram sussurrando pelos cantos que o Sr. Korotek fora levado para a rua Okopowa porque alguém denunciara que ele ouvia Londres pelo rádio. O Sr. Korotek voltou somente três semanas mais tarde, com um olho da cor de ameixa madura, e quando chegou o dia do pagamento seguinte, ele se plantou no centro do pátio, tirou a camisa e mostrou a quem quisesse ver as suas costas, que mais pareciam o lombo de uma zebra listrada de amarelo e vermelho. Além de mostrar as costas, o Sr. Korotek ficou esbravejando e soltando palavrões, queixando-se amargamente do seu destino e de todo o mundo, que, segundo ele, era regido por putas, ladrões e patifes. As mulheres trancavam as janelas para não ouvirem as palavras de baixo calão. Enquanto isso, o Sr. Korotek — pelo menos até o momento em que a esposa conseguiu arrastá-lo escadas acima para sua moradia — erguia os braços aos céus e acusava Deus Nosso Senhor de ficar olhando para tudo sem fazer nada, permanecendo no seu gabinete com os braços cruzados como se fosse um diretor e não um operário. E quando Piotr sumiu atrás da porta do gabinete e Szymek e eu ficamos ouvindo o preguiçoso tique-taque do relógio, me senti assustado ao me lembrar da visão daquelas costas e da rua Okopowa, pois pensei naquela hora que nenhum "depenar de ganso", "esticar a tromba do elefante", "aquecer as patinhas" ou qualquer outra das torturas de M-ski poderia se comparar às costas do Sr. Korotek, com seus sulcos amarelos e vermelhos.

Já escurecia quando o zelador foi chamado pelo diretor, e eu aproveitei o momento para sugerir a Szymek mudarmos o teor dos nossos depoimentos. Afinal, de que forma iríamos prejudicar Weiser ou Elka se revelássemos o que se passara à beira do rio no dia seguinte à explosão no vale? Se eles estivessem em algum lugar por perto, estariam bem escondidos, e, se tivessem fugido para bem longe, as chances de prejudicá-los seriam ainda menores. Mas Szymek era do tipo durão. Sempre fora muito firme durante todo o tempo na escola e agora, enfrentando os interrogatórios, resolvera ser ainda mais duro. Cerrou os dentes — pude ver isso claramente — e fez um gesto negativo com a cabeça.

E foi com esse mesmo gesto que ele me respondeu quando o visitei na sua cidade distante e o questionei mais uma vez sobre aquelas férias nas quais a sopa de peixes enchera a baía e Weiser e Elka costumavam ir juntos ao campo de pouso. Ele não tinha a mínima intenção de rememorar os dias de escola e não queria me ajudar em nada; não se lembrava — ou não queria se lembrar — da acinzentada nuvem do incensório do padre Dudak, e no tocante a Weiser, fez apenas algumas observações banais e sem importância. Aquilo estava sendo sua nova firmeza — a firmeza adulta —, e não fiquei aborrecido com ele, porque ele foi o único de nós que chegou a ser alguém na vida.

Enquanto isso o zelador saiu do gabinete segurando um bule de café e me mandou ir até o banheiro buscar água. Estava eu, pois, andando pelo corredor deserto, pensando que não havia nada mais triste no mundo do que um corredor escolar abandonado; um corredor melancolicamente vazio e como se não fosse o mesmo que — apenas algumas horas antes — vibrara com a algazarra de centenas de alunos das mais diversas idades. Fiquei com pena de não ter comigo um veneno de ação imediata, mas, em compensação, cuspi no bule e desfiz com o dedo a branca espuminha que se formara, pensando nos olhos de peixe morto de M-ski. Quando retornei à secretaria, Szymek já fora convocado ao gabinete e Piotr estava sentado de novo na cadeira dobrável à minha esquerda. O zelador trouxe um fogareiro elétrico e começou a aquecer a água para o café, sem tirar os olhos de nós. A água borbulhava suavemente, suave era o tique-taque do relógio e eu me senti aquecido e sonolento.

Conforme relatei anteriormente, Weiser combinara conosco um encontro no dia seguinte, junto ao portão principal do jardim zoológico de Oliwa. Em que grau aquilo fora planejado e em que medida resultara da situação provocada por Elka de quase cravar as unhas no rosto de Szymek? Não tenho como afirmar. Aliás, Weiser nada "combinara" conosco. Ele simplesmente convocara o encontro — como um soberano aos seus súditos, por intermédio de um arauto. Naquela hora é óbvio que eu não senti isso dessa forma, mas já na secretaria, sentado na cadeira dobrável e ouvindo o borbulho da água e o tique-taque do relógio, comecei a ter uma vaga sensação de que Weiser era o nosso soberano e que nada no mundo poderia mudar tal estado de coisas. Agora me dou conta de que o primeiro capítulo do livro não escrito sobre ele deveria começar com as palavras: "Muito bem; diga-lhes para que estejam no jardim zoológico amanhã, às 10, junto ao portão principal", que Weiser pronunciara da janela do primeiro andar, de onde chegava até nós o barulho familiar de uma máquina de costura. Mas eu já falei disso, e se repito algumas coisas e não as apago como num exercício escolar, é porque o que estou fazendo não é escrevendo um livro. É bem possível que, junto com Elka, Szymek e Piotr, pudéssemos ter escrito um livro assim, mas Szymek prefere não se lembrar de nada, Elka não responde às cartas mesmo após a minha viagem à Alemanha, e Piotr morreu na rua em dezembro de 1970 e jaz na quinta aleia do Cemitério de Srebrzysk.

Durante as aulas de ciências, M-ski reafirmara mais de uma vez que um jardim zoológico como o de Oliwa não perdia em nada para o de nenhuma cidade europeia. Não sei o que M-ski queria dizer com aquilo: que nós não vivíamos na Europa, ou que, abstraindo-se do zoológico, havia algo em que perdíamos? Mas era forçoso admitir que o zoo era realmente magnífico, situado fora da cidade, num profundo vale do rio Oliwa, que fluía naquele ponto vindo de sete colinas cobertas de florestas de pinheiros e faias. Havia ali grandes clareiras para cervos; alces dispunham de pântanos escuros e soturnos; lobos — de cavernas escavadas nas escarpas; cangurus — de campos de azedinha e alfafa. Somente as feras, principalmente as trazidas dos países tropicais, tinham que se contentar com espaços mais reduzidos, limitados a alguns metros quadrados e protegidos por grades de ferro. Naqueles dias a frase de M-ski não nos chamou muita atenção, mas hoje ela me soa muito boba e engraçada. É como se estivéssemos visitando uma cidade e o guia de turismo nos dissesse repentinamente: "Eis, senhoras e senhores, a mais bela prisão que já foi construída na nossa cidade, quiçá em toda a Europa."

Hoje, os turistas ou habitantes da cidade vão ao zoo de ônibus a partir do ponto de retorno do bonde de Oliwa.

Mas naqueles dias havia menos ônibus e o trajeto ao longo do mosteiro dos beneditinos tinha que ser percorrido a pé. Passamos pela sombreada ladeira do monte Pacholek, no topo do qual, havia um obelisco, construído logo depois da guerra, com uma inscrição em alemão, e continuamos marchando ao longo dos hoje turvos e cheios de plantas aquáticas reservatórios de água de uma antiga fazenda. O ar estava repleto do aroma das tílias em flor que cresciam ao longo do caminho. Finalmente, já bastante exaustos, vislumbramos as colinas que formavam o Vale da Alegria e, à sua direita, o jardim zoológico. Quando chegamos ao portão encontramos Weiser, naquele dia vestido com calça verde e uma camisa azul-celeste de gola cossaca que, nele, pareciam artificiais e engraçadas, como se herdadas de um irmão mais velho.

Além de nós três, nosso grupo era formado por Janek Lipski, filho de um ferroviário de Lida e que nasceu dentro do vagão de um trem; Krzysio Barski, filho de um combatente do Levante de Varsóvia e de uma florista de Gdansk; Leszek Zwirelo, que sempre andava com camisas limpas e, diferentemente de nós, dizia "desculpe" e "obrigado", aparentemente por causa das origens fidalgas de seu pai; e, finalmente, Basia Szewczyk, cujo pai deixara a profissão de mineiro e viera para cá à procura da felicidade e de uma madrasta para sua filha. Aproximamo-nos de Weiser e formamos um círculo em torno dele.

— E então? — perguntou Szymek. — O que você vai nos mostrar?

Em vez de responder, Weiser nos conduziu a um portão lateral pelo qual entramos sem pagar. Levou-nos a diversos cercados, parando por muito tempo diante de alguns. Nessas horas, ele se apoiava na cerca, e nós não sabíamos o motivo pelo qual ele ficava olhando tanto para uma sonolenta lhama ou para os mergulhos das focas, que, devido ao forte calor, não saíam da água. Elka nos aguardava junto à gaiola das aves. Lembro que ela admirava um par de enormes abutres argentinos, cujas asas negras refletiam os raios solares com um brilho azul-escuro e que moviam lentamente as cabeças como se estivessem semiadormecidos. Depois, passamos por um poço com tela no qual havia répteis das mais variadas espécies, mas como Weiser não demonstrou qualquer interesse por eles, seguimos até as gaiolas com pavões e chimpanzés. Havia ali muitas pessoas alegres e barulhentas. Um abobado chimpanzé atirava punhados de areia no público, que retaliava assobiando, batendo com os pés e atirando restos de comida nas barras da jaula. O símio volta e meia erguia a cabeça e coçava seu cocuruto exatamente da mesma forma que M-ski quando esquecia alguma coisa importante. Mas aquilo era apenas um despiste, pois logo em seguida o chimpanzé abaixava a cabeça até o umbigo, fazia xixi dentro da própria boca e, contraindo beiços, esguichava dela um fino jato na direção das pessoas mais próximas da jaula. A cada mijada, o chimpanzé se revelava mais rápido do que seus adversários, e os espectadores nas primeiras filas tinham que enxugar dos rostos e braços o fedorento líquido amarelo. Aquela brincadeira nos divertiu bastante e por um bom tempo nos esquecemos de Weiser, que parecia não achar qualquer graça nela. Quando o chimpanzé se entediou e se recolheu no fundo da jaula e as pessoas se afastaram, nós olhamos com expectativa para Weiser, pois se fora isso que ele quisera nos mostrar — como supunha uma boa parte de nós —, nos devia algo mais interessante. Mas Weiser estava apenas testando a nossa paciência; ficou ainda por um tempo naquele lugar e, em seguida, se encaminhou para as jaulas das feras. Aquelas jaulas deviam ter um cheiro diferente do das acomodações dos outros animais, diverso das dos macacos, do elefante, de todos os mamíferos corníferos ou desprovidos de chifres — pois assim ele era então e é assim que me lembro dele até hoje, quando estou descrevendo o que se passou naquele dia —, o adocicado, insípido e repulsivo odor dos bolorentos covis do leão africano, do tigre de Bengala e da pantera-negra, deitada sobre um liso tronco ressecado.

E foi diante da jaula daquela pantera-negra que Weiser parou. Elka levou um dedo aos lábios e nos mandou recuar. Weiser, de costas para nós, permaneceu imóvel por vários minutos até o momento em que os demais visitantes do zoo se afastaram da jaula. Foi então que vimos a até então semiadormecida pantera erguer lentamente a cabeça. Seus beiços adornados por longos fios de bigodes tremeram levemente, dando a impressão de que o bicho tinha arrotado. Mas aquilo fora somente o começo. Os beiços se ergueram, tremendo cada vez mais e revelando alvas presas sob o negro veludo. Paralelamente, ouvimos o primeiro murmúrio, que, logo em seguida, passou para um profundo rosnado. A pantera deslizou suavemente do tronco e, com o pelo eriçado, foi se aproximando das barras da jaula. Sua cauda agitou-se imperceptivelmente e depois, parecendo um pêndulo, passou a bater ritmadamente e com cada vez mais força nos seus flancos sedosos. Por fim, encostando o focinho nas barras de ferro, parou diante de Weiser; e aquilo que antes fora um leve rosnado mudou repentinamente para um rugido, no qual um rufar de tambores se misturava ao estrondo de um rio transbordando, ou então um vendaval outonal com o repique dos sinos da Ressurreição. A pantera parecia ter enlouquecido; batia com as patas no piso de cimento, ora erguia, ora abaixava a cabeça, e finalmente ficou de pé sobre as patas traseiras, apoiando as dianteiras nas grades e mostrando suas garras recurvadas. Mas isso ainda não era tudo. Weiser pulou a barreira que o separava da jaula e parou tão perto das barras de ferro que poderia encostar a testa nas garras do gato selvagem. A pantera ficou imóvel. O terrível rugido foi diminuindo, passando a um leve rosnado, e a fera, ainda com o pelo eriçado e a cauda batendo nos flancos, começou a recuar de costas, com os olhos fixos nos de Weiser. Incrível! A pantera se arrastava para trás lentamente e raspando o piso de concreto com a barriga, enquanto seus olhos oblíquos, semicerrados e brilhantes como dois pequenos espelhos imóveis, continuavam fixos em Weiser. Quando sentiu a parede do fundo da jaula, com a cauda, encolheu-se num canto e finalmente baixou o olhar, o corpo tremendo. Cada um dos músculos debaixo da pele retesada tremia como se fosse de frio, e o grande gato mais parecia o cãozinho da Sra. Korotek, que fugia para o canto do pátio diante de qualquer gesto mais brusco.

Nenhum de nós ousou abrir a boca quando Weiser afastou-se da jaula e Elka lhe entregou um lenço com o qual ele enxugou gotas de suor da testa, como após um exaustivo trabalho. Mas aquilo ainda não era o fim daquele dia passado com Weiser, assim como não era o fim da história daquele verão, quando a sopa de peixes se cozinhava nas águas da baía e as pessoas rezavam nas igrejas pedindo pelo fim da seca. Porque Weiser nos mostrou um outro caminho de volta para casa, diferente daquele que tomamos para chegarmos ao zoológico de Oliwa. Não havia qualquer ponto de retorno de bondes, nem mesmo o barulhento bonde da linha 2 que ligava o Mercado de Carvão com Oliwa e passava perto da nossa escola e do nosso prédio. Em vez disso, havia o caminho que subia a encosta do Vale da Alegria, perto da desativada ferraria que pertencera ao mosteiro dos beneditinos, junto de um afluente do rio Oliwa; havia a alta grama do platô, do qual, assim como da Colina de Bukow, dava para ver o mar; havia profundas gargantas e fendas mergulhadas na sombra das folhas das faias; e havia uma estreita trilha arenosa que atravessava um bosque de pinheiros e bétulas, mesclado com moitas de aveleiras.

Agora isso tudo soa como uma vã choradeira por um paraíso perdido, mas quando Weiser nos mostrou o lugar no qual Frederico, o Grande, descansava das suas caçadas, ou quando corças assustadas passaram correndo por uma clareira ensolarada, ou ainda quando colhíamos doces amoras — naquela hora aquilo foi para nós o paraíso reencontrado.

Um paraíso distante da cidade e tão atraente e sedutor quanto o frescor de uma catedral num dia de calor. Weiser ia à frente e dizia, aparentemente para Elka, mas na verdade para nós: "Aqui os javalis costumam vir no inverno", ou então: "Por aqui se pode chegar a Matemblewo", ou ainda: "Olhem para esse monte de formigas vermelhas dentro do crânio de um coelho." Mostrava, com evidente prazer, os locais onde a floresta era cortada por trincheiras cavadas durante a última guerra e esclarecia: "Esta cratera é de um projétil de morteiro", ou: "E este é um abrigo escavado para um carro de combate." E nós escutávamos tudo o que ele dizia com a respiração presa, até ele nos conduzir através de um pequeno vale à morena atrás do estande de tiro, de onde pudemos ver a torre da Igreja de Bretów e os bem conhecidos contornos do cemitério.

E muito embora eu já tivesse percorrido esse mesmo caminho centenas de vezes, tanto de ida quanto de volta, a pé ou de bicicleta no verão, de esquis no inverno, sozinho ou acompanhado, e embora tivesse denominado esse trecho de 6,5 quilômetros como "o caminho de Weiser", eu jamais — mesmo agora, quando ele não passa de um risco azul num guia turístico — consegui me lembrar se Weiser, ao nos conduzir de volta para casa, apontava para tudo com a mão ou com um bastão no qual poderia se apoiar como se fosse um cajado de pastor. Afinal, estávamos voltando para casa e ele nos conduzia como se, a partir daquele momento, fôssemos seu povo escolhido.

E ao anoitecer, ficamos sentados no banco sob o castanheiro e Piotr se indagava o que teria acontecido caso a pantera-negra não estivesse separada de Weiser por grossas barras de ferro.

— Seria como num circo — afirmava Szymek. — Lá, os animais ferozes também obedecem a homens, chegando a tocá-los e comer das mãos deles.

Ao que eu contra-argumentei que Weiser não era um domador, pois não tinha brilhantes botas de couro de cano alto nem chicote, nem mesmo uma camisa branca com gravata-borboleta, além de não ter treinado a pantera-negra por dias a fio.

Concordamos todos que o que se passara deveria ser esclarecido e tivemos a ideia de testar Weiser novamente, talvez com um outro animal e não no zoo. O que não sabíamos era que nos dias seguintes Weiser voltaria a se ocupar com seus afazeres solitários e que para uma pessoa como ele as nossas dúvidas não tinham qualquer importância.

A mãe de Elka atravessou o pátio e parou na nossa frente.

— O que vocês, meninos, estão fazendo sentados assim à toa? — indagou, num tom de reprovação. — Por que não estão na igreja? O padre Dudak está rezando a missa.

E, antes de seguir pela rua de paralelepípedos na direção da igreja, ainda nos disse que um enorme cometa fora visto no dia anterior sobre a baía, e que nada de bom podia-se esperar daquilo.

O zelador da escola terminou de preparar o café e levou o bule para o gabinete do diretor. Tocou o telefone, e quando ouvi a voz cansada de M-ski, fiquei petrificado.

— Sim, Sr. Heller — dizia M-ski. — O seu filho está aqui, conosco... um momentinho, por favor... vou passar o telefone ao camarada diretor.

A partir daí, quem passou a falar foi o diretor; na verdade, não a falar, mas a responder às perguntas do meu pai.

— De forma alguma... — explanava polidamente — o filho do senhor não está sendo acusado de coisa alguma; trata-se apenas de um interrogatório conduzido pela nossa comissão interna, a mando da procuradoria. Não, não, nós não estamos de forma alguma acusando o seu filho de ter causado aquele acidente; o inquérito aponta claramente para o tal Weiser, apenas temos que esclarecer todas as circunstâncias daquela tragédia... o senhor tem que compreender: todas as circunstâncias!

Mas aparentemente meu pai não queria compreender, porque o diretor passou a falar cada vez mais alto:

— Não precisa ficar nervoso, Sr. Heller! Não vejo qualquer motivo para o senhor apresentar uma queixa contra a escola. Não se trata de uma retenção ilegal do seu filho. O senhor faria melhor se indagando por que ele andava por aquelas bandas sem ninguém saber disso. Afinal, o seu filho correu risco e o senhor, na qualidade de pai, não fez nada para... — Nesse ponto o diretor interrompeu sua fala por um bom pedaço de tempo, e eu tive certeza de que se tratava de uma das explosões coléricas do meu pai, que, embora fosse normalmente calmo, não media palavras quando ficava com raiva, não importando com quem estivesse lidando. Cheguei a lamentar não estar ali conosco, pois imaginei M-ski sendo atirado pela janela, o diretor pendurado no teto pela gravata e o de uniforme esmagado contra a parede pela porta do gabinete, e ao pensar isso tive uma estranha sensação de calor no peito. Meu pai ainda não devia ter terminado, pois o diretor apenas pigarreava no telefone e, na certa, se contorcia na poltrona e mexia com a mão livre naquilo que sobrara de sua gravata. Finalmente resolveu cortar bruscamente a arenga de meu pai: — Não; isto está fora de questão! A escola permanecerá fechada até a conclusão dos nossos trabalhos! — E acrescentou ainda (lembro-me muito bem disso): — Adeus, Sr. Heller. — Exatamente como num filme ou num livro: "Adeus, Sr. Heller" — e bateu o telefone.

A luz dos postes das ruas penetrava na secretaria, e até o zelador girar o interruptor nós ficamos sentados numa penumbra amarelada, como três beatas numa igreja depois da missa. Enquanto isso, eu me perguntava por que Weiser não tinha pais e morava apenas com o avô. Nunca — nem àquela época nem mais tarde — fiquei sabendo quem fora seu pai ou sua mãe. Era até possível que aquele alfaiate que morava no apartamento número 11 fosse apenas seu avô postiço e nem tivesse qualquer parentesco de sangue com ele. A verdade era que ninguém foi capaz de esclarecer esse mistério, nem naqueles dias nem mais tarde, quando, usando de um subterfúgio, consegui chegar aos papéis de Weiser na escola e aos arquivos da municipalidade. Os registros antigos haviam sido destruídos, mas sobraram os boletins, preenchidos com uma desbotada tinta azul: "Sobrenome: Weiser. Nome: David. Data de nascimento: 10.09.1945". O lugar destinado ao local do nascimento não fora preenchido a tinta, sendo que uma outra pessoa escrevera a lápis: "Brody (URSS)". Nos espaços destinados aos nomes dos pais, a mesma mão traçara linhas horizontais com uma caneta-tinteiro, acrescentando depois, já a lápis: "órfão". Em seguida, a mesma caligrafia informava: "Responsável legal: A. Weiser, residente à..." e o nosso endereço, ou seja, o endereço do nosso prédio com o número do apartamento de Weiser. Hoje, quando tento pescar tudo aquilo da minha memória como fragmentos de âmbar das águas turvas de uma baía, os pais de Weiser se apresentam apenas como dois traços horizontais registrados a tinta num boletim escolar, pois o Registro Geral da Municipalidade não tinha nada mais a dizer sobre eles.

De um guichê que mais lembrava a bilheteria de uma pobre estação ferroviária, a mão da funcionária pública me entregou um pedaço de papel com a seguinte informação: "Abraham Weiser, de nacionalidade judaica e cidadania polonesa, nascido em Kryvorov (URSS) em 1879 e repatriado para Gdansk em 1946." No registro daquele ano não havia qualquer menção a uma criança que pudesse tê-lo acompanhado naquela viagem de retorno. Somente em 1948, ou seja, dois anos depois, Abraham Weiser registrou que tinha sob sua tutela um menino de nacionalidade e cidadania polonesa, nascido em Brody no dia 10 de setembro de 1945. Nenhuma certidão de nascimento ou quaisquer dados sobre os pais do menino. Abraham Weiser afirmava que a criança era seu neto, mas deixou em branco o espaço destinado ao registro dos nomes dos pais. O que o fez agir dessa forma é algo que ninguém soube responder, assim como não foram esclarecidos até hoje os motivos do desaparecimento em 1957 do garoto de 12 anos David Weiser, aparentemente destroçado por uma bomba não explodida na Floresta de Bretów. Já quanto à morte de Abraham Weiser, não pairam quaisquer dúvidas, estando tudo descrito no atestado de óbito emitido pelo médico de plantão daquele dia no hospital municipal.

"O senhor vai querer uma cópia deste atestado?", perguntou-me a funcionária, vendo que eu continuava plantado diante do guichê naquele corredor escuro e soturno. Mas eu não tinha mais o que perguntar, pelo menos não a ela ou a nenhuma das pessoas que andavam de lá para cá carregando formulários, requerimentos, transcrições, petições, declarações escritas e juramentadas, intimações e toda aquela papelada que envolve a vida, mesmo após a morte. Não tinha mais qualquer pergunta — ou melhor, continuava tendo sempre a mesma: afinal de contas, quem foi David Weiser? Pois se ele não era neto de Abraham Weiser, por que carregava o mesmo sobrenome? E por que o Sr. Abraham Weiser, ao registrar o menino nos arquivos da municipalidade e reconhecendo-o como seu neto, não informou quem foram seus pais? Pois se ele fosse realmente seu neto, sangue do seu sangue e ossos dos seus ossos, então o pai de David teria que ter sido filho de Abraham Weiser, ou a mãe de David, sua filha. E Abraham Weiser deveria conhecer seus nomes, e mesmo se eles tivessem desaparecido numa tempestade de areia ou morrido de frio ou de tifo, ele teria que saber como se chamavam — no entanto, ele não quis registrá-los. Por outro lado, talvez

Abraham Weiser realmente não soubesse de nada ou soubesse muito pouco — nesse caso, David Weiser não teria sido nenhum David, não teria sido judeu e, muito provavelmente, não teria nascido em Brody em 1945.

Sim. Naqueles tempos que se seguiram à guerra, quando milhares de pessoas migravam do leste para o oeste, do sul para o norte e do oeste para o leste, era comum sumirem documentos, e podia-se registrar o que se quisesse, pois quase nada podia ser verificado. O sumiço seguido de milagroso reaparecimento de documentos era o pão de cada dia dos funcionários públicos daquela época, e o Sr. Abraham Weiser poderia ter afirmado com toda tranquilidade que o menino era seu neto, que se chamava David e que tinha o mesmo sobrenome, com a única diferença de a sua nacionalidade não ser judaica, mas polonesa. E ele poderia ter declarado aquilo pelo fato de a outra nacionalidade ter cessado de existir; aquela nacionalidade sumira da Europa, e deve ter sido por isso que ele escreveu — ou pediu para que escrevessem — que a nacionalidade do menino era polonesa, pois na época em que ele viveu em algum lugar no Oriente, no meio de ucranianos, alemães, russos, poloneses e judeus, a questão da cidadania era uma coisa secundária.

Ao sair daquele escuro prédio público vi mentalmente os dois riscos no boletim de Weiser — aquelas duas linhas horizontais traçadas com uma tinta mais e mais desbotada a cada ano. E agora, quando estou escrevendo isto, volto a vê-las, muito embora seja bem provável que a tinta desbotara tanto que os espaços destinados ao "nome do pai" e ao "nome da mãe" já dessem a impressão de jamais terem sido preenchidos.

Após aquele telefonema do meu pai no qual ele passou uma descompostura no diretor da escola e amaldiçoou todas as escolas do mundo, achei que a inesperada morte do Sr. Weiser, aquele repentino ataque cardíaco, tivesse sido obra do próprio David Weiser. Se ele era capaz de domar animais selvagens e realizar coisas de arrepiar os cabelos na olaria abandonada (ainda hei de escrever sobre tais coisas mais tarde); se ele podia fazer tudo aquilo, por que não poderia apressar o ritmo do coração do avô? Por que não liberá-lo de sua máquina de costura, dos tecidos, moldes, forros e botões sobre os quais ele passava curvado dias a fio? Por que não fazer aquilo para que ninguém pudesse interpelá-lo a respeito de mais nada? David Weiser teria eliminado uma testemunha, e hoje devo confessar que quando Piotr morreu, na rua, em 1970, e Elka partiu para a Alemanha, eu pensei da mesma forma: que Weiser simplesmente estava usando os seus poderes para afastá-los daqui. Porque a partida de Szymek para uma cidade distante também era uma forma de afastá-lo de algo — algo que eu não conseguia captar, mas que devia ser evidente para Weiser. E foi então que, sentado na secretaria da escola, senti um calafrio percorrer minha espinha, pois toda aquela investigação poderia ser apenas um teste ao qual estávamos sendo expostos por Weiser — e caso não reagíssemos como deveríamos, ele apressaria o ritmo dos nossos corações, assim como fizera com o de seu avô.

Enquanto aqueles três continuavam interrogando Szymek, me lembrei do dia em que eu não fora jogar bola no campo próximo das ex-casernas prussianas, e em função disso, Weiser e Elka me levaram para uma excursão que se revelou extraordinária. Mas vamos por partes.

Na manhã seguinte ao dia em que fomos ao jardim zoológico, minha mãe me mandou comprar legumes na loja de Cyrson. Eu gostava de ir lá. Seu interior era fresco e cheirava a verduras; havia caixotes cheios de maçãs recém-colhidas e grandes potes de vidro cheios de jujubas e balas coloridas que atraíam o olhar. A mulher do dono da loja — que atendia a freguesia detrás de um balcão de madeira — tinha seios grandes como bacias; era muito alegre e agitada e quando se movia rapidamente, servindo os fregueses, os tais seios se sacudiam como melões presos a molas. Quando, após as compras, sobrava um *zloty** de troco, podia-se comprar com ele um punhado de balas ou quatro jujubas, cada uma de cor diferente, ou ainda tomar uma laranjada daquela garrafa fechada com tampa de porcelana presa por um grosso arame. O ato de abrir as tais garrafas sentado no degrau de cimento na entrada da loja sempre fora ligado a certas emoções. Quando a garrafa estava bem-tampada e o gás da bebida não escapara por nenhuma fresta, a garrafa era agitada e, ao se erguer levemente a alça do arame, a tampa abria-se sozinha. No ar, junto com o estrondo provocado pela

*Literalmente "dourado" é a denominação oficial da moeda polonesa. (*N. do T.*)

abertura, erguia-se uma névoa perfumada, e todos os fregueses da loja se viravam e olhavam para você, de pé no degrau e apoiado no muro, levando a garrafa à boca e a entornando exatamente como meu pai ou o Sr. Korotek entornavam garrafas de cerveja no bar Liliput. Mas o ato de abrir as garrafas era uma loteria dupla, pois além da surpresa com a explosão da tampa havia a surpresa da cor do seu conteúdo. Naqueles dias, a laranjada era fabricada em duas cores; na maior parte das vezes era amarela, mas havia ocasiões em que se apresentava avermelhada, numa tonalidade de vermelho fora do comum, e até hoje sou capaz de jurar que aquela versão avermelhada tinha aroma mais forte e muito mais gás.

E assim, estava eu no degrau da loja de Cyrson olhando atentamente para o vidro verde-escuro da garrafa e querendo adivinhar de que cor seria a laranjada — amarela ou vermelha — quando vi a turma andando na direção das ex-casernas prussianas. À frente de todos caminhava orgulhosamente Piotr, com uma bola de verdade, que ele ganhara de um tio rico, debaixo do braço. Lembrei que havíamos decidido testar a bola exatamente naquele dia. Uma bola de couro não era uma coisa à toa; até então, sempre tínhamos jogado com uma de borracha que não costumava durar mais do que um mês, e agora, graças ao tio de Piotr, poderíamos nos sentir como profissionais de verdade. Estavam se aproximando de mim, e já de longe pude ouvir seus gritos: "vermelha!", "amarela!", "vermelha!", "amarela!", "pois eu lhe digo que é vermelha!", "discordo; tenho certeza de que é amarela!" — e quando eu levantei a ponta do arame e a tampa de porcelana com a borracha de vedação pulou, todos gritaram: "vermelha! vermelha!", e ficamos bebendo a laranjada vermelha, cada um dando um gole pequeno, como sempre quando algum de nós conseguia vender algumas garrafas vazias ou sobravam alguns trocados do dinheiro das compras.

O pessoal foi para o campo de futebol, enquanto eu tive que levar as compras para mamãe. Acabara de descer correndo as escadas para me encontrar com eles quando vi Weiser e Elka andando na direção de Oliwa. Tive um pressentimento, igual àquele do dia em que, junto com Szymek e seu binóculo francês, ficamos os espionando do viaduto perto do aeroporto. E embora não estivesse com Szymek e nem tivesse o seu binóculo, decidi segui-los.

A nossa rua, assim como ainda nos dias de hoje, descrevia um longo arco paralelamente aos trilhos do bonde, somente dobrando à esquerda ao chegar junto dos muros da estação terminal, bem perto de uma destruída ponte de uma ferrovia inoperante havia muito tempo. Em meus pensamentos eu passava a bola para Szymek, que saía correndo com ela driblando os zagueiros; mas não queria perder de vista Weiser e Elka, que estavam desaparecendo atrás de uma coluna empoeirada exatamente no momento em que Szymek estava se preparando para chutar no gol. Apressei o passo para chegar a tempo de ser útil num eventual rebote, mas em vez do rebote me defrontei com uma esquina e com Weiser e Elka me aguardando atrás daquela coluna.

— Não tem necessidade de você nos espionar — falou Elka. — Se quiser, pode nos acompanhar; ele está de acordo — completou, inclinando a cabeça na direção de Weiser.

Aceitei a sugestão, muito embora Szymek devesse estar chutando para o gol naquele momento. Mas veio-me à mente a imagem de Weiser frente a frente com uma onça-pintada selvagem e sem quaisquer barras de ferro entre eles, ou então a de nós três deitados debaixo da brilhante fuselagem do Ilyushin — e um delicioso tremor percorreu meu corpo.

Mas Weiser nunca se repetia — pelo menos nos momentos em que podia ser observado por nós. Talvez se comportasse de uma forma diferente com Elka, só que ele ficava com Elka o tempo todo, enquanto conosco somente quando estava disposto a isso. E naquele dia ele estava disposto (evidentemente, eu não tinha a mais vaga ideia de por qual razão) a permitir que eu os acompanhasse, muito embora não houvesse animais selvagens nem aviões barulhentos. Tratava-se de um simples passeio, visitando diversos lugares que no início não despertaram em mim qualquer interesse, já que nem tudo que Weiser dizia — e, na verdade, ele dizia para Elka — era totalmente claro e compreensível para mim. Na rua Polanka ele parou diante de um daqueles velhos prédios sobre os quais se dizia que pertenceram a alemães ricos, e travou o seguinte diálogo com Elka:

— Está vendo este prédio? Aqui morou Schopenhauer, que costumava passear debaixo desses castanheiros.

— E quem foi Schopenhauer? — perguntou Elka.

— Um grande filósofo alemão, muito famoso.

— Ah, isso é muito interessante, mas o que exatamente faz um filósofo? O que ele fez para ficar tão famoso?

— Nem todos os filósofos são tão importantes quanto ele — respondeu Weiser.

— Mas o que faz um filósofo? — impacientou-se Elka. — Famoso ou não famoso, ele deve fazer alguma coisa, não é verdade?

— Um filósofo é alguém que sabe tudo sobre a vida, compreendeu? Ele sabe como ela é; se é boa ou ruim. Ele sabe também por que as estrelas não caem sobre a terra e o que faz a água correr nos rios. E quando quer, ele escreve sobre isso em livros, e as pessoas podem ler o que ele escreveu.

— Tudo? — perguntou Elka, num tom de dúvida.

— Tudo — respondeu Weiser. — Ele também sabe muito sobre a morte.

— Sobre a morte?

— Sim; como se morre — finalizou Weiser. — Porque um filósofo tem que pensar nessas coisas, mesmo quando passeia debaixo de castanheiros.

E quando estávamos um pouco mais adiante, em frente ao prédio seguinte, que parecia mais um palacete recuado da rua uns 30 metros em direção à floresta, e passávamos pela aleia de tílias que levava ao prédio através de um portão destruído, Elka ainda perguntou:

— E você é um filósofo?

— Não — respondeu Weiser. — Por que deveria ser?

— Então de onde você sabe tudo isso?

— Do meu avô — esclareceu rapidamente Weiser. — O meu avô é o maior filósofo do mundo, mas ele não escreve livros.

Acho que foi assim mesmo que Weiser encerrou aquela conversa. Não creio ter omitido qualquer coisa, pelo menos nada que pudesse ter um significado hoje para mim, mas quando me lembro daquela resposta, sinto em minha espinha o mesmo calafrio que senti quando o Ilyushin ergueu o vestido vermelho de Elka no meio dos arbustos perto da pista de pouso do aeroporto ou quando Weiser dominou a pantera-negra, ou ainda quando fez no porão da desativada olaria aquelas coisas que nos deixavam de cabelo em pé. Eu nunca imaginei que o avô de Weiser pudesse se ocupar com algo além de sua máquina de costura — muito menos com filosofia. Portanto, o que queria dizer aquilo?

Quando entramos na Catedral de Oliwa, Weiser nos mostrou abóbadas góticas e um enorme órgão, explicando por que os anjos precisavam daquelas trombetas de bronze que, longas e recurvadas, mais pareciam sabres. E quando paramos na pequena ponte do parque, junto de um velho celeiro, para olharmos o reflexo da catedral na água cristalina de um riacho, Elka indagou se a perca que se esgueirava por entre as plantas aquáticas seria capaz de dizer alguma coisa. Uma pergunta estúpida, bem ao estilo de Elka, pois como uma perca podia falar se em quase todas as aulas de história natural M-ski nos mandava ficar calados como peixes? (e mesmo que pudesse falar, a quem deveria se dirigir: a nós, ou aos seus primos aquáticos?) — foi assim que pensei naquela ocasião, mas Weiser respondia a tudo com a maior seriedade. Na verdade, ele não respondia, mas contava — contava sobre seu avô, o maior de todos os filósofos, que antes da guerra não se ocupava com agulhas e linhas, mas viajava de vilarejo em vilarejo como vidraceiro itinerante, e quando juntava dinheiro suficiente, partia para as montanhas e lá ficava conversando com tudo que Deus criara — aves, pedras, águas, peixes, nuvens, árvores e flores. Era isso que Weiser dizia, e eu, apoiado na balaustrada daquela pontezinha, olhava embasbacado ora para ele, ora para os picos dos montes Pacholek, que emergiam por trás das torres da catedral. Eu nunca havia subido uma montanha, de modo que quando Weiser dizia que o avô dele costumava passar nelas até seis meses do ano, eu ficava imaginando o Sr. Weiser no topo de uma montanha, sem os seus óculos com armação de arame e sem a fita métrica pendurada no pescoço e com a orelha colada no chão ou encostada na superfície de um riacho. Sim... a verdade é que hoje não tenho mais certeza de nada. Pode ser que Weiser tenha inventado toda aquela história do avô do começo ao fim, mas mesmo se ele mentiu (por um motivo que só ele sabia), aquela imagem — a imagem do Sr. Weiser com a orelha encostada no chão no pico dos Pacholek acima das torres da catedral — é uma das mais lindas que a vida já me proporcionou.

Depois, pegamos o bonde número dois e fomos até Wrzeszcz, onde Weiser fez questão de saltar para mostrar a Elka mais uma casa, dessa vez não a de um filósofo, mas do

Sr. Schichau* que, antes da guerra — quando aquela parte da cidade se chamava Langfuhr — fora proprietário de um estaleiro. O Sr. Schichau devia ter tido muito dinheiro, pois a casa era realmente gigantesca, com várias entradas e torrinhas redondas, sendo que essas últimas foram o que mais encantou Elka.

— Exatamente como num conto de fadas — dizia ela, rindo para Weiser e apontando com o dedo para uma das torrinhas com uma janela. — É ali que eu gostaria de morar, guardada por dragões, e você viria me libertar das mãos de um feiticeiro malvado. Ou talvez não, talvez você fosse Merlin e fizesse muitas maldades comigo, me transformando em sapo ou outro batráquio ou aranha, enquanto eu chorava sem parar e ninguém vinha me libertar.

Elka tagarelava, Weiser permanecia calado, e eu fiquei pensando por que pessoas como Schichau ou outros ricaços como ele tinham a mania de construir casas tão esquisitas. Para quê eles precisavam daquelas inúteis torrinhas, daqueles frontões decorados, dos telhados pontudos, balcões e galerias? E cheguei à conclusão que devia ser por tédio, pois quando M-ski nos falava da exploração e da luta de classes durante as aulas de ciências naturais, era sempre assim que ele se referia aos ricaços — de que, por puro tédio, eles faziam coisas horríveis: disparavam contra trabalhadores, tiravam deles esposas e filhas e, de modo geral, eram degenerados e imorais exatamente por não terem o

---

*Ferdinand Schichau (1814-1896), engenheiro e empreendedor alemão que fundou um complexo industrial na Prússia e um estaleiro em Gdansk. (*N. do T.*)

que fazer. Por sorte, hoje não preciso mais me lembrar do que M-ski achava bom e moral. Mas naquele dia imaginei Schichau como um gordão coberto de suor esparramado numa poltrona e fumando um charuto, enquanto do lado de fora da sua janela, ao longo do Vale do Joãozinho (pois era esse o inocente nome daquela avenida de casas com torrinhas), marchavam nossos pais, cantando: "Quando a nação em armas partiu para o campo de batalha", e o Sr. Schichau pegava com seus dedos grossos como salsichas o seu telefone dourado e ligava para a polícia, porque ele, o Sr. Schichau, já estava farto daquela barulheira do lado de fora da sua vila e tinha chegado a hora de acabar com aquilo. É preciso reconhecer que nossos pais nunca marcharam diante da casa do Sr. Schichau pelo Vale do Joãozinho nem cantaram "Quando a nação em armas...". Em vez disso, fizeram uma passeata diante da sede do Comitê do Partido em 1970 e cantaram "Faça-se ouvir, povo da terra; façam-se ouvir os que passam fome". Piotr saiu de casa para ver o que estava acontecendo e levou um tiro na cabeça. Mas isso já é outra história, que nada tem a ver com Weiser.

Da casa de Schichau voltamos à parada do bonde, e Weiser nos levou até Gdansk. Pergunto-me até hoje se ele já havia planejado aquela rota, ou se a modificara por causa da minha presença. Também era possível que não tivesse em mente qualquer itinerário específico, tendo decidido andar à toa com Elka apenas para passar o tempo; algo que me parece remoto, mas não tenho qualquer base para afirmar o contrário. Também não sei de onde Weiser tirava aquelas informações que, mesmo àquela época, pareceram-me assustadoramente profundas, como as referentes à batalha pelo prédio do Correio-Geral Polonês.*

— Aqui ficava um tanque alemão — dizia ele, e apontava com o dedo. — E dali, soldados atacavam com lança-chamas, enquanto lá, um pouco mais longe, ficavam as metralhadoras... Aqui caiu do telhado um soldado alemão atingido na cabeça por um tiro disparado por um dos funcionários do Correio... E quando eles se renderam, foi por ali que foram conduzidos para fora do prédio...

E ele dizia aquilo tudo com tanta segurança que era como se tivesse estado presente no local e visto com seus próprios olhos o tanque, os lança-chamas e as metralhadoras.

E quando chegamos ao Mercado Longo, ele nos mostrou o lugar exato no qual o *Gauleiter* nazista Albert Forster se encontrava ao anunciar a anexação de Gdansk ao Terceiro Reich. Aquilo era algo que ele não podia ter ouvido do seu avô, nem lido em nenhum livro didático de história, pois os historiadores não se ocupavam com tais níveis de detalhes. Além disso, nenhum deles chegou a mencionar o local no qual Frederico, o Grande, costumava descansar durante suas caçadas na Floresta de Oliwa. Sentado na secretaria da escola, eu me dava conta de que Weiser tinha uma pre-

---

*A posse da cidade de Gdansk (Danzig, em alemão) sempre foi disputada pela Prússia e pela Polônia. Pelo Tratado de Versalhes passou a ser "cidade livre", sob a tutela da Liga das Nações e com seus cidadãos alemães e poloneses administrados por órgãos públicos separados. No primeiro dia da Segunda Guerra Mundial, as autoridades alemãs da cidade resolveram ocupar o prédio do Correio-Geral Polonês e se defrontaram com uma inesperada resistência dos seus funcionários. Dos cinquenta defensores do prédio, dez morreram em combate e os quarenta restantes se renderam, tendo sido julgados e fuzilados. (*N. do T.*)

dileção toda especial por seguir pistas alemãs; mas o que o motivava a isso me era desconhecido então e continua sendo até hoje, quando me lembro da sua coleção de selos ou do arsenal escondido na desativada olaria e as explosões no vale atrás do estande de tiro. Porque (como constatamos mais tarde, quando conseguimos seguir Weiser e Elka até seu esconderijo) a enferrujada submetralhadora Schmeisser que ele nos dera no Cemitério de Bretów no momento em que Szymek ia iniciar o fuzilamento dos guerrilheiros — cuja perda nunca conseguimos superar, após a fuga daquele maluco de roupão amarelo — não passava de uma deplorável amostra das demais armas de sua coleção.

Do Mercado Longo retornamos à parada do bonde, e enquanto o chacoalhante veículo nos levava em direção a Wrzeszcz, voltei a pensar na bola de futebol de Piotr, nos passes de Szymek e na possibilidade de ainda jogarmos no gramado junto das ex-casernas prussianas.

E, efetivamente, fomos jogar naquela tarde, só que não foi uma partida normal, pois caso houvesse sido como todas as precedentes e não tivesse tido qualquer conexão com Weiser, não haveria razão para mencioná-la. Mas vamos por partes.

Enquanto eu vagueava com Weiser e Elka, o pessoal jogava no gramado junto das ex-casernas prussianas, deliciando-se com a sensação de poder chutar uma autêntica bola de couro. E foi por causa dela que se iniciaram as desgraças daquele dia — para evitar qualquer mal-entendido, torno a dizer: as desgraças daquele dia, e não as desgraças de um modo geral. Após uma hora de jogo, adentrou o campo um grupo de milicos — não eram soldados de verdade, mas filhos dos militares que moravam nos novos prédios construídos havia pouco atrás das ex-casernas prussianas. Eram muito arrogantes e — o que era mais importante — mais velhos e mais bem-vestidos do que nós, provavelmente por suas mães disporem de banheiros próprios e de máquinas de lavar roupas próprias, ao contrário de nós, que, conforme já mencionei, tínhamos apenas um banheiro por andar e apenas o pai de Leszek Zwirely tinha uma máquina de lavar. Portanto, eles se sentiam superiores e mais importantes, mas não tinham uma bola como a nossa e começaram a olhar para ela com cobiça. No início, ficaram à beira do gramado assistindo ao nosso jogo, atirando pedrinhas, dando gargalhadas e indagando aos gritos por que tínhamos uma bola tão boa se não sabíamos jogar direito. Diziam que deveríamos usar bolas de meia para não desperdiçar uma bola como aquela com uns pernas de pau como nós. Aquilo enfureceu Szymek, que foi até eles e os desafiou a jogar conosco. E eles, sendo espertos, disseram:

— Muito bem, mas se vocês perderem, nós ficaremos com a bola.

E o nosso grupo, inclusive Piotr, o dono da bola, acabou concordando, pois não se tratava mais apenas de uma bola, mas de Honra, como numa guerra.

Foram escolhidos dois times com seis jogadores de campo e um goleiro, e ficou estabelecido que o jogo seria disputado em dois tempos, com o primeiro até a hora do almoço e o segundo na parte da tarde, quando o ar estaria mais fresco. Apesar de todos os esforços de Szymek, que parecia estar por toda parte do campo, e dos precisos passes de Stas Ostapiuk para Krzysiek, o primeiro tempo terminou em 4 a 1 para os milicos.

E foi no exato momento em que eu estava voltando para casa, passando pelo muro do qual pendiam havia meses os mesmos cartazes rasgados, que vi o pessoal se arrastando abatido e sem esperanças de conseguir virar o jogo no segundo tempo. Szymek me pôs a par da situação.

Após o almoço retornaram ao gramado, no qual pastava uma vaca arrancando tufos de grama ressecada. Os outros chegaram mais tarde, convencidos de que a bola já era deles. O jogo começou. Piotr lançou a bola para Leszek, o nosso lateral esquerdo, que driblou dois milicos e se aproximou perigosamente da pequena área, mas o zagueiro conseguiu desarmá-lo e, desferindo um possante chute, mandou a bola para o nosso campo, onde havia apenas o nosso goleiro, Krzyszek, e quatro atacantes adversários. Esses não tiveram qualquer dificuldade em driblá-lo e, no segundo seguinte, o placar estava 5 a 1. Szymek não falava nada e Piotr tinha lágrimas nos olhos, pois além da honra estava cada vez mais evidente que iria perder a bola que ganhara do tio rico.

E foi naquele momento que aconteceu algo extraordinário; algo que, a bem da verdade, não tinha o mínimo direito de acontecer. Weiser, que, sem ser notado por nós, estava observando o jogo de cima de uma colina, desceu de lá, aproximou-se de nós e disse que nós ganharíamos caso ele jogasse no nosso time e nós obedecêssemos cegamente a tudo o que ele nos ordenasse. Szymek, que era o capitão do nosso time, ficou hesitante, mas não havia muito tempo para pensar, principalmente porque os milicos estavam nos pressionando para darmos continuidade ao jogo.

Foi então que teve início um espetáculo esplêndido, e apesar da ausência de uma plateia de milhares de torcedores, com os dois times jogando sem uniformes e Kryszek e eu descalços, não haveria no mundo inteiro um só técnico de futebol que não tivesse ficado deslumbrado. Aquilo não era um simples jogo de futebol, com lances triviais, passes corriqueiros, dribles comuns ou costumeiros chutes a gol — era um poema épico com cinco atores e um narrador onisciente, na pessoa de Weiser. A primeira coisa que ele fez foi nos posicionar no campo, e, a partir daquele momento, deixamos de ficar correndo todos juntos atrás da bola. Assim, Szymek assumiu a posição do lateral esquerdo e eu a do lateral direito; Weiser ficou no centro, com Piotr a alguns metros atrás dele. Nossa defesa ficou por conta de Kryszek e Leszek, com o nosso goleiro oficial, Janek, vestido com uma comprida camiseta do pai. Nos primeiros minutos, essa nossa formação desagradou muito a Stas Ostapiuk, já que ele teve que ceder seu lugar no time para Weiser — mas só nos primeiros minutos; até o primeiro gol: um gol marcado por Szymek depois de eu ter passado a bola para Weiser, que driblou dois milicos e, em vez de tentar ele próprio emplacar, enganou a todos, tocando-a levemente com o calcanhar para Szymek, que não desperdiçou a oportunidade: 5 a 2.

Mas aquilo foi apenas o começo, pois, para nosso espanto, Weiser revelou-se um exímio jogador, além de nos orientar no campo de uma forma impressionante; não havia um só detalhe que lhe escapasse. Quando avançava no meio-campo dos milicos, movia-se mais lentamente, parecendo hesitar e esperando que eles viessem cercá-lo, iludidos pela sua aparente inabilidade com a bola. Aí, ele começava a brincar com os adversários, erguendo a bola no ar com o pé e mandando-a ora para a esquerda ora para a direita com a cabeça, e gritando para Szymek ou para mim: "Agora! Agora!" — e nós aguardávamos apenas por aquilo para marcar novos gols. O terceiro foi feito por mim, ao receber a bola cabeceada por Weiser. O quarto, por Piotr, depois de Weiser ter passado a bola para Szymek, esse tê-la devolvido a ele, e Weiser ter repetido o que fizera no primeiro gol da tarde mas, em vez de chutar para o gol, dar um passe perfeito, dessa vez para Piotr, para completar a jogada. O quinto gol — o do empate — foi marcado na cobrança de uma falta. Foi aí que Weiser mostrou cabalmente o craque que era, pois a bola passou literalmente a um centímetro das cabeças dos jogadores que formavam a barreira, descrevendo um semiarco no ar e entrando no cantinho do gol, diante do olhar desolado do goleiro. Elka gritava e agitava os braços como uma possessa, enquanto Stas Ostapiuk saltitava em torno dela, executando a dança de um torcedor enlouquecido.

Faltavam apenas cinco minutos para o jogo terminar, mas Weiser não parecia preocupado. Era evidente que estava aguardando o melhor momento para mostrar seu número de exibição — e embora ele tenha jogado futebol conosco apenas naquela única e exclusiva vez, nós ficamos comentando o tal número por meses a fio. Em que consistira? Piotr, que inesperadamente se encontrou junto de Szymek na ala esquerda, conseguiu desarmar um dos milicos e chutar a bola para Weiser. Mas o passe foi longo demais para que Weiser pudesse alcançá-lo, por mais rápido que fosse. Diante disso, Weiser se atirou para a frente, virou uma cambalhota e, quando seu corpo estava em posição vertical, os braços quase tocando o gramado e os pés erguidos como duas estacas, uma dessas estacas desferiu uma violenta pancada na bola, enquanto o artista completava a cambalhota e caía suavemente no chão. Aquele foi o nosso sexto gol; o gol da vitória. Elka urrava na beira do gramado, enquanto os milicos já não partiam para o ataque, passando os últimos momentos do jogo apenas na defensiva.

Quando o tempo se esgotou e não havia mais como eles empatarem o jogo, o capitão milico aproximou-se de nós, dizendo:

— Nada disso muda o fato de vocês serem um monte de estrume!

Mas nem chegamos a dar atenção à ofensa, pois procurávamos Weiser a fim de carregá-lo nos ombros numa volta olímpica em torno do campo. Só que ele perdera qualquer interesse em nós e, como se nunca tivesse se preocupado com a possibilidade de perdermos a bola, vestiu a calça, pegou Elka pelo braço e foi embora.

Enquanto isso, o líder dos milicos pegou o tesouro de Piotr e atravessou com ele o gramado até os arbustos onde estavam as roupas do bando. Rápido como um raio, sacou uma faca da mochila e perfurou com ela a bola, atirando-a na nossa direção e exclamando:

— Podem ficar com essa merda!

Seus amigos riram do que ele dissera, repetindo "merda" e "esterco" sem parar, como se não pudessem inventar nenhum outro termo, enquanto nós permanecemos impotentes, pois eles, junto com seus torcedores, eram muito mais numerosos, além de serem visivelmente mais bem-alimentados do que nós. Olhei para onde deveria estar Weiser, e todos viraram as cabeças na mesma direção, já que nos demos conta repentinamente de que a única pessoa que poderia nos ajudar nessa situação seria precisamente ele — o magro e levemente encurvado Weiser, que nunca jogava bola conosco e não nadava nas águas de Jetlików. Mas ele já havia desaparecido atrás das ex-casernas, afinal, por que deveria se interessar pelas nossas picuinhas? Ele exibiu seu número e, como um verdadeiro artista, desdenhou os aplausos da multidão, saindo de cena e deixando para nós apenas as amargas migalhas de sua fama.

E é exatamente assim que eu o vejo hoje — como alguém que jogou conosco não por causa da bola de Piotr e muito menos pela nossa honra, mas para nos mostrar que sabia jogar melhor do que nós e que era melhor em praticamente tudo. Estou convencido de que ele, ao jogar daquela forma fantástica, não estava querendo se gabar, mas nos dizer: "Vocês não falavam que eu não sabia jogar futebol por nunca ter acompanhado vocês naquela correria maluca pelo campo atrás de uma bola? Pois bem, agora viram que a verdade é outra..." E se um de nós fosse lhe perguntar se ele gostaria de jogar conosco de novo, é quase certo que ele responderia: "Não tenho o menor interesse." E, ao responder assim, acho que ele queria esconder algo, como era seu costume.

Sentado na cadeira dobrável na secretaria da escola enquanto Szymek permanecia no gabinete do diretor por um tempo assustadoramente longo, fiquei me perguntando a razão pela qual Weiser, em vez de jogar bola ou nadar conosco até a boia vermelha de Jetlików, escolhera passar por um frouxo aos nossos olhos durante todos aqueles anos. E quando, felizes apesar da bola furada de Piotr, voltávamos do campo de futebol que ficava junto das ex-casernas prussianas, já naquele momento fomos tomados por um sentimento que poderia ser definido como uma espécie de preocupação. Pois se Weiser escondia de nós sua habilidade com a bola; se nunca nos mostrava como sabia driblar três adversários ao mesmo tempo ou erguer a bola com a ponta do pé, erguê-la ainda mais com o joelho e cabeceá-la ora para a esquerda ora para a direita; se nunca nos mostrara aquilo apesar de passar horas à beira do gramado vendo como fazíamos tudo tão pior do que ele — então era evidente que ele tinha motivos para isso; motivos totalmente desconhecidos por nós. E aí vinha a pergunta que não queria calar: por que Weiser decidiu jogar conosco e sair do seu esconderijo exatamente naquele dia? Szymek repetiu a frase de Elka de que ele sabia fazer qualquer coisa. Só que ninguém riu desta vez, tendo em mente o jardim zoológico e a pantera-negra do dia anterior, sendo que eu ainda sabia que Weiser e Elka não estavam brincando de médico à beira da pista de pouso, muito embora não conseguisse atinar com o que eles pretendiam indo para lá. Foi somente quando o relógio de parede bateu 21 horas que fui iluminado por uma ideia muito simples — a de Weiser erguer o vestidinho vermelho de Elka através do Ilyushin por não querer fazê-lo ele mesmo, fosse por achar isso demasiadamente simples, fosse por considerar tal ato muito vulgar. E quando a porta do gabinete foi aberta, liberando finalmente Szymek, eu vi mais uma vez o prateado corpanzil do Ilyushin, os joelhos erguidos de Elka, seus quadris ora subindo ora descendo, no meio dos quais ondulava aquele escuro e macio musgo triangular. E me lembrei de seu rosto contorcido e de sua boca aberta como se estivesse gritando no intuito de abafar com seu grito o terrível ronco da máquina que pousava.

Quero crer que não cheguei a mencionar até agora que Elka foi encontrada mais tarde e que conviveu conosco por um longo tempo antes de partir para a Alemanha. Mas nem naqueles dias nem depois, quando escrevi a ela várias cartas, nem mesmo quando viajei à Alemanha exclusivamente para encontrá-la — ela jamais disse uma palavra sequer sobre Weiser ou sobre o que se passara naquele último dia às margens do Strzyz. Permaneceu calada, e os médicos justificavam seu teimoso silêncio como sendo fruto de um choque psíquico, uma amnésia temporária e outras explicações desse gênero. E somente eu sabia àquela época — como sei até hoje — que aquilo não era verdade, pois Elka tinha que saber quem foi ou quem continua sendo

Weiser. Seu silêncio perene até hoje — quando escrevo a ela para Mannheim independentemente do que se passou entre nós durante a minha visita — é a maior confirmação disso. Sim; quando me lembro de Weiser naquele porão da olaria desativada, fico até hoje com os cabelos em pé. Estivemos lá apenas uma vez, enquanto era mais do que certo que Elka participara daquilo diversas vezes e que todas as explosões no vale atrás do estande de tiro foram feitas de certa forma para ela.

Mas não estou escrevendo um livro sobre Weiser que poderia começar pela cena que se passou na olaria desativada. Não. Estou apenas esclarecendo os fatos e as circunstâncias, e é por isso que Szymek se senta ao meu lado sobre uma cadeira dobrável, enquanto eu ouço o meu sobrenome: "Heller; chegou a sua vez", e me ergo lentamente arrastando a perna dolorida e me dirijo à porta forrada de couro capitonê, com medo de M-ski e, mais precisamente, das torturas que ele irá adotar nessa segunda parte do interrogatório.

O homem de uniforme abrira dois botões de sua camisa azul, sob a qual, eu pude notar, ele vestia uma camiseta de tecido de malhas bem abertas através das quais apareciam tufos de cabelos negros. Imediatamente veio-me à mente a imagem do chimpanzé do Zoológico de Oliwa, com o mesmo tipo de pelos no peito. E pensei como teria sido engraçado se, em vez do chimpanzé, pudéssemos ter visto o sargento da polícia atirando areia nos espectadores e, enfurecido, esguichando urina sobre a primeira fila dos alegres visitantes do zoo. Essa imagem mental me fez sorrir para ele, que retribuiu o sorriso e apontou para uma cadeira.

— Sente-se — falou.

M-ski lançava olhares desconfiados em minha direção, enquanto o diretor manipulava sua gravata, que não lembrava mais qualquer jabô jacobino nem mesmo um xale, apenas um pano úmido retorcido.

— Queremos saber tudo sobre as explosões atrás do estande de tiro — começou M-ski. — Quantas foram e em que dias. Onde o colega de vocês arrumou o material explosivo e o que era: dinamite ou pólvora? De onde ele o tirava: de cápsulas ou de bombas não detonadas? E queremos que você nos conte mais uma vez como foi aquela última explosão, quando ele e a colega de vocês sumiram para sempre. Não tenha medo e conte-nos tudo; a verdade nua e crua. Vocês encontraram nas redondezas pedaços de roupa e de corpos pendendo de alguma árvore?

M-ski fazia aquelas perguntas com rapidez, como temas numa abertura — uma após outra, pois o interrogatório propriamente dito estava ainda por começar.

— Sim. — O homem de uniforme suspirou. — Conte-nos quando ocorreu a primeira explosão.

— Logo no começo de junho — respondi.

— Você não poderia ser mais preciso? — indagou o diretor.

— Não consigo me lembrar exatamente da data, mas tenho certeza de que foi no início de junho, pois foi quando o padre começou aquela série de missas...

— Missas?! — exclamou M-ski, erguendo-se de um pulo. — De que missas você está falando? O senhor ouviu, senhor diretor? Será que eles nunca vão parar? —

Em seguida, virou-se para mim: — E então, que raio de missas eram essas?

— Pelos camponeses e pescadores, senhor professor — respondi educadamente. — Na verdade, pela chuva, para despoluir a baía e limpar os campos, porque estávamos atravessando uma terrível seca e o padre Dudak dizia que era um castigo divino pelos nossos pecados.

— Pecados de quem? — interessou-se o de uniforme.

— Bem, imagino que sejam os pecados dos homens — respondi, sem muita convicção. — O padre dizia que os homens estavam se afastando de Deus e da sagrada religião católica, e que era por isso que Deus enviara a seca, como um aviso para os homens se corrigirem, caso contrário...

— Ah, é? — falou o diretor, torcendo ainda mais sua gravata. — Caso contrário, o quê?

— Caso não se corrigissem, Deus faria conosco o mesmo que fez com Sodoma e Gomorra; queimaria com fogo divino cidades e pessoas...

— Basta! — berrou M-ski. — Basta! O senhor está ouvindo, sargento? Isso é ainda pior que a Idade Média; eles não poupam nem crianças, e nós temos que trabalhar nessas condições?! É uma pena que o procurador não esteja aqui agora, para poder ouvir isto. Isto certamente contraria algum dispositivo legal!

O homem de uniforme interrompeu o desabafo do professor de ciências naturais:

— Temos que manter a calma, camarada M-ski. Em casos como esse, a emoção é a pior conselheira — falou, virando-se em seguida para mim. — Então, caro colega, você está afirmando que aquilo ocorreu no começo de junho. É isso?

— Sim, senhor sargento. Foi no início de junho — confirmei.

— Muito bem. E como vocês souberam que Weiser iria fazer aquilo?

— Ele mesmo nos disse.

— Como foi isso?

— Estávamos brincando em Bertów quando ele veio e disse que se quiséssemos ver algo legal deveríamos ir com ele até o vale atrás do estande de tiro.

— E Wisniowieska? — perguntou o sargento, lembrando-se do sobrenome de Elka. — Wisniowieska estava com ele naquela ocasião?

— Estava. Ela estava com ele em todos os lugares.

— O que quer dizer com "todos os lugares"?

— Que ela sempre andava com ele, por toda parte. Não sei exatamente por onde eles andavam, mas estavam sempre juntos.

Notei que o de uniforme abrira mais um botão e que novos tufos de cabelos apareceram nas malhas do tecido da camiseta.

— Muito bem — falou ele. — E é óbvio que vocês foram atrás dele, aliás, deles, já que Wisniowieska estava com Weiser. E o que se passou depois?

— Quando chegamos ao vale, Weiser disse que iria haver uma explosão e que nós tínhamos que seguir rigorosamente as suas instruções para que não houvesse um acidente. Mandou que nos deitássemos na trincheira e ficou mexendo nos cabos do... do...

— Detonador — falou o de uniforme.

— Sim, do detonador; e depois falou "atenção" e girou uma manivela, e de repente ouvimos um estrondo, enquanto areia e tufos de grama caíam sobre nossas cabeças.

— E isso foi tudo?

— Sim, porque Weiser guardou o detonador e disse que podíamos voltar para nossas casas.

— Um momentinho... Pelo que você falou, eu compreendi que quando vocês iam para o local da explosão Weiser não estava com os explosivos. Estou certo?

— Sim, senhor sargento, porque ele, a cada vez que íamos ver uma explosão, já havia enterrado a mina e na nossa presença só ligava os cabos do detonador; portanto, ele já devia ter preparado tudo antes.

— Ou seja: ele colocava a carga com os fios quando vocês não estavam... Agora me diga: quanto tempo se passava entre a colocação da mina e o momento de explosão: uma hora, duas horas, um dia inteiro?

— Não sei — respondi. — Nenhum de nós sabia daquilo, porque Weiser não nos envolvia nos seus preparativos e só nos chamava no último momento.

O homem de uniforme coçou a cabeça e ficou olhando ora para o diretor, ora para M-ski.

— Está bem, mas vocês nunca ficaram tentados a ir até lá sem ele e ver se a mina seguinte já estava pronta?

Ao pronunciar as últimas palavras, o de uniforme aproximou a cabeça da minha e eu pude sentir emanar de sua boca um cheiro de alho, igualzinho ao que a gente sente ao abrir um pote de picles, muito embora a horta vizinha ao nosso prédio não tivesse produzido naquele ano muitos pepinos, alho ou endro.

— Não, porque Weiser tinha nos proibido de ir até lá sem ele, afirmando que todo o vale estava minado.

— E vocês acreditaram nele?

— Sim, porque ele nunca mentiu para nós; além do quê, as explosões ocorriam nos mais diversos pontos do vale, e tínhamos medo de pisar numa das minas.

O diretor, em vez de afrouxar a gravata, apertou-a com mais força em torno do pescoço, num gesto quase convulsivo.

— Você reconhece esse objeto? — perguntou o de uniforme, mostrando-me a fotografia de uma caixa preta com uma manivela e um pistão encimado por algo parecido com um cabo de saca rolhas.

— Sim, reconheço. É o detonador que Weiser sempre escondia após cada explosão.

— E onde ele o escondia? — perguntou rapidamente M-ski.

— Não sei. Provavelmente junto como o material que ficava na olaria.

— Já que estamos falando da olaria, o que ele guardava ali? O que ele lhes mostrava quando vocês a visitavam?

— Nós não costumávamos visitar a olaria. Só fomos lá uma vez.

— E como foi isso? — quis saber o de uniforme.

— Um dia, após a segunda ou terceira explosão, Elka nos procurou e disse que caso quiséssemos ter uma metralhadora de verdade poderíamos segui-la. Não nos disse aonde; nos conduziu à velha olaria, na qual nos aguardava Weiser. Aí ele nos deu uma metralhadora enferrujada e um capacete alemão, porque costumávamos brincar de guerrilheiros. E isso foi tudo; não nos mostrou mais nada.

— Um momento... Em qual parte da olaria vocês estiveram àquela hora?

— Perto dos fornos; lá onde há trilhos e pequenos vagões.

— E vocês não sabiam nada sobre o porão e o arsenal que ele acumulara lá?

— Não. Foi só quando começaram as buscas e a polícia encontrou aquele porão soterrado que ouvimos pela primeira vez sobre o que Weiser guardava lá.

— E vocês nunca tiveram a curiosidade de saber de nada? Não quiseram saber onde ele arrumou aquele detonador ou a pólvora para as minas? Nunca lhe perguntaram sobre isso? Nem uma vez?

— Perguntamos, mas Weiser disse que o capacete e a metralhadora eram um prêmio por sabermos ficar de boca fechada, e que quando ele ficasse convencido da nossa discrição, nós ganharíamos algo extra, mas só então. Foi exatamente assim que ele se expressou: "quando eu estiver convencido da discrição de vocês", então nós paramos de perguntar.

O homem de uniforme estava visivelmente decepcionado.

— E Weiser não brincava de guerrilheiro com vocês? — perguntou.

— Não. Quando não era possível tomar banho de mar, íamos ao Cemitério de Bretów; ele aparecia por lá de vez em quando, mas nunca brincou de guerra conosco.

— Ele travava sua própria guerra, mas num outro lugar — falou M-ski, e o diretor meneou a cabeça, sem dizer nada.

— E nunca passou pela cabeça de vocês a ideia de que seria adequado informar algum adulto de tudo aquilo? — continuou o de uniforme. — De que aquilo poderia acabar muito mal para vocês?

Fiquei calado por um momento, pois como poderia responder a uma pergunta dessas, especialmente quando feita por um homem de uniforme com uma camiseta de arrastão e com o corpo cabeludo como um Tarzan? Por fim, respondi da forma como ele esperava que eu respondesse:

— Àquela época, não. Mas agora estou convencido de que deveríamos ter agido dessa forma.

— Pois é; só agora... — zombou M-ski, mas o de uniforme cortou-o logo, dizendo:

— O que vocês tinham em mente quando deram aquela metralhadora usada e o capacete a um paciente fugido de um hospício? Vocês não sabiam que se tratava de uma pessoa que sofria das faculdades mentais? Ele ficou andando com aquilo pelas redondezas, apavorando as pessoas. De quem foi essa brilhante ideia?

— Aquilo não foi assim. Após cada combate da guerrilha com os alemães, nós, antes de voltarmos para casa, escondíamos o capacete e a metralhadora numa cripta vazia, num dos cantos do cemitério. Numa tarde fomos até a cripta e vimos que o capacete e a metralhadora haviam desaparecido. Foi só muito mais tarde que alguém nos contou que aquele maluco andava por Bretów com o nosso capacete e a nossa metralhadora; mas nunca chegamos a vê-lo.

— Ah, mas se fosse só isso! — suspirou o diretor, afrouxando a gravata, que, a essa altura, lembrava o pano de cabeça da Sra. Korotek. — Ah, se fosse só isso, meus meninos! Meu Deus, que trapalhada...

Mas não concluiu, porque M-ski lançou-lhe um olhar ameaçador e ele se calou imediatamente, como se tivesse sido tocado por uma varinha de condão, enquanto o de uniforme continuava o interrogatório:

— Agora, quero que você nos diga quantas explosões houve e em que umas se diferenciavam das outras.

— Ao todo foram seis explosões — respondi. — Uma de cada vez. Eram todas muito parecidas, sendo que aquela última... sobre a qual já falei, aquela última foi extremamente forte; mais forte que todas as anteriores.

— Muito bem... — rosnou o de uniforme. — E agora, descreva mais uma vez exatamente o que se passou no vale naquela última vez.

Voltei a falar exatamente como falara antes, quando M-ski "esticara a tromba do elefante além do limite"; falei lentamente, para não alterar nada, e eles ficaram ouvindo atentamente, como se cada palavra que saía da minha boca fosse um inseto e como se eles pegassem cada um desses insetos e o examinassem através de uma lupa, virando-o pelo avesso. E quando terminei o meu relato no ponto em que Elka e Weiser sumiram no topo da colina — o que era a mais pura verdade —, M-ski não aguentou e berrou:

— Como vocês podiam tê-los vistos se eles já estavam mortos?! Ou será que você está querendo nos convencer de que viram duas almas a caminho do céu?!

E chegou assustadoramente perto de mim, mas o de uniforme o deteve e me mandou ir até a escrivaninha, sobre a qual desdobrou um mapa militar em que o vale estava claramente marcado por curvas de nível.

— Vocês estavam aqui, junto dessa fenda, não é verdade?

— Sim, senhor — confirmei.

— E a colina à qual você se refere é aquele declive do vale, não é?

— Sim. — Fiz um gesto positivo com a cabeça.

— O que quer dizer que vocês estavam a 100 metros de distância do sopé da encosta; portanto, como você pode dizer com tanta certeza que se tratava de Weiser e Wisniowieska? Quem sabe se vocês apenas acham que os viram? Não estariam com medo de pensar que eles tinham ido pelos ares? Um de vocês... parece que foi Korolewski, falou: "Olhem, lá estão eles, subindo", e vocês, apavorados, viram precisamente aquilo que desejavam ver; não teria sido isto? Vamos, admita de uma vez por todas!

Permaneci calado, surpreso com o mapa e com sua precisão. O meu silêncio deve ter sido interpretado como uma concordância tácita, porque ele logo concluiu:

— De tudo que você falou ficou muito claro que você sabe perfeitamente onde Weiser e sua colega estavam na hora da explosão. Você disse: "Weiser mandou esperarmos perto do pinheiral, e quando viu que estávamos lá, atravessou o vale e acenou com o braço para que nos deitássemos. No momento seguinte houve uma explosão, a terra tremeu e nossas cabeças ficaram cobertas de areia", não foi exatamente isto que você falou?

Fiz um sinal afirmativo com a cabeça. O cheiro de alho ficou ainda mais forte e tive uma vontade danada de comer pepinos em conserva.

— Sendo assim, olhe para cá — falou o de uniforme, batendo com a ponta do lápis no mapa. — Olhe com atenção. Vocês estavam aqui... perto do pinheiral. Weiser os vê, parado a uns 20 metros adiante... aqui. Depois, ele se encaminha para o vale. Você disse que ele "atravessou o vale", o que quer dizer que ele se afastou na direção da mina. Àquela altura vocês não viam Wisniowieska, porque ela estava vindo daqui... do meio das aveleiras. E agora olhe atentamente, pois isto é o mais importante de tudo. Weiser está aqui, e é daqui que ele faz o sinal para vocês se deitarem, o que vocês fazem, permanecendo deitados e sem erguerem as cabeças, de modo que não podem ver que naquele mesmo instante a colega de vocês chega junto dele. E o que acontece? A explosão ocorre logo após aquele aceno feito por Weiser. E de onde ele acenava para vocês? Sim, este círculo vermelho assinala o lugar da explosão, junto da cratera. Weiser acenava para vocês exatamente daquele ponto, do local onde estava enterrada a mina. Eis o que aconteceu: Weiser acenou para vocês, e quando vocês estavam deitados com os rostos enfiados na grama, ele se inclinou sobre a mina para verificar a conexão dos fios. Ele pretendia ir com Wisniowieska até o detonador, que estava... aqui, exatamente onde o encontramos, só que dessa vez a mina explodiu sozinha, sem ter sido preciso girar a manivela e apertar o pistão do detonador. Provavelmente era uma bomba que não explodira, e não um artefato montado pelo colega de vocês. Nas explosões anteriores... e vocês mesmos confirmaram isso... passavam-se em torno de dois minutos entre o momento em que Weiser lhes dava o sinal para se deitarem e a mina explodir. Era aproximadamente o tempo que ele precisava para se afastar do artefato até um lugar seguro, onde estava o detonador. Porque Weiser, apesar de as minas serem colocadas em lugares diferentes a cada vez, sempre agia da mesma forma. Primeiro ele fazia um sinal para vocês se deitarem... aqui, ali, ou ainda ali, e, em seguida, verificava as conexões dos fios das bombas para ver se tudo estava correto, para somente então ir até o detonador, girar a manivela e pressionar o pistão. Daquela vez, ele verificou as conexões... e quando quis chegar ao lugar onde estava o detonador a mina explodiu por si mesma. Foi-se pelos ares, junto com Wisniowieska, e vocês, querendo muito vê-los, acabaram achando que os viram... só que de mentirinha. Vocês acreditaram ter visto os dois subindo a encosta, estando junto da fenda, a mais de 100 metros de distância. Não foi assim que tudo se passou?

Fiquei parado junto da escrivaninha profundamente impressionado com o fato de tudo na sua descrição se encaixar tão perfeitamente. Perfeitamente demais para ser verdade. Mas não falei nada, pois o de uniforme não sabia que encontramos aqueles dois no dia seguinte à margem do Strzyz; dessa feita pela última vez. Ele não sabia da pantera-negra, da nossa partida de futebol com os milicos no campo junto das ex-casernas prussianas, não vira Weiser no porão da antiga olaria e não ficara com os cabelos em pé, ou, se ficara alguma vez, não o fora pelo mesmo motivo.

O homem de uniforme parou para recuperar o fôlego; eu voltei a sentir o cheiro de alho, enquanto M-ski esclarecia:

— Isto tudo casa perfeitamente. E você quer saber quem confirmou que aquele encontro de vocês à margem do Strzyz ocorreu um dia antes, e não depois, da explosão?

Permaneci calado; M-ski concluiu:

— Vocês foram vistos pelo sacristão da Igreja de Bretów!

E M-ski, pela primeira vez naquele dia, sorriu triunfalmente, enquanto eu me senti aliviado, já que o álibi não podia ter sido melhor. Tudo indicava que o sacristão confundira as datas. "Tanto melhor", pensei. "Tomara que eles continuem nessa linha de raciocínio." Mas o interrogatório ainda não terminara. O de uniforme voltou a se sentar na poltrona enquanto M-ski se aproximou de mim.

— Falta somente esclarecer um detalhe. Onde vocês esconderam os restos de Weiser e Wisniowieska? Fale!

Permaneci mudo.

— Estamos falando de um ato criminoso — acrescentou o diretor. — Vocês não deram parte do acidente nem daquele enterro macabro. Como puderam fazer coisa tão abominável?! Isso é... isso é pior do que canibalismo! Vocês não têm um pingo de consciência? Afinal, o que lhes ensinam nas aulas de religião?

— Fale imediatamente o que fizeram com aqueles... aqueles restos — falou o de uniforme. — Não é possível que vocês não tenham encontrado pedaços de corpos ou roupas!

Abaixei a cabeça e fiquei me imaginando segurando um dos olhos de Weiser, enquanto Szymek tinha nas mãos o fragmento de um vestido, e nós colocando solenemente aqueles restos num buraco escavado no chão, enquanto Piotr entoava: "Jesus misericordioso, Senhor nosso, dê-lhes o descanso eterno"; em seguida, cobríamos o buraco e aplanávamos o chão com os calcanhares, mas o olho de Weiser piscava para nós de sob a terra, e ficará piscando assim até o fim do mundo, mantendo-nos subjugados a ele como aquela pantera detrás das barras da jaula do jardim zoológico de Oliwa. Foi uma sensação horrível, e fiquei tremendo todo. M-ski agarrou-me pelos cabelos, pertinho da orelha — naquele lugar onde eles começam —, e puxou-os para cima, mas os curtos fios escaparam dos seus dedos e ele agarrou-os novamente, dessa vez um pouco mais acima —, e teve início a "depenação do ganso".

— On-de foi que vo-cês en-ter-ra-ram a-qui-lo? — escandia, e a cada sílaba puxava meus cabelos com mais força, enquanto eu ia me erguendo e erguendo, até o momento em que, apoiado na ponta dos pés, acabei balançando feito um pinguim, enquanto M-ski já não mais puxava os cabelos, mas os arrancava. — E então, on-de vo-cês en-ter-ra-ram a-qui-lo? Vo-cê vai di-zer, ou te-rei que ar-ran-car fo-ra a su-a ca-be-ça?

E, se não tivesse soado naquele momento o telefone na mesa do diretor, eu — não suportando mais tanta dor — teria revelado o que se passara de verdade. M-ski soltou meus cabelos e olhou na direção do diretor, que, tendo erguido o fone, falou para o de uniforme:

— É para o camarada.

Houve um momento de silêncio, enquanto eu sentia minha cabeça ardendo, pois o depenar do ganso fazia doer tudo: a cabeça, as têmporas e as bochechas. O de uniforme meneava a cabeça e apenas dizia:

— Sim, sim, muito bem, sim, sim, evidentemente, sim, está certo, é óbvio, sem dúvida, sim, sim.

E embora eu não saiba até hoje quem conversou com o homem de uniforme naquele dia às 9 horas da noite, sou eternamente grato àquela pessoa. Pois foi graças a ela que M-ski parou de me torturar. Porque quando o de uniforme repôs o fone no gancho, ficou patente que eles precisavam confabular entre si, razão pela qual me despacharam de volta à secretaria para me sentar novamente naquela cadeira dobrável cujo assento feito de ripas de madeira beliscava o meu traseiro.

E assim ficamos novamente os três, sentados, sendo observados pelo zelador da escola, enquanto eu olhava para o relógio de parede. Tive a impressão de que o disco de bronze que ficava no fim do pêndulo tinha a mesma cor que a daquele recipiente do padre Dudak do qual ele soltava nuvens de fumaça cinzenta durante a procissão de Corpus Christi enquanto nós cantávamos: "Salve Jesus, Filho de Maria, Tu és Deus Verdadeiro na Hóstia Sagraaaada."

E foi um relógio igual àquele, com a haste do pêndulo terminando num disco de bronze, que eu vi no apartamento de Elka em Mannheim quando, anos depois, viajei para a Alemanha a fim de me encontrar com ela.

Quando ela ouviu a minha voz no telefone — para ser mais preciso, ao ouvir o meu sobrenome — ficou muda. Talvez tivessem aparecido diante dos seus olhos todas aquelas cartas que eu despachara para Mannheim e que ela jogara no lixo. Não tenho como saber disso, mas a verdade é que se passou um bom tempo até eu ouvir uma pergunta surpreendentemente objetiva:

— De onde você está telefonando?

— Da estação — gritei no telefone. — Da estação de trem, e gostaria de me encontrar com você!

Um novo silêncio.

— Está bem; vou ficar em casa o dia todo — respondeu ela finalmente, num tom de voz como se tivéssemos nos visto ainda no dia anterior. — Você sabe chegar até aqui?

Era óbvio que eu sabia, pois havia planejado tudo nos mínimos detalhes para aquele encontro: a sequência das perguntas, os temas da conversa, a fotografia do túmulo de Piotr — tudo conduzindo de forma dissimulada e inexorável para Weiser. O motorista do táxi era um turco bigodudo. Ao perceber que eu não era alemão, quis entabular uma conversa, mas eu estava com a minha mente ocupada com Elka, lembrando-me daquela manhãzinha outonal do ano de 1975, quando a acompanhei até o cais do porto de Gdynia, de onde ela partiria para Hamburgo.

— Elka — perguntei a ela pela última vez —, você realmente não se lembra de nada do que aconteceu naquela ocasião? Não pode ser! Weiser estava de braços dados com você! Você está escondendo algo; aliás, você sempre escondeu. Conte-me pelo menos agora, eu lhe imploro! Já que você está partindo para sempre, satisfaça a minha curiosidade e me diga o que se passou naquele dia!

À medida que Elka avançava na direção do posto aduaneiro minha voz foi ficando cada vez mais alta. Finalmente, ela disse:

— Pare de gritar. As pessoas estão olhando.

Aquelas foram suas últimas palavras; nenhum "até a vista", nenhum "passe bem", mas aquilo: "Pare de gritar. As pessoas estão olhando." Depois, não quis responder às minhas cartas, da mesma forma como não queria falar sobre Weiser antes de partir.

Agora, atravessando num táxi o centro de Mannheim, prometi a mim mesmo não cometer o mesmo erro pela segunda vez, e quando o carro parava nos sinais vermelhos, eu reforçava a minha intenção de começar de uma forma totalmente diversa, dando voltas e voltas e aguardando pelo momento exato para encostá-la finalmente contra a parede e obrigá-la a confessar.

Nos primeiros 18 meses na Alemanha, Elka não teve uma vida fácil. Trabalhava como empregada doméstica na casa de uma tia distante; uma mulher velha, mal-humorada e maldosa, que chamava Elka de comunista e a humilhava constantemente, mas Elka cerrava os dentes e suportava tudo porque a tia era rica e ia deixar algo para ela no seu testamento. Quando o testamento foi aberto, Elka teve que batalhar ainda por muito tempo, porque a tia nada lhe deixara. Manteve dois empregos: durante o dia arrumava residências e de noite limpava o chão de um restaurante, cujo dono fora um amigo da tia. E foi ali, no bar daquele restaurante, que ela conheceu Horst, que perdera a esposa num acidente de automóvel e que, em vez de zelar pela sua empresa, ficava bebendo no bar até altas horas da noite. Casou-se com ele sem qualquer hesitação. Horst não era nem velho nem feio e — o que era mais importante — comprava e vendia cavalos, tinha seu próprio negócio, e Elka não precisava mais limpar o chão de residências ou restaurantes. Horst costumava viajar muito, e nessas ocasiões Elka ficava sozinha em casa, pois Horst não tinha qualquer parente além dela e Elka não gostava de fazer ou de receber visitas. Quando Horst não estava muito atarefado, o casal viajava junto, passando as férias nas montanhas no sul da Alemanha.

Mas eu só vim a saber de tudo isso alguns minutos depois, após o táxi conduzido pelo turco de bigode ter atravessado o centro da cidade e eu estar sentado diante de Elka, bebendo café e vendo uma foto de Horst tirada durante as últimas férias que eles haviam passado na Baviera. Nas paredes do grande aposento pendiam aquarelas representando cavalos e cavalarianos e, no meio delas, um relógio exatamente igual ao da secretaria da nossa escola, com um pêndulo formado por uma longa haste de bronze terminada num disco do mesmo metal. Mostrei-lhe a foto do túmulo de Piotr. Elka o visitara diversas vezes, mas nunca chegara a ver a lápide, e eu lhe contei todos os problemas que tivéramos com ela, já que nenhum profissional quis gravar "assassinado" na sua superfície e nós tivemos que optar finalmente por "tragicamente desaparecido". Fizemos uma vaquinha para podermos pagar por aquela lápide, que passou a ser uma espécie de monumento em homenagem a Piotr, muito embora ele não tivesse participado das demonstrações e dos confrontos, tendo apenas saído à rua para ver o que estava acontecendo. Mas essas rememorações nós fizemos enquanto comíamos umas deliciosas torradas preparadas com todo o capricho por Elka — com ketchup, folhas de alface, cebolinha verde, tomate fatiado, cominho, pimenta, páprica e não sei mais o quê —, quentinhas e saídas diretamente do forno. As torradas quase me fizeram esquecer o motivo da minha visita, pois eram tão saborosas que me lembro do gosto até hoje.

Por sorte, Elka falou repentinamente:

— Não respondi às suas cartas, assim como não respondi a quaisquer outras, porque quando se está aqui não se pode estar lá ao mesmo tempo, e vice-versa. Eu não sei estar em dois lugares ao mesmo tempo.

Quis fazer uma observação qualquer que pudesse fazê-la falar mais, mas ela rapidamente mudou de assunto, de modo que tive que lhe falar algo sobre mim; mais precisamente sobre a vida que estava levando, a qual não tinha nada de interessante ou belo para ser contado. Portanto, meu relato era cinzento e tedioso, mas Elka pareceu estar realmente interessada, chegando a me interromper algumas vezes para perguntar sobre uma pessoa ou coisa — algo que eu sabia que ela fazia por pura gentileza. Assim, ela ficou sabendo o que eu estava fazendo na Alemanha e me perguntou se eu tinha que voltar ainda naquele dia a Munique, de onde tinha vindo para visitá-la. Efetivamente, eu passara as últimas duas semanas em Munique e tinha que voltar para lá e ficar mais alguns dias na casa de um tio que, após ter sido liberado de um campo de prisioneiros na Alemanha, nunca mais retornou à Polônia. Em sua opinião aquilo lá não era a Polônia, mas um monte de rebotalhos usados em cenários de peças de teatro de segunda categoria. Mas não entrei em detalhes sobre aquilo com Elka, respondendo apenas que não precisava, pois realmente podia ficar e, principalmente, por a nossa conversa sobre Weiser não ter nem entrado na sua fase inicial.

— Que bom! — exclamou ela, dessa vez sinceramente. — Se você quiser ficar aqui por alguns dias, não haverá qualquer problema. Horst está viajando no momento e ficará muito contente quando voltar.

E embora eu não tivesse compreendido muito bem a razão pela qual o marido dela ficaria contente, concordei em ficar até o dia seguinte. Graças a Deus dispunha de dinheiro, e quando fomos ao centro da cidade não tive que contar cada marco gasto.

Antes de Elka tirar o carro da garagem, examinei sua casa. Era como todas as demais naquele bairro — quadrada, com um jardinzinho na frente, três quartos no andar de cima e uma sala de jantar e uma cozinha no térreo. Pensei com meus botões que não era nada mau para alguém que passara dois anos esfregando chão, mas talvez não suficiente para toda uma vida, muito embora o gramado na frente parecesse um tapete verde, e os móveis, os papéis de parede nos quartos e o revestimento de madeira nas paredes da sala de jantar parecessem ser caros e de bom gosto.

Mas, afinal, quando foi que realmente teve início o meu jogo com Elka — o jogo sobre Weiser, do qual nos aproximávamos cuidadosamente, nas pontas dos pés, com a respiração presa e indo sempre contra o vento? Quando começou aquele nosso jogo, que, num certo sentido, continua sendo jogado até agora? Hoje já sei que Elka o jogou desde o começo, desde o momento em que telefonei para ela da estação. Já àquela hora ela deve ter se dado conta do que eu queria e preparado seu plano de ação, ou pelo menos o esboço do mesmo. Só que àquela época, em Mannheim, eu me deixei ser levado por aparências e nem cheguei a me perguntar o motivo pelo qual ela quis me reter ali, e embora eu achasse que estava envolvendo-a na minha teia de alusões, perguntas e afirmações aparentemente sem maior significado, na verdade era ela que me emaranhava cada vez mais numa armadilha muito mais inteligente que a minha. Portanto, estávamos naquele jogo desde o princípio, porque quando terminamos de visitar a casa, Elka disse:

— Espere um momento... Para uma ocasião como esta, devo vestir algo especial...

E momentos depois ela reapareceu metida num vestido vermelho. Obviamente não de cretone como aquele de seus 12 anos, mas bem-cortado e de tecido caro, porém eu não pude resistir à impressão de que se tratava do vestidinho no qual eu a vira naquele dia, à margem do rio Strzyz, onde o riacho escorre fininho por baixo da não mais existente desde os tempos da guerra linha férrea. Sim, ao entrar no carro, Elka sabia muito bem o que eu estava sentindo, e quando estávamos passando diante das instalações fabris da Daimler-Benz, me perguntou se eu não gostaria de ver o rio Reno, porque ela tinha muita vontade de ficar olhando para o lento correr da água. E assim, ficamos parados atrás de um dos parapeitos da represa, com Elka atirando gravetos dentro do rio, enquanto eu me indagava o tempo todo se a amnésia diagnosticada pelos médicos havia sido desde o início uma ideia de Weiser, ou se Elka a inventara por si mesma. Almoçamos num restaurante de cujas janelas víamos os muros do Castelo de Mannheim e, até chegarmos à sobremesa, ela teve tempo para me contar toda a história da cidade, que lera num guia turístico — fato que ela não tentou ocultar. Ao tomarmos sorvetes, o assunto da nossa conversa, não sei bem por qual motivo, passou para animais.

— Se há uma coisa que realmente não suporto na Alemanha — dizia ela, lambendo a colherzinha — é o costume bárbaro que eles chamam de "hora de alimentar os leões". Em qualquer cidade que tenha um jardim zoológico, as pessoas a uma determinada hora correm e ficam olhando os zeladores atirarem às feras pedaços de carne crua, e a maior diversão dos espectadores é quando os leões disputam aqueles pedaços sangrentos. Lá na Polônia não existe essa prática, não é verdade?

— É verdade; nós não temos esse costume — confirmei. — Você está lembrada da nossa ida ao Zoológico de Oliwa?

— Lógico que sim. O zoo fica numa floresta, e nós tivemos que atravessá-la no nosso caminho de volta.

— E você se lembra da jaula com a pantera? — Não me dei por vencido.

— Sim — respondeu ela, rapidamente. — Lembro que a pantera estava agitada e que o zelador veio até nós e disse para nos afastarmos da jaula.

— Não, não foi nada disso; não havia zelador — falei, colocando a minha colherzinha de lado. — Não foi assim, porque Weiser, aquele Weiser que causou toda aquela confusão...

Elka me interrompeu:

— Você vive perguntando por ele; ah, como isso é cansativo! Ora, não vamos nos prender a meros detalhes!

— Mas não se trata de um mero detalhe! — protestei. — Porque você acabou aparecendo; ninguém sabe como, mas apareceu... e quanto a ele?

Elka sorriu melancolicamente.

— Eu caí do aterro e arrebentei a cabeça. Já que você está lembrado de tudo, deve saber que passei dois meses num hospital.

— Sim, sei disso; só que você não caiu de nenhum aterro — falei, quase em estado febril.

Ao que Elka, chamando o garçom, esclareceu — ou melhor, tornou a história ainda mais nebulosa:

— Ah, sim. Já esqueci que você é um desses tipos que sempre sabem mais que os outros... Diante disso, o que eu posso fazer?

E foi assim até o anoitecer. Sempre a mesma coisa — quando eu tentava falar do aeroporto, Elka respondia que sim, que costumava ir até lá para soltar pipa, talvez até com Weiser, já que eu insistia nesse ponto, mas também com outros rapazes; disso ela tinha certeza. Já quando mencionei aquela partida de futebol contra os milicos, ela disse que nós vivíamos jogando bola, como todos os garotos do mundo, portanto como eu poderia esperar que ela se lembrasse daquela partida em particular? Só não quis falar nada sobre a olaria desativada porque, no que se referia às explosões, concordou comigo que haviam sido fantásticas.

Na opinião de Elka, Weiser devia ter explodido no ar, sendo que ela caiu do aterro no dia seguinte, quando brincávamos à beira do Strzyz. Mas isso ela me disse mais tarde, não mais no restaurante, mas em casa, quando acabáramos de jantar e bebíamos a segunda garrafa de vinho — a primeira fora de tinto, e a segunda de vermute branco. Foi quando comecei a ficar furioso, pois me dei conta de que ela estava brincando de esconde esconde e que a minha ida a Mannheim havia sido à toa, assim como todas as cartas que eu continuo escrevendo até hoje. Fui ao primeiro andar, onde Elka me preparou uma cama, e me deitei nos lençóis azuis. Logo em seguida, ela me chamou do térreo, parecendo pedir desculpas por ter se esquecido de alguma coisa. E foi somente quando cheguei ao topo das escadas e olhei para baixo que fui tomado de pavor.

Elka resolvera zombar de mim de uma maneira extremamente cruel. O sofá que ficava debaixo da janela na sala de jantar estava agora no meio do aposento e parecia ser um prolongamento da escada. Elka estava deitada nele, com dois travesseiros — um debaixo da cabeça e o outro na altura do cóccix. Estava com as pernas semiabertas e o vestidinho vermelho ondulava sobre elas, acompanhando os movimentos do seu corpo. Não havia força no mundo que pudesse me impedir de dar um passo à frente — na verdade, um passo para baixo, já que me encontrava no topo da escada. E era nisso que se baseava a ideia diabólica de Elka. Pois a cada passo que eu dava, minhas pernas pareciam oferecer menos e menos resistência, como se quisessem flutuar. E quando cheguei à metade do caminho, compreendi finalmente que o meu corpo que deslizava para baixo não era o meu corpo, mas a fuselagem de um avião brilhando ao sol, e os meus braços não eram braços, mas cada um deles uma asa prateada — e eu não via mais o sofá, mas o começo de uma pista de pouso. Eu estava sobrevoando as colinas da parte meridional da cidade, passava quase roçando nos telhados vermelhos das casas, ultrapassava os trilhos de trem e, agora, via apenas as coxas entreabertas de Elka, seu vestidinho agitado e, no meio do ar ondulante, a exposta maciez e negridão da qual me aproximava com estrondo e tremor. Dessa vez, a prateada fuselagem não pousou nas placas de concreto da pista, mas penetrou naquele tufo com toda a sua massa e *momentum*, afundando na sua macieza, e ela recebia aquele frio metal com suas ondulações rítmicas e com um grito que se perdia no meio do fragor da máquina e do ar. Sim, Elka provocara aquele desastre aéreo e, assolada pela loucura da destruição, me forçou, quando eu já estava retornando para o topo da escada, a transformar novamente o meu corpo numa fuselagem brilhante e repetir o pouso por mais algumas vezes, até o momento em que a construção da ave de metal começou a não aguentar mais as incessantes oscilações entre o céu e a terra, acabando por cair destroçada e com as asas quebradas no meio de arbustos cheirando a amêndoas. Elka agarrou com força os meus cabelos e eu tive a impressão de ouvir a voz de Asas Amarelas falando sobre a destruição a ferro e fogo da terra e dos seus habitantes, e logo em seguida senti o bafo azedo do padre Dudak detrás das grades do confessionário, quando me recusava a absolvição. Mas tudo aquilo era apenas o medo e a imaginação competindo entre si, pois a única voz audível era a de Elka, murmurando um nome que não era o meu, e o único cheiro era o cheiro do seu corpo, no qual vento, sal e creme de amêndoas se misturavam. O jogo envolvendo Weiser estava terminado, e eu não saía dele de forma digna, muito menos vencedora.

No dia seguinte parti para Munique, onde me entreguei a um outro jogo, desta vez com o meu tio; mas tratava-se de um jogo estritamente político. Porque o meu tio, quando eu já tinha lavado seu carro e cortado a grama de seu jardim, sentava-se diante de mim e indagava:

— Como vocês conseguem viver naquele lugar?

Em resposta, eu lhe dizia:

— Titio, me belisque.

E ele, achando graça, me beliscava, e eu dizia:

— Está vendo? Você achava que estava certo e, no entanto, está errado.

— Como? Não sei o que você quer dizer com isso.

E eu lhe respondia que se eu existia de verdade — algo que ele pôde comprovar ao me beliscar —, então eu não podia ser apenas um refugo num cenário vagabundo. E como eu fazia parte de um todo, aquele todo também não poderia ser um dispositivo cênico. A Polônia não podia ser um cenário de segunda categoria, e embora o mundo lembrasse mais um bordel do que um teatro, meu tio não tinha razão. Sim, querido titio; hoje você já está descansando debaixo da terra e não pode saber que eu, naquela ocasião, não fora para a Alemanha com a finalidade de ganhar alguns trocados, como fizeram milhares de turcos, iugoslavos e poloneses. Eu não fora para lá em busca de um carro ou de outras maravilhas de consumo, porque o meu único objetivo era me encontrar com Elka e sondá-la a respeito de Weiser. E se, aproveitando a ocasião e em certa medida enganando a mim mesmo, acabei ganhando uns marcos, acho que você será capaz de perdoar esse pecadilho ao seu sobrinho.

O que veio em seguida? M-ski saiu do gabinete carregando várias folhas de papel. Entregou duas a cada um de nós e disse que agora teríamos que descrever tudo o que disséramos, de forma precisa e o mais simples possível. Deveríamos relatar as seguidas explosões provocadas por Weiser, incluindo a última, sem omitir qualquer detalhe e sem fantasiar ou florear. O zelador acendeu uma lâmpada adicional, e nós fomos distribuídos pela secretaria distantes uns dos outros, como numa prova de fim de ano. A única coisa que lamentei foi a noção de que os nossos textos não seriam lidos por dona Regina, a única professora a quem amávamos desinteressadamente. Porque dona Regina era a nossa professora de polonês. Ela não gritava nem fazia discursos sobre a exploração das massas, mas lia versos para nós. Versos tão lindos que escutávamos sempre com o coração batendo forte e a respiração suspensa como Ordon fez o reduto voar pelos ares junto consigo e os moscovitas que o atacavam,* ou quando o general Sowiński morreu com a espada na mão, defendendo a pátria diante do inimigo.** Sim, dona Regina aparentemente não seguia muito a cartilha dos dirigentes do ensino,*** e hoje sou muito grato a ela por isso. Mas aí já é outra história. Naquele momento, na secretaria da escola, eu não sabia por onde começar. Iniciei o relato diversas vezes, apagando as primeiras linhas logo após escritas, sentindo-me despreparado para a tarefa, impotente e sem inspiração. Qualquer um que já tenha sido submetido a um interrogatório pode compreender esse estado de espírito; pois prestar um depoimento verbal é uma coisa, enquanto escrever com a própria mão aquilo que os outros desejam saber é outra. Como escrever sem dizer nada de concreto? Ou melhor, como escrever dizendo apenas aquilo que podia ser dito? É preciso prestar atenção a cada palavra, a cada vírgula ou ponto, porque eles vão colocar o que foi escrito sob uma lupa e ler cada frase duas ou três vezes.

---

* Poema épico "O reduto de Ordon", de Adam Mickiewicz (1798-1855), no qual é descrita a heroica morte do tenente Juliusz Konstanty Ordon na defesa de Varsóvia contra tropas russas. (*N. do T.*)

** Outro poema épico, desta vez de Juliusz Słowacki (1809-1849) e intitulado "Sowiński nas trincheiras de Wola", um subúrbio de Varsóvia. O poema trata da resistência e da morte solitária do general Józef Sowiński na mesma batalha contra tropas russas. (*N. do T.*)

*** Na época em que a Polônia fazia parte do chamado Bloco Soviético, ensinar poemas antirussos dos dois maiores poetas poloneses certamente não poderia constar do currículo oficial. (*N. do T.*)

Quando eu dizia "Vi Weiser" ao responder a uma pergunta de M-ski, podia acrescentar de imediato: "mas não claramente". E caso ele franzisse o cenho, era-me possível corrigir imediatamente: "Mas isso foi numa outra ocasião, porque no dia sobre o qual o senhor está perguntando, eu o vi tão bem quanto estou vendo o senhor". Já uma folha de papel oficial é algo totalmente diverso. O que admitir e o que guardar em segredo? Não havia muito a dizer. Muito pouco — pois como eu poderia descrever a mestria das explosões, cada uma diferente da anterior? Poderia eu, por acaso, descrever a forma pela qual Weiser nos encantava com seus feitos? E mesmo que pudesse, seriam eles merecedores disso?

Toquei o meu nariz inchado e aquele lugar na bochecha onde hoje começa a minha barba. Ambos estavam doloridos. Dei-me conta de que, embora não devesse, eu tinha que dizer algo sobre o que se passara à beira do Strzyz naquele último dia; e que, para não provocar a fúria daquela trinca, era imprescindível escrever alguma coisa naquela enorme folha de papel. Lembro-me até hoje da primeira frase: "David não brincava conosco de guerrilheiros e nazistas, porque seu avô não lhe permitia tal tipo de brincadeiras." Não seria o caso de o livro sobre Weiser começar exatamente com essa frase? Porque a primeira explosão que nós vimos no vale atrás do estande de tiro não poderia ser chamada de "brincadeira de guerra". Até hoje não sei a razão pela qual Weiser promovia aquelas explosões, mas bastou que eu visse o primeiro esguicho de poeira azulada se erguer no céu para perceber, naquele momento, que não se tratava de uma guerra qualquer. A cada mina Weiser adicionava um corante diferente — e quando a explosão rasgava a terra, uma coluna colorida erguia-se no ar. A primeira explosão foi azul. Quando os últimos torrões de barro e pedaços de madeira caíam sobre a terra, víamos que aquela nuvenzinha azul ainda flutuava sobre nossas cabeças, elevando-se no ar cada vez mais e mudando de forma até desaparecer por completo do nosso campo de visão. Estávamos encantados; somente Weiser meneava a cabeça com ar de desgosto, como se algo não tivesse acontecido da forma como ele planejara. Acho que, durante todo aquele tempo, ele fazia experiências diante dos nossos olhos, enquanto nós não passávamos de um punhado de neófitos admitidos no laboratório de um alquimista, cheio de cadinhos, retortas e maçaricos soltando chamas. Não afirmo que Weiser tenha sido um alquimista pois não sei disso, mas era exatamente isto que ele aparentava ser.

Antes que pudéssemos nos refazer da primeira impressão, ele nos mandou ficar onde estávamos, colocou uma nova mina, ligou-a através de fios à caixinha preta — e o ar voltou a vibrar com um segundo estouro, cujo efeito deixou-nos ainda mais espantados. A nuvem flutuante após a explosão era bicolorida, com todas as nuances da cor de violeta brilhando ao sol na sua parte inferior, e o topo da coluna de fumaça adornado por um pompom vermelho. Dessa vez, Weiser aparentou estar satisfeito. A nuvem permaneceu por bastante tempo sobre o vale, se desfazendo somente após dois ou três minutos e se transformando numa bola marrom-esverdeada. Aquilo fora muito mais excitante do que os cinzentos filetes de fumaça soltos pelo padre Dudak do incensório dourado — estávamos convictos disso, mas Weiser encerrou os trabalhos, guardou a caixa do detonador em algum lugar e disse que podíamos retornar às nossas casas.

Hoje em dia sei que esse tipo de truque não é muito complicado, de que chegou a ser usado há séculos pelos tártaros, soltando sobre guerreiros cristãos nuvens coloridas e assustando com elas seus cavalos — e os próprios cavaleiros. Mas àquela época estávamos convencidos de que Weiser era um bruxo. Aquilo foi após a nossa visita à olaria desativada, à qual chegamos seguindo Elka. E não havia nada no mundo que nos faria mudar de opinião sobre Weiser ser capaz de fazer qualquer coisa que lhe passasse pela cabeça.

Mas sobre o que vimos naquele porão úmido, ainda vou contar mais tarde. Para isso, tenho que me preparar ainda melhor do que eu costumava me preparar para a confissão de Páscoa, quando, com medo da ira de Deus e do próprio padre Dudak, eu listava os meus pecados e guardava-os na memória, assim como um ator antes de um ensaio geral.

A explosão seguinte, ou, melhor dizendo, a seguinte façanha de Weiser, ocorreu uma semana depois e foi diferente em tudo da anterior. Em vez de uma nuvem de fumaça, ergueu-se no ar uma coluna formada por finas lâminas de metal que, parecendo lantejoulas, caíam lentamente por terra. E era exatamente a queda o que mais nos encantava, pois a coluna, em vez de se erguer como das vezes anteriores, deslizava para baixo, caindo sobre os tufos de grama e samambaias que cobriam o vale e adquirindo a aparência de uma poeira acinzentada. E eu não conseguia compreender como era possível uma coisa tão linda e impressionante quando flutuava no ar não poder se diferenciar de uma simples poeira ao cair sobre a vegetação — uma poeira junina que, naquele verão, cobria tudo com uma espessa camada de sujeira.

Weiser não se satisfazia com arranjos simples e descomplicados; a cada vez procurava efeitos mais complexos, e embora essa percepção me venha à cabeça somente agora, após tantos anos, considero-a óbvia, pois na vez seguinte que a terra tremeu após uma explosão, tivemos uma visão que ultrapassava as mais ousadas expectativas. O que fora aquilo? Se eu disser que foi a bandeira da França, não estarei mentindo, mas também não estarei falando a verdade. Se eu disser que lembrava três colunas giratórias lado a lado, cada uma de cor diferente, também não estarei descrevendo corretamente aquele fenômeno. Aliás, será que existe uma forma pela qual aquilo possa ser descrito? Temo que não, e é por isso que não escrevo o livro que, na minha opinião, deveria ter sido escrito. Assim como deveria ser escrito um livro sobre Piotr e aqueles dias de dezembro, quando dezenas de helicópteros sobrevoavam a nossa cidade, ou sobre os nossos pais se embebedando nos dias de pagamento e, seguindo o exemplo do Sr. Korotek, blasfemando contra Deus por Ele permitir que acontecesse tudo aquilo que acontecia.

Naquele dia, deitado no fundo do vale, eu senti Szymek me cutucar com o cotovelo e murmurar:

— Meu Jesus! Como isso é lindo!

E acrescentar, logo em seguida:

— Como é que esse judeuzinho consegue fazer isso?

Mas dessa vez aquela expressão não tinha qualquer caráter depreciativo; pelo contrário, representava uma espécie de admiração manifestada de uma forma grosseira; Szymek poderia ter dito da mesma forma “esse filho da mãe”. Foi o que eu achei naquela hora, enquanto olhava para o céu, que servia de pano de fundo para três colunas de fumaça ou, melhor dizendo, para três nuvens perpendiculares ao solo e girando furiosamente. A primeira era branca como uma folha de papel, a segunda azul-marinho e a terceira vermelha como a capa de um toureiro com a qual ele induz a enfurecida besta diretamente ao golpe mortal de sua espada. As três cores não se misturavam, erguendo-se cada vez mais e mais, até desaparecerem sobre os topos dos pinheiros.

Naquele dia, quando retornávamos a Bretów por um profundo barranco e Szymek discutia com Piotr o que fora aquilo — fitas de um chapéu ou a bandeira francesa —, demos de cara com M-ski. Primeiro vimos de relance a muito bem conhecida rede de pegar borboletas e, depois, descortinamos a visão do nosso mestre de ciências naturais escalando com dificuldade a escarpa — bastante íngreme naquele ponto — e se agarrando convulsivamente aos tufos de musgo. A borboleta perseguida por M-ski voava baixinho, e o nobre professor esticava o pescoço ao máximo, quase tocando o musgo com o nariz. Quando já estava na metade do caminho, a borboleta mudou de ideia, fez um looping e passou a voar para baixo, agitando suas asas coloridas. M-ski partiu atrás dela, mas, estando no meio de um aclive, não pôde frear a tempo e se estatelou no chão, bem aos nossos pés, na mesma hora em que ouvimos o estalo do cabo da rede se partir. Mas M-ski não notou nem a nós nem ao cabo quebrado, pois na rede se agitava uma enorme borboleta.

— Devagar, minha pequenina, devagar — sussurrava, ainda deitado no chão e tirando da mochila um recipiente de vidro, no qual acabou colocando a borboleta. — Finalmente agarrei você — dizia ele ao inseto, de forma carinhosa. — Vou lhe destinar a mais bonita das minhas agulhas, minha queridinha...

E quando finalmente nos viu e começou a se erguer do chão, não estava nem um pouco encabulado; pelo contrário, sorriu para nós de forma triunfal.

— E então, meus garotos — disse. — Sabem o que acabei de pegar? Infelizmente, não se trata de uma *Parnassius mnemosyne*, pois nesse caso seria um milagre, mas de qualquer modo é um exemplar digno de ser descrito. Sabem que espécie é essa? É uma *Parnassius apollo!* Uma autêntica *Parnassius apollo*, logo aqui ao norte, numa morena pós-glacial! Já foi dada como extinta nos Sudetos e só era vista nas montanhas do sul. Sim, sim, meus meninos, nenhum cientista acreditaria que uma *Parnassius apollo* pudesse ser encontrada aqui! E fui eu quem a encontrou! E vou descrever essa minha descoberta numa revista científica! Suas lagartas se alimentam de erva-pinheira. E vocês sabem pelo menos qual é o nome latino da erva-pinheira? Ela é da família das *Succulentae* e se chama *Sedum acre*; lembrem-se disso, meninos: *Sedum acre*, também conhecida como "pão-de-pássaros"!

Com as bocas abertas e os olhos fixos no recipiente de vidro que mais parecia um pequeno cilindro, presenciamos o esforço da borboleta em mover as asas, mas, não dispondo de espaço naquela armadilha, agitava-se como um peixe num aquário, sem compreender a situação na qual se encontrava.

É óbvio que M-ski, que logo seguiu seu caminho, não tinha nada a ver com a explosão tricolor de Weiser. Mas ao escrever a frase seguinte do meu depoimento no papel oficial da escola, e escrevendo-a lenta e pensativamente, achei que às vezes Weiser lembrava aquela borboleta, principalmente quando algo não saía como ele planejara e ele se enervava, ocultando seu embaraço com gesticulação excessiva. Sim, a quarta explosão definitivamente não foi um sucesso, pois logo após a ouvirmos surgiu diante dos nossos olhos uma mísera coluna de poeira que logo caiu — e isso foi tudo. Weiser correu para o local onde colocara a mina e, agitando-se como uma *Parnassius apollo*, virou-se para nós, visivelmente aborrecido.

— Mais uma vez — falou para Elka, e nós ouvimos o som de manivela sendo girada e o pistão do detonador apertado, mas não houve nenhuma explosão.

— Quem sabe se as conexões estão trocadas? — indagou timidamente Piotr, mas Weiser ficou ainda mais agitado.

— Impossível — falou, olhando para o céu. — Isso é totalmente impossível; vamos tentar mais uma vez. — E voltou correndo ao local da mina, agitando os braços com vigor ainda maior.

Dessa vez a explosão ocorreu, mas, afora uma nuvenzinha amarelada que se elevou por um curto momento, nada mais aconteceu. Naquele dia, Weiser retornou para casa conosco, e lembro muito bem que ele não disse uma palavra sequer, nem mesmo para Elka.

Não estou afirmando que ele tivesse algo em comum com qualquer tipo de borboleta, mas aquela comparação — feita quando o relógio da parede da secretaria acabara de anunciar 10 horas da noite e eu estava terminando a primeira página do meu depoimento —, aquela comparação me pareceu extremamente adequada, muito mais do que hoje, quando a minha imaginação não lembra mais em nada aquela — a de muitos anos atrás. Mas, assim como Szymek e Piotr, guardei a história da borboleta e da nuvem tricolor para mim; não escrevi nem uma palavra sobre os experimentos de Weiser nem sobre qual fora a aparência da última explosão. Escrevi de uma forma simples, compreensível às mentes daqueles três que estavam do outro lado da porta forrada com couro capitonê. Escrevi que antes de cada explosão Weiser ia até o detonador do outro lado do vale, que durante as explosões mantínhamos a cabeça abaixada, quase tocando a terra, e que, de um modo geral, todas as explosões eram muito parecidas, diferenciando-se apenas por sua intensidade. E quando o zelador saiu por um momento, Szymek ergueu a cabeça de cima de sua folha de papel e sussurrou:

— Vou escrever — e Piotr e eu sabíamos o que ele iria dizer mesmo antes de tê-lo dito —, vou escrever que encontramos um retalho do vestidinho vermelho e que o joguei no lixo... ou melhor ainda... que o queimamos no pátio.

Eu sabia, assim como Szymek e Piotr, que aquilo os satisfaria, pois eles já tinham imaginado como tudo se passara e queriam apenas que nós corroborássemos sua versão. O zelador retornou do mictório e eu fiquei dando tratos à bola sobre como descrever a última explosão, que ocorreu um dia antes daquilo que se passou à margem do Strzyz — uma explosão que devia ter um significado muito especial para Weiser. Dessa vez não se trataria mais de efeitos coloridos, mas de algo muito mais imaginoso.

Como sempre nesses casos, faltam-me dados comparativos. Com que aquilo se parecera? Se eu tivesse que responder naqueles dias, teria dito que com um funil; um funil daqueles usados pela minha mãe para encher uma garrafa com suco de framboesa. A nuvem que aparecera após a explosão era negra como carvão, estreita embaixo, alargando-se à medida que ficava mais alta e girando sobre si mesma. Mas, na verdade, não era possível dizer que era um funil, a não ser que fosse um gigantesco, girando como um tornado e formado por milhares de partículas negras. Apareceu diante dos nossos olhos logo após a explosão e ergueu-se sobre o vale num movimento giratório, permanecendo no ar por mais de um minuto até se desfazer por completo. Somente anos mais tarde foi que fiquei impressionado com a semelhança do funil de Weiser com o do arcanjo Miguel na sua luta com o dragão. Não nutria qualquer dúvida de que as flamejantes vestes do santo, suas asas abertas e a hoste de guerreiros celestes estavam contidas naquele turbilhão, muito embora fosse quase certo que Weiser jamais soubera da existência daquela xilogravura.

— Um cone como este é capaz de sugar qualquer coisa — falou Szymek com convicção. — Até uma pessoa.

Ao que Elka, exagerada como sempre, acrescentou:

— Não só uma pessoa, mas uma casa inteira.

E quando eu já estava escrevendo a última frase do meu depoimento, pensei comigo mesmo que Weiser bem que poderia nos enviar um tornado daqueles; um tufão que abarcaria o prédio da escola e o transportaria para além da Colina de Bukow, nas proximidades do velho cemitério, ou ainda melhor, para o vale atrás do estande de tiro, e então finalmente M-ski, o diretor da escola e aquele de uniforme compreenderiam que aquilo que acontecera não fora um simples acidente com um projétil não detonado. Mas Weiser, escondido num lugar qualquer, não veio em nossa ajuda. Diante disso, coloquei o ponto final e fiquei aguardando o que ocorreria em seguida.

O zelador recolheu nossos depoimentos, e eu voltei a pensar em dona Regina, que nos ensinava a língua polonesa e lia poemas maravilhosamente para nós. Veio à minha mente especificamente um — aquele sobre uma mulher que assassinara o marido. Quando dona Regina chegou ao momento da luta entre os dois irmãos e de surgir na igreja o fantasma numa armadura gritando para eles com uma voz de além-túmulo e de a igreja desabar num estrondo,*

* Trata-se de mais um poema épico polonês — na verdade, de uma balada, denominada "Lírios", do já previamente mencionado Adam Mickiewicz. (*N. do T.*)

ninguém ousou falar, ninguém derramou um tinteiro, e o ambiente na sala de aula foi ainda mais solene que o da Elevação, quando o padre Dudak erguia a hóstia e cantava em latim. Caso dona Regina tivesse nos mandado escrever um ensaio sobre Weiser, teria sido um texto totalmente diverso daquele que entreguei ao zelador. É bem possível que eu não escrevesse tudo, mas ao lado da pantera-negra encontrar-se-iam a partida de futebol e um magnífico tufão sobre a sopa de peixes na baía, aspirando toda a imundice para que nós pudéssemos voltar a tomar banhos de mar, assim como fizemos em todos os verões anteriores.

Por enquanto continuamos sentados naquelas cadeiras dobráveis cujas ripas de madeira beliscavam nossos traseiros, enquanto o zelador desaparecia no abismo do gabinete, sem fechar a porta atrás de si.

— Agora vocês terão que aguardar — informou-nos ele ao retornar. — Se tudo estiver nos conformes, vocês poderão assinar os depoimentos e ir para casa. Mas, por enquanto, ainda não podem conversar entre si — completou ameaçadoramente, ao ver Piotr se inclinar em minha direção.

Portanto permanecemos calados, como estivéramos durante as últimas horas desde o momento em que fomos trazidos para cá, e eu pude ouvir o burburinho no estômago de Szymek, que, assim como o de Piotr e o meu, roncava surdamente já que não nos deram nada para comer. O zelador ligou o rádio, e chegaram até nós acordes baixinhos de música popular, saindo daquela pequena caixa de madeira.

— Já já virá o noticiário — falou ele para si mesmo, e se pôs a preparar mais um sanduíche.

Efetivamente, a música cessou e o locutor anunciou que seriam retransmitidos fragmentos do discurso de Władysław Gomułka,* cuja careca passara havia pouco, a adornar todas as salas de aula. Com sua voz engraçada e guinchada, ele falava em "arrumarmos a nossa casa comum", e eu me espantava com o fato de os adultos pronunciarem seu sobrenome com tamanha reverência, já que ele falava de uma forma enfadonha, ainda mais maçante do que o padre Dudak nas suas homilias dominicais. Mas, afinal, quem é capaz de compreender os misteriosos meandros da política? Hoje, quando sei as razões pelas quais as pessoas estavam tão encantadas com Władysław Gomułka, ou pelo menos posso compreendê-las, me vem à memória a imagem daqueles mesmos adultos, que, antes mesmo de as flores sobre o túmulo de Piotr secarem, se entusiasmavam com as declarações daquele que veio substituí-lo, principalmente as que ele fez lá no estaleiro, porque ele também falou sobre "arrumações" e "casa comum". Sim, hoje sou um adulto, mas continuo desinteressado de política e jamais serei capaz de me encantar com um líder que inicia um discurso com "casa comum" e "arrumações".

Mas basta, porque não era isso que eu queria contar. O meu tema é Weiser — somente Weiser, e há muitos pontos

---

* Władysław Gomułka (1905-1982) — primeiro-ministro do Governo Provisório da Polônia , até 1947. Em 1956 tornou-se primeiro-secretário do Partido e, ao enfrentar as pressões da União Soviética, adquiriu grande popularidade. No entanto, foi assumindo aos poucos posturas ditatoriais, e teve que renunciar em 1970, após violentas demonstrações, principalmente as promovidas pelos operários do estaleiro Lênin, em Gdansk — berço do movimento Solidariedade. (*N. do T.*)

a esclarecer. O jogo ainda não terminou. Jogo? Bem, não sei descrever isso de outra forma. Acho que, assim como naquele dia em que Piotr, Szymek e eu aguardávamos a hora de assinarmos os depoimentos e a conclusão do inquérito, Weiser continua brincando comigo até hoje, observando meu comportamento com seus olhos escuros. Mas isso é um assunto que ainda terei a oportunidade de abordar.

O que se passou após aquela inesquecível partida contra os milicos? O mais importante foram as condições meteorológicas. O sol não parava de arder sobre a cidade e a baía; as folhas nas árvores ressecaram e amarelaram como se fosse o princípio do outono, e as aves, exaustas pelo calor abrasador, quase não cantavam. Num certo dia, quando fomos a Jetlików para examinar o estado da sopa de peixes, fomos defrontados com um espetáculo que ultrapassava as mais negras previsões: além das enchovas que boiavam nas águas paradas, havia centenas de enguias, linguados, arenques e outros peixes cujos nomes desconheço até hoje. Todos semiapodrecidos e fedendo horrivelmente, agitando-se em convulsões, principalmente as enguias, que, sendo as mais resistentes, demoravam muito a morrer. Até hoje me lembro dos seus corpos contorcidos como um símbolo daquele verão. Os pescadores saíam de suas cabanas, passando dias a fio sentados nos bancos, soltando baforadas de cigarros e amaldiçoando sua sorte. Um deles nos abordou quando passávamos por entre os caixotes vazios.

— O que estão fazendo aqui, meninos? — perguntou ele de forma melancólica. — Não há nada para vocês aqui. Tudo isso é culpa daquela maldita iperita, meninos; daquele desgraçado veneno prussiano.

E quando se deu conta de que não estávamos entendendo a que ele se referia, explicou:

— O gás de mostarda daquele submarino alemão que afundou nos últimos dias da guerra perto do promontório Hel e que estava repleto de iperita, como arenques num barril... E agora temos uma cloaca em vez de uma baía!

— Pare de falar bobagens, Ignacy — ouvimos de uma voz vindo de uma das janelas. — Não confunda os garotos, pois todo mundo está careca de saber que não foi um submarino alemão, mas as manobras navais russas realizadas na baía no Dia de São João. Foram eles que jogaram alguma coisa na água, e nós todos vamos morrer, assim como esses peixes!

O pescador ficou furioso.

— Quem está falando bobagens é você, velha rabugenta — rosnou para sua mulher, e, virando-se de volta para nós, voltou a dizer: — Foi um submarino. Ele enferrujou e das latas vazou esta porcaria. Malditos nazistas; não bastaram todas as desgraças que eles nos causaram e agora temos ainda mais uma!

Logo nos dividimos em dois campos: os da versão do submarino alemão e os das manobras soviéticas, e ficamos discutindo acaloradamente enquanto aguardávamos o bonde na parada final, junto do crucifixo. Só que eu, olhando para o céu com o sol inflamado, sabia muito bem que a verdadeira causa de tudo que estava acontecendo na baía não era o submarino nem as manobras soviéticas. No entanto, caso alguém tivesse me perguntado naquela ocasião — ou mesmo agora — qual era, eu não saberia dar uma resposta clara e satisfatória. Certamente não teria sido a ira divina nem os pecados dos homens, como afirmava o padre Dudak e, com ele, muitos dos moradores do nosso prédio, que andavam sussurrando pelo pátio como se aguardando novas desgraças. E ao escutar o que estava sendo sussurrado, era possível ouvir coisas espantosas, por exemplo: que os pescadores de Hel viram uma enorme bola cor de laranja flutuando nas águas da baía, ou que a Nossa Senhora de Matemblew aparecera diante de uma mulher que estava caminhando pela Floresta de Bretów, ou ainda que vários marinheiros viram um barco a vela singrando sozinho — sem qualquer tripulação — no meio dos navios atracados no cais. Houve ainda pessoas que viram um cometa em forma de uma cabeça de cavalo sobrevoando a cidade, e que afirmavam categoricamente que ele retornaria e cairia sobre nós depois de dar uma volta completa na Terra.

Enquanto isso, cada dia parecia ainda mais quente que o anterior, e nem chegávamos mais a jogar bola perto das casernas prussianas devido ao insuportável calor e às nuvens de poeira que se levantavam da grama ressecada. O que podíamos fazer? Apesar das severas admoestações de M-ski, íamos ao Cemitério de Bretów, onde, à sombra das velhas faias, o ar era mais fresco. Só que não tínhamos mais o capacete nem a enferrujada Schmeisser, sendo que ninguém sabia por onde andava Asas Amarelas. Sem esses requisitos, a brincadeira de alemães e guerrilheiros perdera toda a graça, e um tédio cada vez maior enchia nossos corações.

Ficamos pensando que caso Weiser aparecesse ali, assim como aparecera daquela vez, talvez trouxesse consigo algo interessante, algo que nos permitisse travar guerras com maior empenho. Mas Weiser não tinha a mínima intenção de aparecer. Sua performance naquela partida de futebol fora o último sinal que ele nos dera, e agora aguardava que nós fôssemos procurá-lo. Aos poucos, essa ideia foi se cristalizando nas nossas mentes, mas isso não foi um processo rápido. Certa vez Piotr, deitado à sombra de uma aveleira, falou:

— A praia está fechada, o campo está imprestável... afinal, o que resta para fazer aqui?

Não se sabe o que ele tinha em mente, se o cemitério ou toda a cidade, que parecia exalar seus últimos suspiros diante do sol inclemente, mas foi exatamente a partir daquela sua frase — dita assim como quem não quer nada, não dirigida especificamente a nenhum de nós e pairando no ar — que começou a nossa aventura com Weiser. Após um breve silêncio, Szymek cuspiu a folha de grama que estava mascando e disse:

— Weiser inventaria algo.

E todos concordaram com ele: Ah, sim! Weiser certamente seria capaz de inventar alguma coisa, porque Weiser não era qualquer um. Disso já estávamos totalmente convencidos. Mas como abordá-lo sem parecermos um bando de imbecis incapazes de inventar uma diversão? Por outro lado, Weiser era cheio de novidades e poderia compartilhar algumas conosco, obviamente não uma brincadeira de esconde-esconde ou cabo de guerra, que eram comuns e cotidianas, sendo que o insuportável calor potencializara a nossa natural aversão por coisas comuns e cotidianas. Sim, ansiávamos por alguma coisa diferente, e quem sabe isso não era um desejo subconsciente de correr riscos, tão comum entre rapazes que estudam um mapa ou leem *O conde de Monte Cristo*? O anseio por uma aventura avivava nossas almas e matava o tédio mortal. E foi assim que, de repente, demo-nos conta de que Weiser era a única pessoa que poderia nos fornecer uma saída daquele marasmo.

— Vamos ter que segui-los algumas vezes — decidiu Szymek.

Como Piotr informara que Elka e Weiser não iam mais ao aeroporto, mas para algum ponto além de Bretów, onde desapareciam às vezes por várias horas, ficou decidido que no dia seguinte, bem de manhãzinha, iríamos nos esconder no canto do nosso prédio e observaríamos atentamente o que eles faziam, aonde iam e por que evitavam a nossa companhia.

Mas aquilo se revelou mais complicado do que havíamos imaginado. Desde o início as dificuldades foram se multiplicando como cogumelos após um dia de chuva. Em primeiro lugar, Szymek esqueceu seu binóculo francês e teve que voltar para buscá-lo exatamente no momento em que Weiser e Elka saíam do prédio. Segundo, aqueles dois pareciam ter mudado de propósito seu destino e, em vez de se dirigirem — como esperávamos — diretamente para a Colina de Bukow, dobraram numa trilha no meio dos jardins e foram na direção do aeroporto. Terceiro, seguir alguém num grupo grande é muito complicado, e naquele dia éramos quatro ou cinco. A toda hora tínhamos que parar para mandarmos um do grupo calar a boca, e assim perdíamos os dois de vista. Szymek nos alcançou somente quando já estávamos no ponto final do bonde 12.

— Eu não disse? — alegrou-se. — Eles estão indo para o aeroporto.

E, que coisa mais estranha! Ninguém chamou sua atenção para o fato de ele não ter dito isso.

Por um momento fiquei empolgado com a ideia de presenciar mais uma vez aqueles folguedos com o avião, mas só por um momento, pois Elka e Weiser desceram as escadarias até a parada do trem elétrico Gdansk-Aeroporto e, antes de nos darmos conta, partiram no vagão amarelo, azul em direção de Sopot. E isso foi praticamente tudo que conseguimos descobrir naquele dia.

— Fizeram-nos de bobos — constatou Piotr. — Podemos ir para casa.

E ficamos parados lá na ponte esperando por uma ideia melhor, mas nada nos vinha à cabeça. Num determinado momento, ouvimos o possante ronco do motor de um biplano erguendo-se no céu.

— Olhem! Um biplano — falou Piotr.

— Não é um biplano qualquer, mas um avião agrícola — corrigiu-o Szymek, tirando o binóculo de seu estojo. — Vamos observá-lo!

Enfileiramo-nos ao longo da balaustrada metálica da ponte, cada um aguardando sua vez de olhar pelo binóculo que Szymek compartilhava com visível relutância. Enquanto isso, o avião foi subindo cada vez mais, voando na direção da baía. Depois, tendo atingido a altitude desejada, deu meia-volta e começou a retornar, planando com o motor desligado e com a hélice embandeirada fazendo *trac-trac-trac*. De repente, quando a esverdeada fuselagem sobrevoava o Cemitério de Zaspa, aflorou à porta da aeronave a cúpula de um paraquedas. Um, depois dois, depois três e depois mais dois — no total, cinco paraquedistas flutuavam no ar, descendo vagarosamente na direção do gramado do aeroporto. O avião passou sobre nossas cabeças, deu mais uma meia-volta e pousou na pista, junto dos hangares.

Não havia nada de excepcional naquilo. A cada primavera e verão, pelo menos duas vezes por semana grupos de paraquedistas saltavam sobre o nosso aeroporto, e o *trac-trac-trac* do biplano permanece até hoje na minha memória como um refrão de um filme antigo. Só que naquele dia nós não tínhamos absolutamente nada para fazer, de modo que os paraquedistas passaram a nos interessar. Ficamos parados na ponte; o biplano decolava e pousava; cúpulas brancas apareciam no céu e, às nossas costas, a cada seis minutos passava a serpente amarela e azul do trenzinho cujos vagões a nossa cidade herdara do metrô berlinense.

Eu escrevi "herdara" — mas será que usei a palavra adequada? Não a teria usado caso tudo isso estivesse sendo compilado para resultar num livro sobre Weiser; e um livro remete a editoras, onde logo sublinham esse tipo de palavras, e indagam: "herdara"?! Muitas pessoas apenas aguardam o aparecimento dessas formulações e esfregam as mãos de contentamento quando elas surgem. "Isto é nosso", dizem, "tudo isto é nosso, alemão" — e imediatamente um revisor responsável elimina a palavra em questão, pois para que dar munição a revanchistas? E já posso ver a mão de um revisor escrevendo a seguinte observação no meu manuscrito: "Substituir por uma outra formulação", do tipo: "e, às nossas costas, a cada seis minutos passava a serpente amarela e azul do trenzinho cujos vagões vieram parar na nossa bela cidade medieval graças à fraternidade existente entre as Forças Armadas Polonesas e o invencível Exército Vermelho, que, num ataque conjunto, esmagaram a besta berlinense".

Confesso que exagerei um pouco; nos dias de hoje nenhum revisor escreveria algo assim, e no lugar da riscada palavra "herdara" eu encontraria a expressão "recebera a título de reparações da guerra".

Só que eu não estou compondo um livro sobre Weiser. "Vivo para escrever e sou de opinião de que, independentemente das circunstâncias, é preciso dedicar-se ao esclarecimento tanto do caos quanto da ordem." Não lembro mais quem disse isso. E embora a primeira parte da frase soe muito kitsch e eu decididamente não viva para escrever, a segunda parte parece-me mais importante, principalmente neste momento, quando estou preenchendo estas folhas na esperança de finalmente compreender aquilo que não consigo compreender, e que por fim verei o que não percebi até agora; de que conseguirei separar a ordem do caos ou que surgirá no caos uma ordem nova e totalmente desconhecida. Sim, decididamente é disso que se trata, e é por isso que tudo está tão emaranhado. E é também por isso que não vou mudar aquela palavra que escrevi por nenhuma outra, mesmo por uma que pudesse soar melhor.

Teria havido uma conexão qualquer entre Weiser e a nossa presença na ponte, quando observávamos os saltos dos paraquedistas? Sim e não. Se estou mencionando agora a cena daquele verão escaldante é porque ela já foi abordada por mim antes, numa conversa com Piotr. A cada ano vou visitá-lo no cemitério no Dia de Finados, e quando todos já se afastam — todos aqueles adultos que acreditam em Deus, mas não acreditam em espíritos —, quando eles partem, deixando sobre os túmulos buquês e coroas de flores, bandeirolas negras e velas acesas, eu me sento na lápide e converso com Piotr. Às vezes chegamos a discutir sobre coisas sem importância, como se ainda frequentássemos a mesma sala de aula na nossa escola em Wrzeszcz. Num determinado ano, sentei-me num dos cantos da laje, varri com a mão as folhas ressecadas, e Piotr me perguntou de chofre:

— E então, o que há de novo na cidade?

E eu lhe respondi que não havia nada digno de nota, exceto os problemas com o sistema de transporte.

— Que tipo de problemas?

— Estão substituindo aquele trenzinho por um outro.

— Substituindo o trenzinho?

— Sim. Aqueles velhos trens que vieram do metrô de Berlim vão virar sucata e serão substituídos por novos, iguais aos das demais cidades da Polônia. Eles também serão elétricos, mas com uma tração de 3 mil volts, enquanto aquela era de apenas 900.

— Novecentos? — espantou-se Piotr. — A tração elétrica daquele trenzinho não era de 900, mas de 800 volts.

— Não — respondi a ele —, você está enganado. Tenhc certeza de que não era de 800, mas de 900!

— De 800 — insistiu Piotr.

— De 900 — retruquei.

— Tenho certeza de que era de 800 — voltou a insistir Piotr.

— Não; era de 900 — voltei a rebater. — Eles estão trocando toda a linha de transmissão para poder interligá-la com a que vai diretamente a Bydgosz.

Ao que Piotr respondeu:

— Isso não é um argumento válido, porque eles teriam que trocar a linha de transmissão de qualquer forma, e eu continuo afirmando que a tração elétrica daquele trenzinho era de 800 volts!

E ficamos discutindo assim, como dois grandes amigos, enquanto os últimos trenzinhos antigos continuavam a percorrer o trajeto de Gdansk a Wejherowo em horários irregulares, já que os trabalhos na via férrea continuam sem interrupção nem mesmo nos feriados. E quando eu já estava descendo por uma sinuosa aleia do cemitério, me lembrei daquele dia em que, apoiados na balaustrada metálica da ponte, ficamos observando os exercícios dos paraquedistas, quase que esquecidos de Weiser e com os vagões amarelos e azuis do trenzinho elétrico do metrô de Berlim passando às nossas costas. A memória de Piotr revelou-se melhor que a minha: a tração elétrica daquele trenzinho era realmente de 800 volts.

O avião agrícola pousara no gramado pela última vez, os paraquedistas sumiram na escuridão do hangar, e o binóculo da Batalha de Verdun saiu das mãos de Piotr para se alojar no seu estojo de couro. Szymek cuspiu de cima da ponte.

— Não há mais nada para ver — falou de forma decidida. — Vamos voltar.

E foi aí que a conversa voltou a girar em torno de Weiser. Só que não lembro mais sobre o que e de que forma falamos, mas sem dúvida alguma falamos dele e somente dele. Travamos uma discussão acalorada de como abordá-lo, de que modo surpreendê-lo, como lhe sugerir que fizesse alguma coisa em nossa companhia.

Passaram-se ainda mais dois dias terrivelmente enfadonhos e infrutíferos. A cada vez que achávamos que conseguiríamos falar com ele, Weiser encontrava um meio de escapar ao nosso cerco. Ora sumia nas proximidades da Igreja da Ressurreição, ora o perdíamos de vista quando chegava à Colina de Bukow. Foi quando decidimos nos esconder perto do aterro da velha ferrovia, pois se era verdade que ele costumava ir com Elka até além de Bretów, então teria que passar por ali. Desde a manhãzinha plantamo-nos no ponto do cemitério em que um dos seus cantos quase tocava a antiga estrada de ferro.

Hoje, quando me esforço em reconstituir os acontecimentos daquele dia, vejo muitas lacunas. No entanto, aquela estrada de ferro que já não mais existia parece saltar aos meus olhos com uma precisão cartográfica. Sua trajetória descrevia um arco para sudoeste, afastando-se da principal artéria da cidade na altura da parada "Gdansk-Aeroporto". Depois, seguindo pelas inúmeras cabeças de pontes destruídas, passava pelas ruas Grunwald, Wit

Stworz e Palanka, acompanhava a beira da floresta junto da Igreja da Ressurreição, atravessava o desfiladeiro entre as colinas, contornava o Cemitério de Bretów e, mais uma vez usando as destroçadas pilastras de um viaduto, passava pela estrada que levava a Rebiechów. A menos de 1 quilômetro adiante, penetrava num desfiladeiro ainda mais profundo, logo depois do ponto no qual o rio Strzyz passava por baixo do aterro ferroviário através de um túnel estreito e curto. A partir dali, a ferrovia-fantasma penetrava em territórios totalmente desconhecidos para nós. Sabíamos apenas que lá, assim como cá, a inoperante via férrea passava por pontes e mais pontes destruídas, seguindo uma lógica incompreensível, pois é muito difícil entender o motivo pelo qual no meio de tantas pontes destruídas as únicas que se salvaram foram exatamente as que hoje não têm qualquer serventia, como aquela imensa e fantasmagórica que fica entre a igreja do padre Dudak e o Cemitério de Bretów e que liga apenas duas escarpas cobertas de ervas daninhas e arbustos de framboesas selvagens.

Mas, naquele dia, o tal mistério não era o nosso maior problema. Sentados dentro de uma cripta vazia oculta por densas samambaias, aguardávamos Weiser, com Szymek mantendo olhos grudados nas lunetas focalizáveis do binóculo, e os demais deitados de bruços, mascando folhas de grama e ocasionalmente soltando uma ou outra palavra preguiçosa no meio do zumbido de vespas e abelhas. Aos poucos o calor foi penetrando no interior da cripta, de forma que o cheiro da umidade putrefata e do cimento frio se misturava com o sufocante perfume de flores. O sol estava cada vez mais alto no céu, e pouco antes do meio-dia Szymek largou o binóculo e disse que não fazia mais qualquer sentido continuarmos deitados ali, pois se Weiser não aparecera até aquela hora, não iria mais aparecer. Quem sabe se ele não tomou um outro caminho ou, passando ao largo dali, seguiu pela pedreira e pelo morro que chamávamos de vulcão, por causa da sua forma cônica e do topo côncavo? Ou talvez ele estivesse agora sentado no meio dos arbustos da pista do aeroporto e, junto com Elka, aguardasse o pouso de um avião. Afinal, em se tratando de Weiser, tudo era possível e nada deveria ser descartado. E deve ter sido por isso que cheguei a imaginar que a qualquer momento iríamos ouvir um apito agudo acompanhado pelo som de rodas de ferro girando sobre trilhos — e veríamos emergir diante dos nossos olhos uma locomotiva conduzida por Weiser, que estaria com um boné de maquinista na cabeça e envolto em nuvens de vapor. Ele pararia a máquina, desceria rapidamente os degraus da escada de ferro e faria um sinal com a mão para que embarcássemos, pois o trem partiria logo em seguida. Os pistões se moveriam rapidamente, nuvens de vapor emanariam das válvulas e partiríamos em frente, até além do Strzyz e da última ponte destruída, onde finalmente deveriam estar os trilhos e as bifurcações de verdade. Naqueles dias, eu acreditava piamente que o aterro levava àquele lugar. Fiquei me imaginando viajando com Weiser, passando por pequenas estações desativadas e semáforos enferrujados, enquanto ele, tal qual o capitão de um navio, me enviava para a proa da locomotiva com a missão de ficar observando os trilhos imersos na densa vegetação e zelar para não entrarmos numa bifurcação sem saída.

Expus tudo isso em voz alta ao pessoal, e ninguém riu nem achou aquilo uma bobagem. Pois como um punhado de pontes destruídas e trechos sem trilhos poderiam representar um empecilho a alguém como Weiser? Sua locomotiva envolta em nuvens de vapor poderia ter chegado facilmente até ali e nos levar numa viagem ao desconhecido. Mas ele não vinha — e o tempo passou a se arrastar.

Já não lembro mais quem enviamos para buscar garrafas de laranjada da loja de Cyrson, nem quem foi o escolhido para ir às escondidas até em casa para pegar alguns pãezinhos ou outra coisa de comer. Também não consigo recordar quantas garrafas de laranjada foram e se todas foram abertas de forma adequada. Todos gostaram daquela minha aventura com Weiser — aliás, com Weiser e sua locomotiva — e eu tive que repeti-la desde o começo, sendo que cada um dos ouvintes foi acrescentando algo. E foi assim que surgiu a extraordinária história de uma locomotiva numa inexistente via férrea. Enquanto as últimas gotas de laranjada secavam nas pegajosas garrafas verde-musgo e filas indianas de formigas vermelhas carregavam as migalhas que sobraram dos pãezinhos, nós inventávamos detalhes adicionais à nossa saga — todos lindos e extremamente elevados, segundo a nossa visão. A locomotiva e seu estranho maquinista apareciam sempre nas noites de lua cheia. Com as luzes acesas e soltando uma chuva de faíscas, a máquina vinha lentamente da direção de Wrzeszcz, ultrapassando as pontes desabadas com surpreendente leveza e agilidade.

Parava por um momento na pequenina ponte ao lado da Igreja da Ressurreição, de cuja sacristia saía um homenzinho vestido com um fraque curto demais que, correndo às escondidas, chegava arfante à máquina e entregava ao maquinista uma bolsa cheia de tilintantes moedas de ouro. A locomotiva partia, despedindo-se do homenzinho com um curto apito, enquanto ele fugia para a escura floresta de pinheiros que ficava do outro lado da via férrea. Por que pagar o maquinista? Deveria haver uma explicação para tudo... A locomotiva, agora penetrando num desfiladeiro, adquiria mais velocidade, passava rapidamente por baixo do arco de uma ponte de pedra e freava violentamente perto do cemitério no qual estávamos sentados inventando toda essa história. Weiser puxava a alavanca e soltava três longos silvos — ao que, à luz da lua cheia, abriam-se criptas cobertas de hera, lápides rachadas deslizavam sobre as sepulturas e um enxame de defuntos, trincolejando as tíbias, saía das tumbas e se dirigia à locomotiva. Quando todos já estavam prontos para viajar, o maquinista permitia que eles entrassem no tênder e punha a máquina em marcha sobre as pontes demolidas e os trilhos invisíveis. E isso se repetia a cada noite de lua cheia, a cada mês, independentemente das estações do ano. O maquinista retornava ao amanhecer, os cansados viajantes voltavam às criptas e a locomotiva desaparecia perto da parada "Gdansk-Aeroporto", no ponto em que o velho aterro chegava à verdadeira via férrea. Alguns moradores dos subúrbios distantes da cidade viram essas coisas e, tremendo de horror, chegavam a comentá-las com pessoas de sua total confiança. Como era de se esperar, surgiram alguns valentões dispostos a decifrar o mistério, mas a curiosidade cobra um preço muito alto. Certa feita, o primo do sacristão pulou para dentro do tênder junto com os defuntos e partiu com eles na direção do Strzyz. Não chegou a contar para ninguém o que vira, pois, assim que a locomotiva retornou ao cemitério, os esqueletos pegaram-no pelos braços e o levaram consigo para uma das criptas. A partir de então, quando o vento não sopra à noite, é possível ouvir os gritos do morto-vivo primo do sacristão: "Deixem-me sair daqui! Deixem-me sair daqui!" — mas ninguém sabe em qual das criptas os defuntos o esconderam e, além disso, seus gritos são tão horripilantes que ninguém teria a coragem de sair em sua busca.

É possível que eu não esteja repetindo exatamente todos os detalhes dessa história, mas agora — assim como então, na secretaria da escola, quando aguardávamos o resultado dos nossos depoimentos — estou convencido de que não foi pior do que aquela que nos foi lida numa das aulas de polonês, pela professora Regina. Afinal, aquela história também se passava de noite e o morto saía do túmulo e discursava para os vivos.

Muito embora não tivéssemos medo do cemitério e o dia ainda estivesse claro, quando tudo aquilo foi inventado, contado e exposto por um coro de vozes alternadas e misturadas entre si, quando toda aquela história soou no silêncio da cripta deserta, ficamos meio sem graça — como se achássemos que quando uma coisa era relatada de forma convincente poderia ocorrer de verdade, contrariando o senso comum e as mentes mais esclarecidas.

Enquanto isso, Weiser insistia em não aparecer no nosso campo da visão. No vale em frente ao cemitério, do outro lado do aterro, um fazendeiro de Bretów ceifava espigas de trigo. Volta e meia interrompia sua tarefa, endireitava as costas e, tirando uma pedra de afiar do bolso, afiava a lâmina da foice. O som metálico se espalhava preguiçosamente no ar aquecido, e o nosso grupo ia ficando cada vez mais reduzido, porque muitos cansavam de esperar e voltavam para suas casas pelo caminho da Colina de Bukow, abandonando a esperança e o posto na cripta.

— Pedi e recebereis — falou de forma solene Szymek, imitando a voz do padre Dudak.

— Como?! — espantou-se Piotr. — Você acha que Deus Nosso Senhor se ocupa com esse tipo de coisa?

— Que tipo de coisa? — perguntei.

— Coisas sem importância; como, por exemplo, um pedido para que Weiser apareça se pedirmos muito — esclareceu Piotr, mas Szymek logo desfez suas dúvidas:

— E você acha que Deus não tem coisas mais importantes para se preocupar? De qualquer modo, Weiser é judeu, e isso muda as coisas.

— Jesus também era judeu — disse Piotr, sem se dar por vencido. — E como ele era filho de Deus, isso quer dizer que o próprio Deus era judeu, certo? Se o seu pai é polonês, você nasce polonês, e se ele é alemão, você nasce alemão.

— E se a minha tia fosse homem, seria meu tio — respondeu rispidamente Szymek, encerrando a discussão.

A essa altura, restamos apenas nós três: Szymek, Piotr e eu. Ao longe, detrás dos montes Niedzwiednik, ouvimos o ronco de um avião. Ficamos por um longo tempo em silêncio, porque nenhum de nós estava com vontade de tagarelar. Pensei — e creio que Piotr e Szymek pensaram o mesmo — que Weiser não iria mais aparecer ali naquele dia e que poderíamos muito bem voltar para nossas casas, e, caso nos apressássemos, chegaríamos a tempo de devolver as garrafas vazias de laranjada antes do fechamento da loja de Cyrson. O sol já estava se pondo, e as tílias lançavam longas sombras sobre o aterro da via férrea, parecendo tábuas atiradas sobre um córrego. Os troncos das árvores, iluminados por trás, tinham uma coloração vermelha tão artificial que pareciam ter sido pintados por um artista popular, daqueles que vendem quadros nas ruas e praças. Do outro lado do aterro, o camponês parou de ceifar, juntou a grama em pequenos montes, pôs arreios no cavalo e se foi. Sentimos a fragrância de feno misturada ao cheiro do suor do animal. O ar permanecia abafado, como estivera por todos aqueles dias desde que as águas da baía foram tomadas pela sopa de peixes.

— Talvez devêssemos voltar aqui à noite — sugeriu Piotr, rompendo o silêncio.

— Com que finalidade? — perguntou Szymek.

Ao que Piotr respondeu que seria bom verificarmos se realmente os defuntos saíam das sepulturas à meia-noite e se conversavam entre si. As pessoas viviam comentando que sim, e ninguém sabia o quanto aquilo era verdadeiro. Elas podiam estar fazendo esses comentários porque sabiam ou porque morriam de medo e nunca tiveram a coragem de verificar por si mesmas, algo que nós poderíamos fazer por elas.

— Muito bem — falou Szymek. — Mas qual de nós? Porque somente uma pessoa pode entrar no cemitério à noite; os defuntos sentem quando há mais de uma, do mesmo modo que os animais, e aí todo o trabalho terá sido em vão.

Decidimos tirar a sorte. Aquele que fosse escolhido deveria se benzer na entrada do cemitério, seguindo em frente sozinho e ficando pelo menos 15 minutos parado no centro do mesmo, junto dos dois anjos de pedra com as asas quebradas.

Mas não chegamos a fazer o sorteio.

— Olhem — sussurrou Szymek, rastejando para fora da cripta —, eles estão vindo!

Efetivamente, Weiser caminhava pelo aterro da via férrea, seguido por Elka, que carregava um embrulho e saltitava feito uma garotinha. Saímos rapidamente da cripta e nos escondemos nos espessos arbustos distantes menos de 5 metros do aterro. Weiser e Elka passaram por nós, desceram do aterro e, andando por uma estrada vicinal, dirigiram-se ao estande de tiro. Assim que eles desapareceram no vale, fomos atrás deles. Era aquele mesmo vale no qual muito mais tarde acabaríamos encontrando M-ski com sua rede de pegar borboletas, perseguindo a infeliz *Parnassius apollo*. Sentíamo-nos como cães de caça que foram soltos após uma longa espera e, tendo sentido o cheiro da presa, precipitavam-se no seu encalço para não perdê-la. Na saída do vale, o caminho se transformava num leve aclive. Permanecemos grudados ao sopé, vendo Weiser e Elka subirem nos rochedos para chegar ao platô.

Nós os seguimos usando todas as regras da arte marcial, o que não era tão fácil assim considerando a vantagem de altura que eles tinham sobre nós. Observávamos cada um dos seus movimentos e gestos, mas eles se comportavam de uma maneira completamente calma e normal. Estavam sentados no ponto mais elevado do platô e conversavam sobre algo que não devia ser muito importante, a julgar pela expressão no rosto de Elka. Àquela hora, achávamos que eles estivessem aguardando algum sinal, algo importante que pudesse despertá-los — e a nós — da aparentemente interminável espera, mas hoje sei que eles simplesmente esperavam pelo pôr do sol, pois o que veio a acontecer mais tarde só poderia ocorrer após o crepúsculo.

Finalmente, a enorme bola cor de laranja sumiu detrás da floresta; o céu ficou vermelho e centenas de insetos sob a forma de pequenos pontos negros passaram a se deslocar com uma rapidez estonteante, tendo o céu purpúreo por pano de fundo. Weiser levantou-se, deu o braço a Elka, e ambos seguiram em frente, na direção do estande de tiro. Nós os seguimos como fantasmas — rápida e silenciosamente. Atravessamos o bosque e a depressão do terreno atrás do estande, de onde uma estreita trilha no meio de soturnas faias e aveleiras nos levou até uma passagem sobre a estrada de Rebiechów e, de lá, em linha reta e acompanhando a beira da floresta, para cada vez mais longe das construções de Bretów. Na atmosfera aquecida podia-se sentir o cheiro de resina e de casca ressecada das árvores, um odor não dissipado por qualquer brisa. Naquela noite escura, quando éramos observados apenas por estrelas silenciosas, o prédio da olaria desativada que emergiu repentinamente diante de nós pareceu um colosso com uma torre pontuda em vez da chaminé, grutas negras em vez de janelas e um telhado em declive, cujos assustadores caibros expostos lembravam costelas de um grande animal selvagem.

Ficamos parados timidamente na beira da floresta e só fomos trazidos à realidade ao ouvirmos a voz de Weiser. Ele dizia algo para Elka, e ela lhe respondia com frases curtas. As palavras vinham de baixo, aumentadas pelo eco provocado por paredes vazias. Era evidente que eles estavam num lugar abaixo de nós, provavelmente no porão da olaria. Andando na ponta dos pés, deslizamos silenciosamente por entre os carrinhos de ferro fundido e diante da abertura do forno de tijolos. O piso do lugar debaixo do qual provinham as vozes era de madeira — e, para piorar as coisas, de madeira apodrecida. Levando nossos sapatos nas mãos, aproximamo-nos da forma mais silenciosa possível até um alçapão com a tampa aberta. De repente, brilhou debaixo de nós a luz de um fósforo, logo seguida pela de uma vela, que Elka colocara junto da parede. Ficamos deitados de bruços, com os rostos colados no chão — e como, por sorte, as frestas entre as tábuas eram bastante largas, podíamos ver claramente tudo o que se passava embaixo de nós. Elka estava sentada à la turca junto da vela. No centro do porão, também sentado no chão, estava Weiser — encolhido e parecendo rezar. Ambos permaneciam calados, e eu pressenti que algo terrível estava para acontecer. Com a boca ressecada, ouvia meu próprio sangue correr nas veias como se fosse desabar das Cataratas do Niágara.

Elka desfez o pacote. À trêmula luz da vela, pude ver em suas mãos um curioso instrumento musical, formado por uma série de tubos de comprimento decrescente. Ela levou o instrumento aos lábios e ficou aguardando um sinal de Weiser. Finalmente, quando ele ergueu a cabeça, ouvimos seus primeiros sons — sons estranhos e distantes, como se alguém, plantado no topo de uma montanha, estivesse tocando uma melodia lenta e cheia de melancolia. O timbre do instrumento era macio e ondulante. Weiser levantou-se. Ergueu os braços, permanecendo por um bom tempo naquela posição. A melodia foi ficando cada vez mais viva, com frases seguindo-se umas às outras, mas sempre retornando ao mesmo tema. E Weiser — aquele mesmo Weiser que vimos no dia de Corpus Christi no meio das nuvens emanadas do incensório, o mesmo do aeroporto e do Jardim Zoológico de Oliwa, o Weiser que ganhara a partida de futebol contra os milicos — agora dançava à luz da vela e ao som daquela gaita ridícula. Dançava no porão de uma olaria arruinada, atirando os braços para cima e para os lados e inclinando a cabeça em todas as direções. Dançava cada vez mais rápido, como se a melodia o tivesse em seu poder. Dançava como se estivesse possuído por demônios, dançava com os olhos semicerrados, como um conviva embriagado num casório, como um louco incontrolável, sem limites de exaustão. E enquanto ele dançava, nossos olhos foram se arregalando cada vez mais, pois víamos repentinamente uma coisa totalmente estranha. Não era mais aquele Weiser, o nosso colega do apartamento número 11 do nosso prédio, neto do alfaiate Abraham Weiser. No seu lugar, estávamos vendo alguém assustadoramente alheio, desconhecido, apreensivamente estranho e que, apenas por uma mera coincidência, havia adquirido forma humana, a qual claramente tolhia seus movimentos destinados a liberá-lo dos ocultos grilhões do seu corpo.

De repente, a música cessou. Weiser desabou no chão. Uma nuvem de poeira avermelhada ergueu-se em torno da sua figura, e eu, à luz da vela, vi colunas de pó da mesma cor girando sobre si mesmas. Antes de eu ter tempo para pensar que era o silêncio que soava tão tenebrosamente e de uma forma tão assustadora, Weiser abriu a boca como se quisesse encher os pulmões de ar, e nós ouvimos a grossa voz de um homem que, com frases entrecortadas, dizia algo numa língua estranha. Senti uma misteriosa mão tocando minhas costas, e sei que aquela impressão foi causada pelo pavor — pois aquela voz, claramente estranha e severa, emanava da garganta de Weiser, como se ele estivesse falando sem se dar conta disso. Seus olhos permaneciam fechados e, a cada frase dita, seus punhos se cerravam e relaxavam convulsivamente. Tinha a aparência de um homem exausto que, com grande sacrifício e contra sua vontade, expelia sílabas da sua dolorida garganta inchada.

E foi somente quando ele parou que eu olhei para Elka. Estava sentada imóvel encostada na parede; na verdade, não era mais Elka, mas uma boneca de madeira. Seus olhos, fixos em Weiser, pareciam aquelas contas de vidro dos bonecos de um teatro de marionetes. Estavam imóveis, e nem chegaram a piscar quando ergueu o corpo, ficou de joelhos e puxou a vela para o centro do cômodo. E foi então que aquilo aconteceu: Weiser ficou de pé, abriu os braços como se fosse voar e permaneceu assim por muito tempo, olhando fixamente para a chama da vela. Não sei depois de quanto tempo notei que seus pés não tocavam mais o chão. No começo, achei que se tratasse de uma ilusão de ótica, mas os pés de Weiser foram se distanciando cada vez mais do piso da olaria. Sim, agora todo o seu corpo estava suspenso no ar; primeiro a uma altura de uns 30 ou 40 centímetros, e depois continuando a se erguer como se estivesse sendo levantado por um braço invisível.

— Jesus Cristo! — ouvi o sussurro de Szymek. — O que ele está fazendo?!

Weiser levitava sobre o imundo piso da olaria e seu corpo já não estava mais retesado. Senti os dedos de Piotr apertarem meu antebraço.

Mas, o que acontecera de verdade? Será que aquilo que nós vimos na olaria desativada poderia ter sido uma ilusão de ótica? Será possível que nós tenhamos apenas imaginado que Weiser se erguia do chão, ou será que ele realmente levitou, à trêmula luz de vela?

Vinte e três anos depois fiz a mesma pergunta a Szymek, quando estávamos sentados frente a frente no seu apartamento ensolarado, numa outra cidade e — o que precisa ser sublinhado — numa outra época. Do lado de fora havia uma passeata. As pessoas empunhavam cartazes com novos slogans — ou quase novos. "Exigimos registro", li em um. "A imprensa mente", figurava num segundo. "Viva

Gdansk",* notei num terceiro, no meio da multidão e junto de um grande retrato do papa. Szymek não era mais aquele Szymek com o binóculo de Verdun — isto era óbvio; mas, apesar disso, eu não esperara encontrar nele uma mudança tão radical; uma mudança maior que a distância de 23 anos e os quilômetros que separavam as nossas cidades. Ele estava basicamente interessado em assuntos atuais e ficou me indagando com ansiedade por notícias de Gdansk. Tive que passar muito tempo explicando-lhe tudo que se passava na nossa cidade e mais tempo ainda fornecendo detalhes do aspecto do portão do estaleiro durante aqueles dias todos, bem como o da cruz de madeira à qual as pessoas afixavam imagens da Virgem Negra de Czestochowa e onde colocavam flores aos seus pés.

— E por essa eles não esperavam! — exclamava Szymek, animado como uma criança. — Mas, o que virá em seguida?

Eu não tinha a mais vaga ideia do que viria em seguida; aliás, em toda a Polônia — desde os montes Tatras até a Praia de Jetlików —, ninguém era capaz de prever coisa alguma. Mas o que me desesperava era o fato de que, assim como as questões políticas que ocupavam as mentes dos correspondentes de todos os jornais do mundo, também permaneciam sem resposta as minhas perguntas sobre Weiser.

---

*O fato de os manifestantes portarem cartazes com referências a Gdansk em passeatas feitas em outras cidades por ocasião do encontro do autor com Szymek em 1981 (23 anos após as explosões de Weiser) era devido ao fato de o Solidariedade ter se originado naquela cidade, no sindicato dos operários do estaleiro Lênin. (*N. do T.*)

— Afinal de contas, você continua achando aquilo tão importante assim? — perguntava Szymek. — Após todos esses anos? E logo agora, quando coisas tão importantes estão ocorrendo?

E não havia maneira de convencê-lo de que sim, de que para mim aquilo era a questão mais importante de todas.

— E então, o que foi aquilo? — Não me dava por vencido. — Weiser levitou ou fomos vítimas de uma psicose coletiva?

Szymek abria garrafas de cerveja e meneava a cabeça ceticamente. Falava de forma calma e pausada, como sempre:

— Se você ler num livro que Deus apareceu ao autor envolto numa coluna de fogo e com um arfar de asas, você não poderá saber ao certo se aquilo aconteceu realmente ou se o autor apenas teve a impressão de que foi daquela maneira. Evidentemente — acrescentou, entornando o copo —, isso sem levarmos em consideração os casos das mistificações propositais.

— Mas lá, no porão? — eu perguntava. — Weiser efetivamente esteve suspenso no ar, ou nós tivemos apenas a impressão de que ele levitava?

Szymek acendeu um cigarro.

— Não sei — respondeu após um momento de reflexão. — Talvez ele realmente tenha levitado, mas também é bem possível que tenhamos sido vítimas de uma psicose coletiva; afinal, essa última hipótese é muito mais lógica do que a de alguém flutuar em pleno ar, você não acha?

E foi assim durante todo o tempo da minha visita — aliás, a única que lhe fiz naqueles anos todos. Szymek não tinha uma opinião formada a respeito de Weiser, e todos os pontos levantados por mim eram respondidos sempre da mesma forma: "Pode ter sido assim, mas também pode ter sido assado... Passaram-se tantos anos, e as nossas mentes são falíveis." E quando eu lhe contei que tinha estado com Elka em Mannheim, ele apenas me perguntou como ela estava e qual era a marca do seu automóvel. Não, ele nem desconfiou do motivo que me fez visitá-la, assim como não teve qualquer interesse em saber se Elka me contou algo sobre Weiser. A única coisa da qual ele se lembrava muito bem era o instrumento musical no qual Elka acompanhou Weiser na sua dança no porão da velha olaria.

— Era uma flauta de Pã. O som é realmente extraordinário — disse, animado. — Onde será que ela conseguiu um instrumento daqueles?

A resposta a isso eu sabia, pois na época em que andei examinando os documentos escolares de Weiser tive a oportunidade de conversar com a nossa imorredoura professora de música, a qual confirmou o desaparecimento de uma flauta de Pã de dentro da vitrine que continha sua coleção de instrumentos folclóricos. A boa velhinha nunca conseguiu entender como foi possível alguém levar exatamente uma flauta de Pã de dentro de um mostrador no qual podiam ser vistos exemplares de xilofone, uquelele, balalaica, violino escandinavo e um monte de outros instrumentos exóticos. "Quem teria um uso para aquilo?", ela se indagava, estendendo os braços já curvados de tanto terem sido agitados nos ensaios dos coros. "Quem saberia tocá-la?" Mas eu não falei nada disso com Szymek. E quando nós estávamos tomando as últimas garrafas de cerveja enquanto do lado de fora da janela já se podia ouvir novamente os simples barulhos da rua e o canto dos pássaros, a esposa de Szymek trouxe uma enorme travessa cheia de tira-gostos. Foi então que eu finalmente perguntei o que ele achava que se passara naquele dia à beira do Strzyz, quando Weiser falou conosco pela última vez. Por que Elka foi encontrada alguns dias depois e Weiser não? E qual a explicação que ele teria para aquela amnésia dela, que nunca a abandonava quando o assunto era Weiser? Antes de responder, Szymek trocou os copos, pois no lugar da cerveja surgiram na mesa garrafas de um vinho caseiro.

Sim, ele também ficara intrigado com aquilo, dando tratos à bola na tentativa de decifrar o mistério. Tudo indicava que Weiser possuía dons hipnóticos, indecifráveis para nós. Essa tese era reforçada pela sua exibição com a pantera; e se ele era capaz de ter esse efeito sobre um animal selvagem, por que não poderia tê-lo também nos seus contatos com seres humanos? Para quê ele precisava de Elka? Obviamente para se aproveitar dela nos seus experimentos e no desenvolvimento de suas habilidades, ainda não exploradas ao extremo àquela época. Lá, no porão da olaria, ele a submetia às mais diversas provas, e nós mesmos tivemos que nos render ao seu extraordinário poder de sugestão. Portanto, ele não devia ter levitado — apenas fingira que levitava e obrigara Elka e a nós a acreditar que ele se erguia no ar. A psicologia está repleta de casos semelhantes, explicando-os como simples mecanismos da sugestionabilidade. E quanto às explosões? Ah, sim, aquilo era mais difícil de explicar, mas Weiser, que fora praticamente um autodidata solitário criado por um velhinho excêntrico, poderia ter ainda outras — e muito mais graves — manias de perseguição. Que ele era piromaníaco, não restava a menor dúvida. E aqueles efeitos visuais? Ele devia ter lido alguns livros — eis todo o segredo dos seus conhecimentos. Por que ele costumava deitar-se com Elka junto da pista de pouso do aeroporto? Aquilo fora um teste e um aperfeiçoamento da resistência dela ao medo; afinal, uma pessoa que suporta calmamente ficar deitada debaixo da barriga de um avião em pleno pouso certamente não ficará com medo diante de transes hipnóticos. Quanto ao que se passou à beira do Strzyz, Elka foi simplesmente arrastada pelas águas do rio, sem que tenhamos nos dado conta disso. Quando Weiser percebeu o que ocorrera, escondeu-se em algum lugar e ficou esperando até irmos embora, e então saiu à procura dela por conta própria. Só que superestimou seus poderes e, ao buscá-la naquele pequeno lago atravessado pelo Strzyz, acabou se afogando e seu corpo foi levado pelas águas até aquele canal subterrâneo pelo qual o Strzyz atravessa a cidade. É a única explicação possível. Só que Elka se salvou por um milagre; a correnteza levou-a até a vegetação ribeirinha, onde ela ficou inconsciente até ser encontrada pelos cães policiais. Weiser pagou caro pela sua imprudência — afinal, ele não sabia nadar, nunca se banhava conosco em Jetlików. Como foi possível Elka ter sobrevivido por três dias, inconsciente e flutuando no meio da vegetação ribeirinha? Essa questão é realmente obscura, mas tem mais a ver com o ramo da biologia. Há vários registros de casos semelhantes. Quanto a Weiser, não fosse a tutoria daquele estranho alfaiate — mais precisamente, a falta da tutela de sua parte —, teria sido hoje uma espécie de "artista de estrada" ou talvez se apresentasse em circos, onde suas exibições nos picadeiros receberiam palmas e reconhecimento. De uma forma ou de outra, não deixava de ser uma vítima da guerra, e sua orfandade deve ter deixado marcas profundas na sua psique. Pensaria ele nos seus pais? Sem dúvida que sim, mas o que poderia pensar? Ninguém sabe o que andara lhe contando sobre eles o velho Weiser, um ser esquisito e soturno com um olhar que parecia culpar as pessoas apenas pelo fato de estarem vivas. Um olhar daqueles não prenuncia boas coisas. David tinha uma verdadeira obsessão por tudo que se referia aos alemães, e todo o arsenal que encontrara e depois escondera na olaria era a mais contundente prova disso. Ele queria matar todos, e tudo que fazia com aquele armamento devia ser uma preparação para um acerto de contas. Afinal, o que — ou, mais precisamente, a quem — ele mirava quando estávamos na olaria? Aquelas efígies que serviam de alvo não deixavam qualquer dúvida quanto a esse ponto. Uma imaginação exuberante, uma inteligência fora do comum e uma ingenuidade infantil aliadas a uma habilidade hipnótica que devia assustá-lo ainda mais que a Elka — tudo isso se juntou para formar David Weiser.

Após o terceiro cálice de vinho, Szymek encerrou seu monólogo. Tive vontade de esclarecer com ele alguns detalhes adicionais, como por exemplo: como tinha tanta certeza de que Weiser não sabia nadar? Não poderia ele ter sido um excelente nadador, assim como fora um extraordinário jogador de futebol? E de onde ele tirara a convicção de que Elka foi levada pelas águas e que nós não notamos aquilo? Afinal, Elka e Weiser desapareceram ao mesmo tempo; portanto, o que Szymek dizia não fazia sentido. Além disso, mesmo se Weiser tivesse se afogado, seu corpo não poderia ter sido levado para dentro do canal subterrâneo, já que o acesso ao canal era bloqueado por uma grade metálica.

Mas Szymek e sua mulher só perguntavam sobre Gdansk. Queriam saber tudo sobre o monumento que seria erguido junto ao portão do estaleiro, no lugar onde foram feitos os disparos. O monumento era o que mais os interessava. Perguntaram se o nome de Piotr iria figurar nele. Eu não soube responder, muito embora, após o que seus pais passaram naquele tenebroso funeral noturno — com a equipe de coveiros armados e o corpo de Piotr envolto num saco plástico atirado num buraco na terra —, enfim, depois daquilo tudo eu não esperava que o enorme e majestoso monumento pudesse recompensá-los de qualquer forma por aquele inverno.

— Não é disso que se trata — impacientou-se Szymek.

— É verdade, não é disso que se trata — respondi maquinalmente, lembrando que, de acordo com o relato de sua mãe, Piotr não conseguira suportar a visão dos helicópteros sobrevoando a cidade e fora a pé até Gdansk (os bondes estavam paralisados) para ver o que estava se passando.

"Mataram-no daquele helicóptero", afirmava teimosamente a mãe dele. E quando testemunhas oculares lhe contavam que Piotr tivera o azar de se encontrar entre a multidão e um destacamento de soldados e que uma bala atingira o lado esquerdo de sua cabeça, ela dizia que não era verdade, que tinha certeza de que o tiro partira do helicóptero, e ficava furiosa quando alguém dizia que tinham sido soldados. Para ela, os assassinos de seu filho eram membros das forças de segurança interna. Portanto falei do monumento, enquanto Szymek e sua mulher me escutavam com toda atenção.

E Weiser? Weiser sumiu da nossa conversa como se nunca tivesse sido citado. E quando eu já estava sentado no vagão de um trem que balançava ritmicamente sobre trilhos e bifurcações, tive a sensação de estar viajando naquele trem inexistente. Um trem-fantasma, que passava sobre as dez pontes destruídas e ao largo do Cemitério de Bretów e a pequenina igreja de tijolos escondida no meio das árvores, e cuja locomotiva era conduzida por Weiser — com um boné de maquinista e envolto numa nuvem de incenso cheirando a eternidade.

Enquanto isso, o zelador foi chamado ao gabinete.

— Isso não pode continuar assim — ouvi dizer a voz de M-ski. — Esses fedelhos estão nos fazendo de bobos! Eu já disse ao senhor diretor que nesses casos é preciso usar métodos radicais logo de saída. Ah, eu os conheço muito bem e posso garantir que nada conseguiremos sem recorrer a isso.

Nesse ponto, ele deve ter se virado para o zelador, porque acrescentou:

— E quanto ao senhor, saiba que vai ter que permanecer aqui conosco por muito tempo, porque isso não vai acabar tão cedo!

O zelador murmurou algo pouco audível, mas eu seria capaz de jurar que foi sua já conhecida frase, "Manda quem pode e obedece quem tem juízo", e retornou à secretaria, chamando Piotr.

Eles deviam ter achado algo que não batia nos nossos depoimentos escritos, e pensei que devia ser por isso que M-ski estava tão furioso. Ah, sim, já sei, deve ser por causa daquele vestido — aliás, o farrapo de um vestido; o vestidinho vermelho de Elka que Szymek, na esperança de fazê-los nos deixar em paz, acabou mencionando isso em seu depoimento, escrevendo que o queimamos logo após a última explosão. Sim, só pode ter sido isso. Eles não encontraram outra menção nem no depoimento de Piotr nem no meu, e agora iam querer saber quem o achara, e onde e quando queimáramos aquele pedaço de pano que sobrara da nossa colega. Havíamos cometido um erro — deveríamos ter aproveitado a ausência do zelador para combinar os detalhes daquele fato inventado, pois assim todos diriam a mesma coisa e eles encerrariam a investigação convencidos de que tudo se passara assim como eles imaginaram. Só que o zelador esparramou-se na cadeira e nem lhe passava pela cabeça a ideia de nos deixar sozinhos por um momento sequer. No rádio, o discurso de Władysław Gomułka já terminara havia muito tempo, tendo sido agraciado com entusiásticas salvas de palmas e gritos de aprovação. Do alto-falante emanava uma música de opereta e a insuportavelmente aguda voz de uma cantora que esticava ao máximo o refrão: "ooh, ooh, co-oo-mo te aaa-mooo", enquanto minha perna ficava dormente e a dor no pé esquerdo não me deixava em paz. Era uma dor que eu devia — e, de certa maneira, devo-a até hoje — a Weiser. Sempre quando o céu se cobre de nuvens prenunciando chuva, eu olho para a pequena cicatriz abaixo do tornozelo e sei que vou ficar mancando. Mas, no intuito de não me antecipar no relato dos acontecimentos, retorno ainda àquela olaria desativada, pois nem tudo fora suficientemente esclarecido.

— Jesus Cristo! — sussurrou Szymek. — O que ele está fazendo?!

Os dedos de Piotr apertaram convulsivamente o meu braço, e no momento seguinte ouvimos o terrível estalido de tábuas se partindo. Junto com os restos do assoalho e no meio de uma barulheira infernal desabamos os três diretamente sobre Weiser e Elka. A vela se apagou e eu pude sentir que eles estavam ali, no meio de nós, pertinho, pertinho, mas sem emitir um som sequer e aguardando que nós fôssemos os primeiros a nos pronunciar. Finalmente Piotr, que foi quem antes se desembaraçou dos pedaços de madeira, falou timidamente:

— Elka, não fique chateada conosco; só estávamos... — Mas teve que se calar, porque algo se mexeu na pilha de tábuas quebradas.

— Vocês têm alguma luz? — A voz de Weiser não denotava qualquer raiva ou impaciência. — Se tiverem, acendam logo!

Szymek tirou do bolso um isqueiro que roubara de seu irmão mais velho ainda no começo das férias, e uma tênue luz azulada iluminou o interior do porão. Os degraus da escada original estavam parcialmente destruídos, e para podermos sair dali tivemos que improvisar uma escada, feita com pedaços de tábuas. A construção foi supervisionada por Weiser, e quando finalmente nós todos já estávamos lá em cima, ele olhou para nós e perguntou:

— Vocês conseguem manter a boca fechada?

Em vez de vozes, responderam-lhe acenos positivos de cabeças.

— Muito bem — continuou ele. — Já que é assim, então venham aqui amanhã, às 6... mas só vocês três, está claro?

E foi assim — embora de uma forma totalmente inesperada — que atingimos o nosso objetivo: Weiser nos convidou para nos juntarmos a ele. E, coisa curiosa: quando estávamos retornando pelo mesmo caminho em direção a Bretów, nenhum de nós quis falar daquilo que víramos na olaria. Hoje me dou conta da razão daquele silêncio: medo. Abstraíamo-nos das nuvens do incensório, da sopa de peixes, do pouso do Ilyushin 14, da pantera-negra, da partida de futebol; abstraíamo-nos da minha excursão no decurso da qual ouvi falar pela primeira vez de Schopenhauer e vi onde estivera o tanque alemão durante o ataque ao prédio do Correio-Geral Polonês; abstraíamo-nos de todas as coisas que àquela época não ligávamos umas às outras para formar uma corrente que nos conduziria a Weiser... Bastou que o víssemos naquele porão para ficar repentinamente claro que aquele Davizinho que nós tanto desprezáramos no início e que se transformara num extraordinário encantador de animais e num genial jogador de futebol deixara de ser a mesma pessoa, embora aparentasse isso. Confesso que tenho certa dificuldade em definir a sensação que naquela hora se instalou em nossas almas. Pois, contrariamente ao que acabei de escrever acima, a razão do nosso silêncio não foi um simples medo. Não, decididamente não.

Ocasionalmente, quando bebo demais ou me sinto deprimido, sou torturado por um sonho estranho: estou na cozinha da casa da minha mãe, parado junto à janela e olhando para fora, enquanto às minhas costas Piotr põe água para ferver numa chaleira amassada. De repente me viro para dentro da cozinha e vejo diante de mim um homem que não é Piotr. Aproximo-me dele exigindo uma explicação, mas o desconhecido, em vez de responder, apenas me dá um sorriso cúmplice. O pior de tudo é que há algo de Piotr naquele sorriso — o mesmo franzimento do lábio superior — e eu não consigo compreender o que isso possa significar. E foi mais ou menos assim que nos sentimos então. O Weiser que estava diante de nós não era mais o Weiser que havíamos conhecido durante todos aqueles anos na escola e que fora ficando cada vez mais esquisito a partir daquele famoso dia de Corpus Christi ou, para sermos mais precisos, a partir do dia em que recebemos os nossos diplomas do curso de religião. Ele era e não era Weiser ao mesmo tempo. Mas quem se tornava no momento em que deixava de ser ele mesmo? E quem sabe se aquele momento específico jamais existira e, durante todo esse tempo, ele apenas fingira ser um menino normal? E como nós poderíamos saber daquilo tudo se até hoje eu não consigo responder a essa questão?

Caminhávamos em silêncio, temendo que ele pudesse nos aparecer repentinamente, iluminado pelas estrelas, contra a escura parede da floresta, e flutuando a 1 metro do solo ou mais, como fizera no porão da olaria — e esse medo tirava-nos qualquer vontade de conversar. Das escarpas da morena passamos para o desfiladeiro, onde estava ainda mais escuro. À saída, pudemos vislumbrar o negro contorno da torre da Igreja de Bretów e, tendo-a por fundo, cintilantes pontinhos dourados.

— Jesus Cristo! — exclamou Szymek pela segunda vez. — Estrelas cadentes!

Mas não eram estrelas, e sim um enxame de vaga-lumes que mais pareciam gotículas de uma chuva de ouro — e a noite estava tão silenciosa que dava para ouvir a nossa própria respiração.

— Pensei — acrescentou Szymek — que eles brilhassem apenas em junho.

Efetivamente, havia algo de estranho naquilo. Nunca antes nem depois eu vi em julho tal quantidade de vaga-lumes na nossa região.

— Essas luzes são as almas dos que faleceram — sussurrou Piotr —, e é por isso que brilham tanto.

— Almas de mortos dentro de vaga-lumes?! — replicou Szymek. — Quem falou isso?

Mas Piotr não era do tipo que gostava de fazer confidências a quem quer que fosse, e foi somente quando chegamos ao aterro da linha férrea que ele nos contou que quando uma alma penitente consegue entrar no corpo de um inseto, esse começa a brilhar. Mas os insetos não conseguem suportar isso por muito tempo e acabam morrendo logo — e era por isso que os vaga-lumes podiam ser vistos apenas por alguns dias no começo do verão.

Szymek estava revoltado, como se Piotr estivesse zombando do seu binóculo ou do seu jeito de jogar futebol.

— Você é um burro! — objetou violentamente. — Uma alma não pode ser vista, porque ela é invisível! Não se lembra do que o padre Dudak falou nas aulas de religião?

— Ele falou que a alma era imortal — defendeu-se Piotr. — Mas nunca disse que fosse invisível!

— Pois eu tenho certeza de que ele disse que era imortal e invisível; ser imortal é tão importante quanto ser invisível, você não concorda? — Szymek disparou essa pergunta em minha direção, querendo que eu arbitrasse a discussão.

Eu não tinha certeza de como eram essas coisas; aliás, não a tenho até hoje — é possível ver uma alma? Se sim, então ela deveria ser vista quando alguém morria, mas sob que forma? O importante seria vê-la no momento em que ela saía do corpo mortal, o qual, no dia seguinte ou dois dias depois, seria colocado num túmulo. A alma deveria ser percebida como uma tênue nuvenzinha branca ou então sob a forma de uma luzinha suave que lentamente vai se erguendo no ar, sem se desfazer pelo caminho. Não sei disso hoje, assim como não sabia então. O problema foi que coube a mim resolver a questão, como se eu fosse um teólogo ou o próprio papa.

— O padre Dudak — falei — também não sabe; e ele só diz o que diz porque...

— Pois é; por que ele diz o que diz? — impacientaram-se os dois.

— Ele fala assim — esclareci — porque foi assim que lhe ensinaram no seminário e é também assim que fala o bispo, sendo que o pároco tem que obedecer ao bispo em tudo, exatamente como no Exército.

— O quê?! — exclamaram ambos. — Você quer dizer que é possível um padre não saber realmente uma coisa dessas?

— Ninguém sabe de coisa alguma — afirmei com convicção. — Só quando se morre é que isso pode ser desvendado.

Lançamos um olhar ao cemitério, que ficava à esquerda da trilha que percorríamos. As estátuas e lápides quebradas pareciam vultos de pessoas curvadas e imersas em orações.

— Como deve ser horrível ter que morrer para ter certeza de uma coisa, vocês não acham? — Szymek suspirou.

Meneamos as cabeças com compreensão.

No mesmo instante os sinos de Bretów balançaram movidos pela mão de alguém, e um possante tinido percorreu a floresta no meio da noite.

— Cristo! — exclamou Szymek pela terceira vez. — Tem alguém no cemitério!

Não, não vou escrever agora "ficamos com os cabelos em pé" ou "trememos como varas verdes" ou, ainda melhor, "nossos corações foram parar em nossas bocas". Não escreverei assim pois essas expressões são mais adequadas a livros de verdade; combinam perfeitamente com uma novela educacional.

No primeiro momento cheguei a pensar que Weiser estivesse brincando conosco, querendo ver se iríamos fugir apavorados para casa pela Colina de Bukow. Ele poderia ter tomado um atalho e chegado ali uns 15 minutos antes de nós. No entanto, veio-me imediatamente um pensamento mais razoável: o de que aquele noturno alarme dos sinos — que soava no meio das faias, escandalosamente barulhento sob a estrelada cúpula celeste e rasgando o silêncio do ar sufocante — não era uma coisa típica de Weiser. Efetivamente, aquilo não fora uma ideia de Weiser e não foi ele quem puxou as três cordas que pendiam entre as grossas vigas de madeira do campanário — foi o Asas Amarelas. Assim que o reconhecemos, encolhido atrás de um arbusto, foi sugerido que retornássemos às nossas casas o mais rápido possível.

— Já tivemos uma encrenca com ele uma vez — lembrou-nos Szymek. — Logo vai vir alguém da casa paroquial e vamos acabar pagando o pato.

Eu não estava tão convencido disso:

— Agora? No meio da noite?

Mas Piotr apontou para a edificação colada à igreja e exclamou:

— Olhem!

No meio dos galhos das árvores brilhou uma luz — primeiro numa, e depois numa segunda janela. Enquanto isso, Asas Amarelas dava pulinhos, se agachava, ficava de cócoras — tudo isso ao som das possantes badaladas dos sinos. Parecia uma daquelas marionetes presas a fios — meio engraçada e meio assustadora. Não estava mais usando o roupão de hospício, mas uma calça de brim certamente roubada e uma blusa do mesmo tecido. Não conseguíamos desviar os olhos dele; a cada puxada de uma das cordas, ele murmurava algo para si mesmo, mas o som dos três sinos tornava aqueles murmúrios totalmente inaudíveis para nós. E deve ter sido exatamente por causa desses sinos que ficamos imóveis, mesmo depois de vermos saírem dois homens da casa paroquial: o sacristão e o pároco da igreja local.

É bem provável que tivesse sido exatamente esse o propósito do Asas Amarelas — o de fazê-los sair da casa e de chamar atenção sobre si —, pois ficou aguardando os dois se aproximarem para logo largar as cordas dos sinos, pular sobre uma sebe próxima e fugir em direção a Bretów.

— Reverendo — falou o sacristão. — É melhor o senhor voltar à casa paroquial e chamar a polícia, enquanto eu corro atrás dele!

Os dois homens se separaram. O sacristão à cata do fugitivo, e o padre retornando à casa paroquial. A essa altura era evidente que não podíamos mais recuar; embora não estivéssemos particularmente interessados na pessoa do Asas Amarelas, tínhamos muita curiosidade em ver como iria acabar aquela perseguição. Sendo assim, partimos no rasto do sacristão por uma quase invisível trilha coberta de urtigas e samambaias. Asas Amarelas levava uma vantagem de uns 30 metros e conhecia melhor o terreno. Pulava de moita em moita, escondia-se no meio dos túmulos, e quando achávamos que desaparecera num deles logo aparecia de supetão, parecendo sair de sob a terra e voltando a correr. Era evidente que estava fazendo o sacristão de bobo. Finalmente chegou até o fim do cemitério, parou em cima de uma lápide rachada e gritou na direção de quem o perseguia:

— Eeeee... eeeee... eeeee... eeeee... eeeee!

O sacristão acelerou o passo, mas Asas Amarelas já estava longe. Corria na direção de Bretów, onde os moradores despertados pelo barulho olhavam pelas janelas para ver o que estava acontecendo.

— Gente! Gente! — gritava o sacristão. — Peguem-no! Agarrem este maluco! Segurem-no!

E cada vez mais janelas foram se iluminando, como se tivesse irrompido um incêndio ou iniciado uma guerra.

Asas Amarelas chegou até a primeira casa e, escalando a haste do para-raios, subiu no íngreme telhado. Em seguida, ficou de pé na beirada e abriu os braços, como se estivesse saudando as pessoas que se juntavam diante da casa — homens de pijama e chinelos gastos ou então apenas de cueca e descalços.

— Gente! — gritou o sacristão, finalmente chegando à casa. — Este é o mesmo homem que vagueia pelo cemitério e assusta as mulheres e filhas de vocês! Ele fugiu do manicômio e não lhes dá paz. Temos que agarrá-lo. A polícia deverá chegar aqui em breve. Peguem uma escada e o agarrem, mas façam isso rápido, antes que ele fuja de novo. Vamos, o que estão esperando?

No entanto, os homens não pareciam muito dispostos a caçar um maluco, ainda mais num telhado. Ficaram parados indecisos e se entreolhando. Algumas esposas juntaram-se a eles. O ar estava se enchendo de vozes humanas, de sussurros e até de risinhos discretos, quando, repentinamente, ecoou a voz de Asas Amarelas.

Na verdade aquilo não era uma voz, mas um sonido, um sonido musical, pois tudo que veio em seguida foi música pura; uma entoação de frases completas que cresciam, explodiam e silenciavam, uma atrás da outra:

— Ai de vós, habitantes deste país costeiro! Ai de vós! A palavra do Senhor adentrou meus ouvidos e se dirige a vós pela minha boca! Aproxima-se o grande dia do Senhor; a próxima e impetuosa voz do dia do Senhor, quando até os poderosos hão de chorar amargamente!

Ao dizer isso, Asas Amarelas ficou na ponta dos pés, ergueu os braços, e seus longos cabelos encaracolados ficaram parecidos com a barba de Moisés naquela imagem que o padre Dudak nos mostrava nas aulas de religião ao nos falar da travessia do Mar Vermelho.

— Vai cair... Não vai cair... Acho que vai cair... — murmuravam entre si os espectadores, mas novos esconjuros do Asas Amarelas calaram suas bocas:

— Eu infligirei tanto medo aos homens que eles passarão a andar como se fossem cegos! Seu sangue será espargido como pó, e suas entranhas, espalhadas como lama! Nem prata nem ouro poderá vos salvar no dia da ira do Senhor, pois a chama da Sua indignação consumirá toda a Terra! Em verdade vos digo: prepararei um fim terrível para todos os habitantes da Terra!

Aquele último "Terra" soara de forma extremamente ameaçadora, e eu pude notar várias mulheres se benzerem, enquanto os homens continuavam com a cabeça virada para cima, como se estivessem vendo um cometa no céu.

— E eu trouxe, também, uma grande seca sobre os campos e os montes; sobre tudo que a terra dá; sobre todo o trabalho das mãos humanas. — A voz foi ficando cada vez mais forte, e soava mais alto do que todos os três sinos de Bretów juntos. — Ai de vós, habitantes deste país costeiro! Pois o céu reteve o seu orvalho sobre vós e a terra se recusa a entregar os frutos do que nela foi plantado!

O sacristão, sentindo-se impotente e de mãos atadas como Pôncio Pilatos, ficou aguardando a diminuição daquela sedutora onda musical para, lívido de fúria, exclamar o mais alto que podia:

— Minha boa gente! Cristãos! Não deem ouvidos a ele! Ele é um ateu maluco; o Anticristo em pessoa! Trata-se de um maluco, estou afirmando isto a vocês! Escutar o que ele diz é um pecado mortal! Peguem-no! Vamos, peguem-no!

Mas ninguém deu sequer um passo à frente. Asas Amarelas triunfava.

— Como vós podeis?! — indagou, com voz ainda mais alta. — Como podeis permanecer confortavelmente em vossas casas azulejadas enquanto a casa do Senhor jaz em ruínas? Vós achastes que tínheis muito, mas na verdade era nada, pois Eu soprei sobre tudo e tudo se desfez. Por quê? Diz o Senhor dos Exércitos: Por causa da minha casa, que jaz em ruínas enquanto vós vos ocupais zelosamente com a construção das vossas!

De repente ouviu-se o distante som de uma sirene proveniente da cidade e, momentos depois, dois faróis brilharam na Estrada de Rebiechów.

— A polícia está chegando! — gritou o sacristão. — Cerquem a casa! Não deixem que ele fuja!

Mas também dessa vez ninguém se apressou em agir. Asas Amarelas esticou o braço na direção do automóvel que se aproximava.

— Ai daquele — falou, erguendo ainda mais a voz — que se apossa de coisas que não são suas! Seu coração desfalecerá, seus joelhos baterão um contra o outro e uma dor dilacerante se espalhará por todas as suas juntas, enquanto o rosto ficará enegrecido.

Quando o carro parou, saltaram dele quatro policiais armados de pistolas e cassetetes. O tenente era um homem de cabelos negros.

— Dispersar! — ordenou, de forma curta e enérgica. — Não nos atrapalhem, cidadãos!

Asas Amarelas — que àquela altura ainda dispunha de uma chance de fugir se for levada em conta a escuridão e seu conhecimento do terreno — pareceu inflamado. Inclinando-se na direção do tenente, entoou de forma melodiosa:

— Ai daquele que constrói uma cidade com sangue e a fortalece através de iniquidade! No dia da oferenda do Senhor eu enviarei uma punição a todos que vestem trajes estrangeiros! Ai da cidade sangrenta! Tudo nela é falso, fruto de saques e de rapinagens sem fim!

Os policiais formaram um pequeno círculo em torno do tenente, que ergueu a cabeça na direção do telhado do qual Asas Amarelas atirava maldições cada vez mais terríveis e, dessa vez, dirigidas especificamente aos homens de uniforme:

— Seus rebentos perecerão pela espada! Porei um fim à sua roubalheira no país, e já não se ouvirá mais a voz dos seus emissários! Trarei a pior das nações para ocupar vossas casas e acabarei de vez com vossa empáfia e vosso poderio! Quando chegar a hora da amargura, tentareis achar a paz, mas não a encontrareis! Agirei convosco da mesma forma como tendes agido, e hei de julgar-vos por vossas leis!

— Desça já daí! — interrompeu-o a áspera voz do tenente. — Desça, senão seremos obrigados a lançar mão da força!

— Vossos funcionários são como gafanhotos — respondeu-lhe o canto de Asas Amarelas. — Vossa chaga é incurável, e todos que ouvirem falar da vossa desgraça hão de bater palmas, pois quem foi poupado da vossa maldade?! Já que saqueastes muitas nações, outros povos hão de vos saquear por causa do sangue humano derramado e das violações perpetradas no país!

Notamos que dois policiais se dirigiram discretamente para a parte de trás da casa, enquanto o tenente sacava a pistola do coldre.

— Desça! — repetiu ele a ordem. — Desça; senão eu atiro!

— E farei desabar abominações sobre vós — soou a resposta de Asas Amarelas. — Irei vos injuriar e vos tornar seres abomináveis, a ponto de qualquer pessoa que vos veja afaste-se de vós! Sereis devorados pelo fogo, exterminados pela espada, consumidos por gafanhotos!

A última palavra — aliás, a última sílaba — soou prolongada, juntando-se ao som do disparo. O tenente atirara para o alto, a título de aviso. As pessoas agrupadas no vão da porta da casa mais próxima e nas janelas das demais encolheram-se instintivamente, enquanto os dois policiais que foram para trás da casa já estavam subindo no telhado. Os últimos segundos de liberdade do Asas Amarelas pareciam ter soado. Ele ergueu os braços mais uma vez aos céus, como se quisesse convocar as estrelas como testemunhas da sua inocência, e gritou: "O Senhor Onipotente é a minha força!", partindo ao encontro dos policiais, que, a essa altura, já estavam no telhado. Com seus cassetetes brancos erguidos para desferir golpes, destacavam-se claramente contra a negritude do céu. No entanto, Asas Amarelas não estava impregnado do espírito de Cristo, pois, em vez de se entregar aos homens de uniforme e receber pacificamente as bordoadas, derrubou os dois policiais do telhado com um decidido golpe de cotovelos. O estalido de telhas quebrando, os gritos dos policiais em queda e o canto noturno do Asas Amarelas juntaram-se num só som.

— O Senhor Onipotente é a minha força! — repetiu alegremente o autor da façanha. — É Ele que transforma as minhas pernas em pernas de corça e me guia pelos lugares elevados!

E, tendo dito isso, Asas Amarelas pulou do telhado para o macio solo do jardinzinho e saiu correndo na direção do cemitério. Os aturdidos policiais partiram no seu encalço.

— Alto! — gritava o tenente. — Pare, senão atiro!

Mas Asas Amarelas não tinha a mínima intenção de parar. O ar foi rasgado pelo estampido de vários disparos, todos feitos do mesmo modo que o primeiro — para o alto, apenas para assustar.

E tudo teria terminado aí não fosse o fato de o louco e os policiais que o perseguiam estarem correndo precisamente em nossa direção. Fugíamos o mais rapidamente que podíamos, mas o Asas Amarelas era mais rápido do que nós e em pouco tempo pudemos sentir seu bafo em nossas nucas. Não nos perguntou nada, e, vendo que também fugíamos, fez um sinal com a mão para que nos dispersássemos. No entanto isso não foi possível, pois, vindo da outra extremidade do cemitério, do lado da Colina de Bukow, aproximavam-se de nós figuras envoltas em esvoaçantes trajes brancos. Até hoje não sei quem chamou os enfermeiros do hospício e, principalmente, por que eles apareceram daquele lado, bloqueando o nosso caminho de fuga. Talvez tivesse sido o pároco da Igreja de Bretów, que depois de avisar a polícia resolveu contatar também o hospital. O fato era que a essa altura tínhamos que enfrentar a polícia, o maluco e os homens vestidos com jalecos brancos, que, movendo-se em meio às sepulturas, mais pareciam almas penadas. Senti-me como um animal preso numa armadilha e comecei a formular mentalmente frases caóticas e apressadas que precisaria usar quando tivesse que me explicar por aquela confusão toda. Será que seríamos presos? E se sim, seríamos considerados como cúmplices do Asas Amarelas?

O cerco em torno de nós foi se fechando, e quando tudo já indicava que nada poderia nos salvar, senti a mão de Piotr agarrando o meu braço:

— A cripta!

De fato, a ideia era excelente. Partimos em correria na direção do aterro onde ficava o nosso esconderijo. Como de costume, a entrada estava desimpedida e nós — Asas Amarelas inclusive — não tivemos dificuldade em nos alojarmos silenciosamente no seu interior.

O que mais ocorreu naquele entardecer, mais precisamente naquela noite? Após esses anos todos, minha memória obriga-me a mencionar que, assim que acabou a perseguição, eu, Szymek e Piotr abandonamos a cripta deixando lá dentro Asas Amarelas. E quando bati na porta do nosso apartamento, quem a abriu foi meu pai — de pijama e com um cinto de couro na mão; e sem dizer uma palavra, deitou-me de bruços sobre seus joelhos e me deu uma surra de proporções astronômicas. Quando sua mão ficou cansada de tanto me bater, fez uma pausa e suspirou.

— Não estou surrando você por ter voltado tão tarde para casa, mas por sua mãe ter passado as últimas quatro horas chorando por sua causa, seu fedelho!

E aquela deve ter sido a frase mais carinhosa que ouvi do meu pai em toda a minha vida, pois foi a que permaneceu gravada para sempre na minha memória. Mas àquela época eu não dei importância a ela, nem às pancadas que incharam as minhas nádegas, pois o que importava era saber que, a partir daquela noite, nós tínhamos Weiser

— ou talvez ele nos tivesse — na palma da mão, muito embora eu não pudesse saber àquela altura que seria por tão pouco tempo.

O que me fez escrever sobre Asas Amarelas? Por que não parei no desabamento do piso apodrecido da olaria ou então nos vaga-lumes? Escrevi sobre tudo isso como se houvesse ali alguma conexão com Weiser. E havia de fato. No dia seguinte, assim que ficou patente que eu não era o único a apresentar tiras arroxeadas no traseiro e que não somente o meu pai se revelara um pedagogo amoroso, Piotr sugeriu que fôssemos até a cripta e verificássemos se o Asas Amarelas ainda estava lá. Szymek acrescentou imediatamente que deveríamos contar tudo a Weiser e pedir sua opinião sobre malucos — tanto os malucos em geral quanto sobre o Asas Amarelas em particular.

Por mais estranho que isso possa parecer, nenhum de nós abordou Weiser quando ele apareceu na saída do prédio; era como se aquele horário — 6 da tarde — estabelecido por ele fosse uma audiência, que não podia ser antecipada nem retardada. Também não fomos atrás de Elka, que saiu do prédio logo depois dele. Os acontecimentos da noite anterior teceram os fios de um entendimento entre nós, mas sabíamos que se tratava de um acordo unilateral. Afinal, fora Weiser que se dignara a marcar um encontro conosco, e não o contrário. Dessa forma, tínhamos que respeitar suas determinações, assim como deveríamos manter em segredo tudo que víramos na olaria desativada.

Tão logo Elka dobrou a esquina, aproximou-se de nós Janek Lipski — o mesmo que estivera conosco no jardim zoológico e participara daquela famosa partida de futebol —, que perguntou:

— E então? Acabaram descobrindo alguma coisa?

Além de nosso trio, Janek fora o último a abandonar a cripta quando aguardávamos Weiser.

— Ah... nada de especial — respondeu evasivamente Szymek. — Por quê?

Houve uma breve pausa, preenchida por olhares cheios de desconfiança.

— E o que vocês viram?

— Nada digno de nota; nem valeu a pena esperar. — Szymek mentia de forma deslavada. — Eles ficaram pescando em poças d'água.

— Você está mentindo.

— Se você quer bancar São Tomé, então vá atrás deles; nós já não temos mais vontade de perder tempo com isso.

O argumento final foi convincente. Quanto a nós, nem chegamos a notar como a mentira de Szymek criara uma espécie de acordo secreto no nosso grupo em tudo que tinha alguma relação com Weiser. Naquele momento não paramos para pensar nisso; tínhamos coisas mais importantes a fazer.

Asas Amarelas, a quem deixáramos na cripta na noite anterior, não saiu de lá nem por um instante. Isso ficou patente ao notarmos a sofreguidão com a qual ele devorou um pãozinho que Piotr lhe deu. O herói da véspera tremia como vara verde, e nós não conseguíamos compreender como aquele homem extraordinário que pronunciava discursos maravilhosos e derrubava policiais do telhado pudesse mudar tanto em apenas 12 horas. Quando viu as nossas cabeças inclinadas sobre a abertura da cripta, cobriu o rosto com as mãos como se temesse uma bofetada. Comunicava-se conosco através de curtos monossílabos — "eeh", "aan", "uhm" —, e caso nós não tivéssemos presenciado a sua exibição da noite anterior, além daquela outra, no dia em que encontramos M-ski com a *Arnica montana*, aquele homem com barba por fazer e com calça rasgada poderia passar por um mudo vagabundo que encontrara um esconderijo provisório na nossa cripta. Hoje, após tantos anos, creio que sei a razão daquele seu comportamento: Asas Amarelas sabia somente declinar versos que falavam de ameaças, de sangue e de morte — aquilo foi sua doença e sua grandeza ao mesmo tempo.

Piotr perguntou se ele queria ficar na cripta. Asas Amarelas fez um gesto positivo com a cabeça. Szymek lhe propôs trazer-lhe algo para comer. O homem sorriu e, em vez de uma resposta ou um agradecimento, emitiu da sua garganta um som desarticulado, mas claramente aprobatório. Diante disso, resolvemos dividir as tarefas entre nós. A comida ficou por conta de Piotr; Szymek ficou encarregado de arranjar algumas roupas; e eu, cigarros, pois Asas Amarelas indicara por mímica que tinha grande necessidade deles. Partimos para nossas respectivas casas (na verdade, todos para o mesmo prédio; apenas apartamentos distintos), e nem nos passou pela cabeça a ideia de que o que estávamos fazendo fosse algo contrário à lei — algo que ofendesse a legislação e demandasse um castigo. Não quero dizer que nós contrapusemos à fria letra da lei o espírito de Jesus Cristo, do qual tanto nos falava o padre Dudak. Não posso afirmar uma coisa dessas, pois estaria mentindo. No entanto, devo esclarecer que caso tivéssemos um minuto para analisar a situação e chegar ao entendimento de que estávamos ajudando não somente um maluco perigoso, mas alguém que atacara propositalmente policiais — ainda assim Piotr teria encontrado um jeito de tirar da despensa materna um pão, um pedaço de queijo e uma porção de toucinho defumado; Szymek teria lhe levado um par de calças remendadas e uma camisa de flanela xadrez, e eu teria descolado uns cigarros Grunwald, iguais aos que o meu pai fumava e que eu comprava para ele na loja de Cyrson, já que naqueles tempos ninguém sequer sonhava com a possibilidade de termos um quiosque Ruch* no nosso bairro.

Dessa forma, dispúnhamos de pão, toucinho, queijo, calças remendadas, camisa de flanela xadrez e cigarros Grunwald. Pudemos, também, desfrutar do radiante sorriso de Asas Amarelas quando retornamos à cripta com as mãos cheias. O pobre homem passou a comer e a fumar ao mesmo tempo. Por fim, quando Piotr tirou do saco de pano uma garrafa de laranjada para cada um de nós e duas para Asas Amarelas e nós ficamos bebericando aquele néctar borbulhante, nossa amizade com aquele ser excêntrico pareceu-nos garantida. Lembro bem que apenas a minha laranjada era vermelha e também me lembro de não ter perguntado a Piotr onde ele arrumara dinheiro para aquele gasto. Afinal, cinco laranjadas representavam

*Cadeia de lojas e quiosques semelhantes às bancas de jornais brasileiras. (*N. do T.*)

5 *zloty*, e 5 *zloty* não era pouca coisa. No entanto, nunca lhe perguntei onde ele os conseguira — nem quando frequentávamos a mesma escola, nem mais tarde, quando nossos caminhos tomaram rumos distintos, e nem mesmo quando vinha visitá-lo no seu túmulo e bater papo sobre os mais diversos assuntos —, pois quando alguém está lá, do outro lado, não cabe importuná-lo com tal tipo de coisa. E ficamos assim bebendo aquele líquido adocicado, deliciando-nos com sua efervescência, enquanto Asas Amarelas estalava a língua e sorria feliz para nós como se fôssemos seus melhores amigos.

Que horas seriam a essa altura? Que horas marcava o relógio e quantas horas se passaram desde o início do interrogatório? Com Piotr ainda do outro lado da porta do gabinete do diretor e eu me lembrando do sabor da refrescante laranjada que servíamos na cripta como se fosse ambrosia, o relógio da parede começou a soar as horas, anunciando que tudo passa como o tempo medido por um mecanismo metálico. Eu estava demasiadamente fatigado, sedento e assustado para ter disposição de verificar que horas indicavam os ponteiros do relógio. No frigir dos ovos, aquilo não era importante. A penumbra do outro lado das vidraças revelava que já era bastante tarde. E foi exatamente assim que pensei: que já era muito tarde, e que aqueles três deviam estar exaustos e teriam que terminar logo a investigação. Mesmo se não atingissem seu objetivo; mesmo se não conseguissem coadunar o desenrolar dos acontecimentos com o que haviam imaginado — mesmo assim teriam que adiar os depoimentos para o dia seguinte. E como o dia seguinte era um domingo, o inquérito só poderia ser retomado na segunda-feira. É óbvio que eles não poderiam deixar-nos trancados ali, mas teriam que nos liberar para retornarmos às nossas casas, quando... quando poderíamos acertar entre nós os mínimos detalhes de como e onde queimáramos os restos do vestidinho vermelho que sobrara de Elka. E embora nem Elka nem Weiser tivessem sido destroçados pela explosão, nós diríamos que sim, que foram — exclusivamente para nos deixarem em paz. Assim todos ficariam satisfeitos: o diretor, o homem de uniforme, M-ski, o procurador e... mais do que todos, Weiser, que, certamente, acompanhava com aprovação todas as nossas evasivas.

De repente vi, mesmo através dos olhos semicerrados, a imagem daquele olho triangular de Deus oculto no meio de nuvens. Era exatamente como na estampa que o padre Dudak costumava nos mostrar. "Lembrem-se", dizia, erguendo o dedo indicador, "Ele sabe de tudo e tudo vê; quando vocês mentem aos seus pais, quando roubam um lápis de um colega ou quando não fazem o sinal da cruz ao passarem por um crucifixo ou uma capela. Ele não se esquece de nada e se lembra de tudo, de cada pecado e de cada boa ação. E quando as almas de vocês se defrontarem com Ele, Ele lhes lembrará tudo o que vocês fizeram na terra". Sim, o padre Dudak tinha um inegável talento pedagógico, pois a cada vez que eu enganava a minha mãe num assunto de pouca relevância ou não lhe devolvia parte do troco das compras, aquele olho triangular não me dava um momento de paz. E agora me lembrava dele com um afinco ainda maior, pois não se tratava de uma simples mentirinha, mas de um autêntico edifício de mentiras, construído por nós em prol... pois é, em prol de quem? Em proveito de quem nós contamos essas mentiras? Daqueles três, sentados do outro lado da porta forrada com couro capitonê? De nós mesmos? Ou de Weiser, que nos fizera jurar jamais contarmos qualquer coisa a quem quer que fosse? E se foi realmente isso, se todas aquelas mentiras foram contadas em benefício de Weiser, o que dizer do olho triangular que, lá das alturas celestes, observa cada gesto feito e ouve cada palavra dita? Nesse caso, do lado de quem está Deus, nosso Senhor?, pensei. Se Ele estiver do nosso, principalmente do de Weiser, então o nosso pecado certamente será perdoado. Mas e se Ele estiver do outro lado? Se Weiser nos atou com um juramento obtido por um subterfúgio? Fiquei realmente apavorado, pois pela primeira vez passou-me pela cabeça a ideia de Weiser representar uma força malévola que, tendo nos enredado numa teia de tentações, colocara-nos à prova.

E, logo em seguida, me lembrei do que dizia sobre Satã o padre Dudak: "Saibam que ele nem sempre tem uma aparência maligna. Às vezes, um colega de vocês lhes dirá para não irem à igreja; e isso é uma sugestão de Satã, que os afasta das suas obrigações. Em outras ocasiões, em vez de ajudar seus pais, vocês vão à praia, porque uma voz lhes disse que aquilo era mais divertido. Sim..." — o padre interrompia o discurso como costumava fazer durante as homilias — "... é dessa forma que o diabo seduz para o mal até criancinhas; mas não se esqueçam de que nada poderá ficar oculto diante da face de Deus, e que o castigo pelos pecados pode ser terrível. Olhem para isto" — o padre estava quase aos gritos, mostrando uma imagem — "e vejam o tipo de sofrimento que pode desabar sobre os pecadores que não ouviram a voz da justeza e não caíram em si a tempo! Olhem e vejam como eles vão sofrer... e isso não por cem, duzentos ou quinhentos anos, mas por toda a eternidade!" E nos mostrava imagens pintadas com maestria que representavam corpos desnudos de pecadores sendo atirados nos abismos do inferno por diabos cobertos de pelos. Os corpos em queda eram perfurados por forcados, estraçalhados por garras e lambidos por labaredas de fogo vindas diretamente das profundezas do inferno. Quando o pároco guardou a reprodução, nenhum de nós nutria qualquer dúvida de que o inferno era exatamente assim.

E era por isso que eu, sentado numa cadeira dobrável ao lado de Szymek, continuava sem ter certeza de que as nossas mentiras não seriam cobradas por aquele olho triangular quando — diferentemente do que acontecia diante de M-ski ou do homem de uniforme — nós estivéssemos face a face com Ele e nada mais pudesse ser ocultado.

Hoje estou ciente de que aqueles pensamentos tinham todas as características de um colapso nervoso, e a partir daquele momento a investigação tornou-se ainda mais insuportável para mim. Cheguei a pensar se não seria melhor expor tudo o que acontecera naquele último dia à beira do Strzyz. A possibilidade de eles não acreditarem não era problema meu. Afinal, era uma questão que dizia respeito exclusivamente a Elka e Weiser, e a ninguém mais. E a verdade teria sido preservada — uma verdade que, de qualquer maneira, ninguém estaria disposto a aceitar. Além disso, eu não teria que revelar todos os segredos de Weiser aos quais ele nos dera acesso. Bastaria contar detalhadamente, minuto por minuto, o que fazia ele e Elka enquanto nós, seguindo as instruções de Weiser para esperarmos por eles, permanecíamos sob o sol a pino e com os pés mergulhados na água até os tornozelos. E quem sabe ele não tivesse em mente algum outro tipo de espera, diferente daquele tipo de quando se aguarda a chegada de um trem numa estação ou a abertura de uma loja ou ainda o começo das férias? Era algo que eu não tinha como saber.

Apesar da porta fechada, chegou a nós um grito de M-ski, logo seguido por outro, dessa vez de Piotr. Na certa eles lhe aplicaram um novo método de tortura — talvez uma mistura de "depenar o ganso" com "esticar a tromba do elefante" —, ou quem sabe algo totalmente distinto, uma coisa da qual nem poderíamos suspeitar? Szymek agitou-se na cadeira, enquanto eu senti minha perna formigar ainda mais. Não sei por que, mas veio-me à mente a mesma cantiga que entoamos naquele ano no dia de Corpus Cristi, caminhando atrás do padre Dudak e do ostensório: "Salve Jesus, Filho de Maria, Tu és Deus Verdadeiro na Hóstia Sagraaaada." E não foram os seus versos, aos quais àquela época não dei muita atenção, mas a sua melodia lenta, digna e fluindo num estreito regato da mente como uma coluna de fumaça de um incensório — e foi essa melodia que teve um efeito mitigador sobre mim.

Ainda faltava muito para as 6 horas. Asas Amarelas fora provido de tudo de que necessitava e não precisava mais da nossa companhia. Sem nada para fazer, as mais estranhas ideias entravam nas nossas cabeças, todas evidentemente ligadas a Weiser. O que ele irá nos mostrar dessa vez? Ou, melhor ainda — O que fará conosco? Talvez ele nos ensine a voar; talvez transforme uma borboleta num sapo, ou vice-versa? E se nós lhe perguntássemos diretamente por que ele dançou no porão da olaria desativada? Piotr comentou que, apesar de isso ser muito interessante, não seria melhor pedir a ele mais uma submetralhadora enferrujada? Se ele conhecia toda a Floresta de Oliwa como a palma da sua mão, certamente devia ter desenterrado um montão de coisas das ocultas trincheiras alemãs. E quem sabe se ele não estaria disposto a travar uma guerra de verdade? Afinal, por que ele ficara observando tanto as nossas brincadeiras bélicas no Cemitério de Bretów?

Logo após o almoço, sentados num banco apodrecido no meio de varais com roupas estendidas, lembrávamo-nos de cada gesto seu e de cada palavra dita por ele. Por que ele não frequentava as aulas de religião? Para quê ele precisava de Elka? Quem lhe ensinara a domar animais selvagens?

Nossas considerações foram interrompidas pela Sra. Korotek, que atirava pela janela os pertences do marido.

— Seu patife! Beberrão incorrigível! — gritava. — Suma daqui para sempre e nunca mais apareça! Que meus olhos nunca mais pousem sobre você e que meus ouvidos nunca mais o ouçam!

Sobre o piso do pátio pousou uma camisa, seguida por um par de calças e de sapatos, e, momentos depois, o Sr. Korotek surgiu no portão do prédio. A passos trôpegos aproximou-se das roupas e, com a maior calma do mundo, começou a se vestir — a exaltada esposa expulsara-o de casa descalço e de cueca.

— Ei! — gritou ele para a janela. — Cadê as minhas meias?

Mas a Sra. Korotek mostrou-se impiedosa, fechando a janela com estrondo. Ficamos olhando como o Sr. Korotek, agora sentado no chão, colocava os sapatos nos pés sem meias, tentando calçar o esquerdo no pé direito e o direito no esquerdo. Quando finalmente conseguiu acertar, saiu do pátio com passos de marujo e cantando, até de forma afinada: "*Adieu*, minha querida; *adieu*, minha mulata gostosa!" Como a Sra. Korotek não era nem mulata nem gostosa, seu marido só podia estar cantando dessa forma para manter as aparências e dar a impressão de estar animado.

Tudo bem, mas onde foi que Weiser aprendeu a jogar futebol, e com tanta habilidade? Por mais que tentássemos, sempre voltávamos a falar sobre ele. Se naquela partida contra os milicos ele demonstrara tal domínio da bola, por que sempre se esquivava de participar das brincadeiras quando o professor de educação física dividia a nossa turma em duas equipes e mandava que jogássemos uma contra a outra? O que ele tinha em mente ao ocultar seu conhecimento do esporte? E, finalmente, a pergunta mais intrigante de todas: será que ele não era capaz de algo mais, algo que nem poderíamos imaginar? Essa pergunta fazia com que ficássemos todos arrepiados, mas exatamente por isso a repetíamos com maior ardor.

Sobre o telhado do nosso prédio bandos de andorinhas voavam sem cessar, emitindo seus pios característicos que mais pareciam assovios; o céu, a exemplo dos demais dias daquele verão, lembrava um desbotado pano cor de safira; o Sr. Korotek já retornara do bar Liliput, embriagado ao limite das possibilidades humanas — e nós continuávamos conversando sobre o mesmo tema, no qual o ponto de interrogação era o elemento mais utilizado. Em poucos dias o mês de julho estaria chegando ao fim e metade das férias teria se passado — mas nem esse fato, nem a sopa de peixes na baía e nem mesmo os excessos do Sr. Korotek podiam desviar nossa atenção do assunto fundamental.

Às 6 em ponto estávamos no início da floresta, no lugar onde começavam os armazéns da olaria desativada. O prédio principal — que à noite parecera um castelo com uma torre — agora tinha uma aparência inocente, como se fosse um daqueles cortiços tão comuns nos subúrbios de Wrzeszcz e de Oliwa. Para chegar à entrada era preciso atravessar um pátio sobre o qual não era colocado um tijolo sequer havia anos e que agora estava coberto de manjerona, grama e erva daninha. No seu interior reinava um agradável frescor, mas, para nossa grande surpresa, não havia vivalma. Pilhas de metal enferrujado, pequenos vagões tombados e um forno parcialmente desmontado — isso era tudo. No chão, latas de tinta (todas vazias), montes de sacos (também vazios) e pedaços de papelão apodrecidos e fedorentos. Piotr ficou chutando as latas, Szymek olhava para o interior do forno, e eu consegui desvirar um dos vagõezinhos. Já estava começando a duvidar que pudesse acontecer algo interessante quando ouvi a voz de Weiser, vinda da entrada da olaria:

— Vejo que vocês cumpriram a primeira condição: vieram sozinhos. Muito bem. Agora, a segunda. Sigam-me.

Descemos as mesmas escadas que desabaram junto com o piso de madeira na noite anterior. Mas não havia nem um sinal daquela catástrofe; tudo estava em ordem — o alçapão, os degraus da escada e o piso haviam sido consertados. Nem uma só tábua se diferenciava das demais por ser mais nova ou recém-aplainada; nem um só degrau era de madeira nova. Paramos no piso de terra do porão.

— Vocês terão que prestar um juramento. Estão preparados?

Era óbvio que não estávamos; mas quem seria capaz de dizer não a Weiser?

— E vamos jurar sobre o quê? — perguntou Szymek. — Porque se for sobre um crucifixo, então o assunto deve ser realmente muito importante.

— E você acha que não é importante? — respondeu Weiser com uma pergunta, deixando-nos calados e confusos, já que não tínhamos a mínima ideia do que ele tinha em mente.

— E então, sobre o quê vamos jurar? — repetiu Szymek.

— Por que você está perguntando "sobre o quê", em vez de "para quê"? — indagou Weiser.

— Porque a resposta é óbvia — interrompeu-o Piotr. — Para não trairmos um segredo. É para isso que servem os juramentos.

— Muito bem — falou Weiser. — Para não trair um segredo. E agora me respondam: vocês acreditam na vida após a morte?

Ficamos sem saber o que responder. Até então ninguém nos fizera essa pergunta. Se uma coisa óbvia, quando colocada em xeque por alguém, pode ser posta em dúvida até por uma pessoa experiente, imagine nós, naquele momento, no porão da olaria desativada e com nossos corações e nossas mentes febris de tanta antecipação.

— Em princípio, acreditamos — respondi pelos três. — Por que não deveríamos acreditar?

— Muito bem — falou Weiser. — Então jurem sobre a vida após a morte que nada do que vou lhes mostrar aqui ou em outro lugar será mencionado por vocês a quem quer que seja. E caso vocês venham a ser questionados, dirão apenas aquilo que eu lhes disser que podem. Se vocês traírem esse segredo, morrerão e não terão vida após a morte. Entendido?

Meneamos as cabeças em sinal afirmativo. Weiser mandou que colocássemos nossas mãos direitas sobre a mão esquerda dele e, quando assim fizemos, ordenou que cada um de nós, um após outro, pronunciasse a palavra "Juro!".

Quando cumprimos o ritual, Weiser aproximou-se de uma das paredes e empurrou-a de leve, revelando uma estreita passagem que levava a um longo salão formado pela junção de três ou quatro compartimentos cujas paredes haviam sido removidas. Logo na entrada, do lado esquerdo, vimos Elka parada junto de dois caixotes. O cômodo era iluminado por duas lâmpadas incandescentes penduradas por cabos elétricos devidamente isolados. Naquela ocasião, não dei a mínima importância a esse detalhe, mas hoje estou convencido de que Weiser deve ter feito ele mesmo aquela instalação elétrica, o que requeria uma grande dose de inteligência e de conhecimentos técnicos. Mas quem daria atenção a essas minúcias quando Elka abriu um dos caixotes e nós vimos armas de verdade no seu interior? Sim, tratava-se de armas reais: três submetralhadoras Schmeisser alemãs, uma submetralhadora PPS soviética, duas pistolas Parabellum e dois revólveres Nagan, daqueles usados pelos oficiais soviéticos, junto com as mais frequentes pistolas TT. Szymek soltou um assovio de admiração, enquanto Piotr pegava uma das Parabellum, tentando retirar seu carregador.

— Não é assim — falou Elka, pegando a pistola da mão de Piotr. — É assim. — Mostrou. — É assim que ela deve ser carregada e travada.

Parecíamos três criancinhas paradas diante da vitrine de uma loja de brinquedos, e embora já fôssemos criancinhas mais crescidas, o nosso encantamento e desejo de poder tocar aquilo tudo com nossas próprias mãos era igualmente ansioso e excitante. E enquanto tocávamos todas aquelas maravilhas — admirando os canos polidos, os azeitonados reflexos de empunhaduras, as alças de mira, os gatilhos, as hastes das molas recuperadoras — e mergulhávamos por completo naquelas atividades, Weiser tirou várias caixas de munição de um outro caixote ao qual não tínhamos dado a mínima atenção, e arrastou para fora umas figuras humanas feitas de papelão.

Elka apontou com o dedo para mim.

— Você será o primeiro. Pegue uma das Parabellum, deixando as outras armas no caixote.

Obedecemos à ordem em silêncio total. Elka carregou a pistola e mandou que todos ficassem às minhas costas. Quando Weiser se afastou da parede na qual apoiou uma das figuras e juntou-se aos demais, ela me entregou a Parabellum destravada.

— Pode atirar — falou, e aquilo soou como uma ordem de um oficial a um recruta.

Não fosse por todos os filmes vistos no cinema Tramwajarz, eu não saberia que postura adotar, o que fazer com o braço esquerdo e como regular a alça de mira. Teoricamente, eu sabia exatamente como proceder e queria fazer tudo da melhor maneira possível — mas quando apontei o cano da arma na direção do alvo, meus braços e pernas começaram a tremer e senti gotas de suor cobrirem minha nuca e fronte. Pois nos filmes tudo era muito claro: o conspirador atirava no agente da Gestapo; o membro das SS, num judeu; o guerrilheiro, num policial militar alemão; o soldado soviético, num soldado alemão; e o alemão, num soviético. E eis que me defrontava com algo inesperado que eu não conseguia definir; algo que me deixou realmente assustado, como se eu fosse atirar num homem de verdade.

A figura pintada no papelão que eu via no topo da mira da Parabellum representava o busto de M-ski. Mas não era o M-ski que nós costumávamos ver na escola durante as aulas ou nos descampados perto da Floresta de Oliwa. O M-ski de papelão tinha espessos bigodes caídos, e as cerradas sobrancelhas, assim como a posição dos olhos, não deixavam dúvidas sobre com quem ele se parecia. Sim, embora de uns tempos para cá os seus enormes retratos do tamanho de lençóis tivessem desaparecido das ruas e das vitrines da nossa cidade, eu me senti aterrorizado. E, como se isso ainda não bastasse, o homem no qual eu teria que atirar portava o quepe de um oficial da Wehrmacht, o exército alemão. Uma ideia dessas só poderia ter saído da cabeça de Weiser.

— E então, vai atirar ou não? — perguntou Elka, com escárnio.

Diante disso, não tive escolha e disparei — uma, duas, três, quatro vezes, até descarregar todo o pente de balas, sendo que todos os disparos, exceto um, atingiram a parede, acima ou ao lado do alvo. Somente um, o último, fez um buraco na copa do quepe, exatamente no lugar onde ficava a águia alemã com a suástica.

— Na mosca! — gritou Piotr, enquanto Weiser, parecendo não acreditar no que via, aproximou-se de M-ski e enfiou o dedo no furo produzido pelo projétil.

— Você acertou bem na cruz gamada; a águia está intacta — falou ao retornar, enquanto eu esticava os dedos doloridos de tanto apertar a empunhadura da arma.

A Parabellum, assim como qualquer outra pistola de verdade, era muito pesada para as nossas mãos infantis, de modo que os disparos de Piotr e de Szymek não foram muito melhores que os meus. O primeiro acertou apenas dois tiros na testa, enquanto o segundo arrancou um pedaço do bigode e sapecou um beijo na bochecha direita de M-ski.

Desnecessário dizer que Weiser foi o único que deu um verdadeiro show de pontaria. Não sei o quanto ele treinou ali na olaria ou na floresta, ou quantos cartuchos caíram no chão até ele atingir tamanha perfeição. Fez seis disparos, um atrás do outro, e nós vimos no rosto de M-ski dois triângulos equiláteros ligados entre si de tal forma que davam a impressão de formarem uma estrela.

Elka trocou o alvo. Dessa vez a figura também era de M-ski, mas com o uniforme de um general americano da Segunda Guerra Mundial. Apenas um detalhe lembrava a águia alemã com a suástica: logo abaixo do colarinho, no lugar onde deveria estar o nó de sua gravata, o M-ski americano portava uma Cruz de Ferro,* igualzinha à que já víramos em vários filmes de guerra. Atiramos na mesma sequência — e com resultados novamente não satisfatórios, enquanto Weiser voltou a nos humilhar com sua pontaria. Dessa vez, ele traçou duas letras: U e S, separadas pelo nariz de M-ski.

Quando relembro aquela noite, sentindo no meu palato o gosto de pó de tijolo e tendo nos ouvidos os sons dos disparos, quando ouço o barulho de cartuchos deflagrados

*Inspirada na cruz usada pelos cavaleiros teutônicos no século XIV, a Cruz de Ferro foi instituída em 1813 e concedida por bravura aos combatentes das diversas guerras travadas pela Prússia/Alemanha. Em 1939, Adolf Hitler adornou-a com a suástica, com o que seu uso foi proibido a partir de 1945. Em 1956, ela foi reabilitada, com um ramo de folhas de carvalho no lugar da suástica. Hoje, sem qualquer adorno, é o símbolo da Bundeswehr — as atuais forças armadas alemãs. (*N. do T.*)

caindo no piso da olaria, pergunto-me qual era realmente a orientação política de Weiser. Aliás, indago-me se ele esteve interessado em política de um modo geral. Abstraindo-se dos alvos, nada indicava que sim. E, assim mesmo, o que poderia ligar M-ski a Stálin e ao general Eisenhower? Aquilo não fazia o menor sentido e, provavelmente, era mesmo para não fazer. Exceto, obviamente, pela águia e a cruz de ferro — ambas com a suástica.

Mas isso não foi tudo. Quando Elka removeu o segundo alvo, Weiser tirou de um dos caixotes um álbum de selos. Sim, um autêntico álbum de selos de capa dura e com páginas de cartolina, sobre os quais, feito feixes de luz, percorriam finas tiras de celofane protetor. Naqueles anos, um filatelista — como era o caso de Piotr — arregalaria os olhos diante de um tesouro daqueles. Dentro do álbum, em praticamente todas as páginas, séries de selos emitidos pelos alemães na Polônia. As séries eram duas: uma com a efígie de Hitler, e outra com a imagem do Castelo de Wawel de Cracóvia, a residência de Frank* durante a ocupação.

Os selos não estavam carimbados, e Weiser os organizara de acordo com as cores — começando com os vermelho-amarronzados, passando pelos verde-apodrecidos, seguidos dos verdes puros e terminando com os azul-metálicos. Os de Hitler eram os mais numerosos. De quase todas as páginas e disposto em fileiras aprumadas como numa parada militar, olhava para nós o soturno rosto com bigodinho.

---

*Hans Frank (1900-1946) foi governador-geral da Polônia ocupada e responsável pela morte de milhões de pessoas. Condenado à morte pelo Tribunal de Nuremberg, foi enforcado em 1946. (*N. do T.*)

— Quantos Adolfos! — exclamou Piotr. — Na loja de selos chegam a pagar 2 *zloty* por cada.

Efetivamente, os selos em questão, chamados pelos colecionadores de "Adolfos", eram comprados pela loja filatélica na Cidade Velha.

Mas aquela coleção não era uma simples coletânea de selos; e quando acabamos de vê-la toda, Weiser escolheu cinco das amarelo-amarronzadas efígies do chanceler, fechou o álbum e foi com os selos até a parede oposta, na qual os colou, tendo antes umedecido com saliva cada um deles.

— Excelente trabalho — falou Elka quando ele estava retornando. — A cola está grudando como se fosse nova!

Weiser verificou o carregador da pistola, colocou-se em posição, com uma perna à frente, e adotou a postura de um experiente competidor de tiro ao alvo. Levando menos de três segundos para mirar a cada tiro, a operação toda não durou mais de vinte segundos, considerando um disparo para cada efígie. Lembro que quando chegamos junto da parede tivemos dificuldade em encontrar os lugares nos quais fora colado o chanceler do III Reich. As balas, que atingiram os selos com precisão, os destroçaram por completo e somente aqui e ali nos foi possível vislumbrar um minúsculo pedaço de papel colorido, menor que uma cabeça de fósforo. Dos cinco Adolfos não sobrou sequer um.

— Ele poderia competir numa olimpíada — afirmou Elka, com orgulho e admiração.

Weiser guardou a Parabellum no caixote e mandou que voltássemos para casa.

— Daqui a alguns dias vou avisá-los e vocês poderão vir aqui. Por enquanto, fiquem com isto... — falou, entregando a Szymek uma brochura — ...e isto — concluiu, entregando-me a outra Parabellum.

Pusemo-nos a examinar a brochura e a pistola ainda antes de entrarmos na floresta. A brochura revelou-se um antigo manual de instruções de manejo de armas portáteis, enquanto a pistola estava descarregada e sem o percussor e o pente de balas. Weiser não nos disse: "Aprendam a atirar e façam isso às escondidas." Não — em vez disso, ele nos obrigou a fazer um juramento e nos entregou um manual e uma pistola inútil. Por que agiu dessa forma? Eu não poderia saber isso à época da investigação na secretaria da escola, mas hoje acredito que sua intenção foi mascarar sua verdadeira atividade. Pois naquele dia em que o vimos dançando ao som da flauta de Pã e levitando em pleno ar, quando fomos testemunhas do seu transe, ele não imaginara que nós pudéssemos aparecer; não quisera ter outros espectadores além de Elka. Diante disso, o que resolvera fazer? Presentear-nos com um brinquedo e, de tempos em tempos, verificar o que fazíamos com ele.

Na verdade, porém, eu sempre suspeitei que ele quisesse ser visto por nós; portanto, como poderia ter ficado surpreso com nossa presença? Talvez não tivesse contado com a possibilidade de ser flagrado tão cedo; talvez aquilo devesse ter ocorrido mais tarde, em outras circunstâncias. E foi com esse subterfúgio que ele desarmou a nossa curiosidade e a desviou em outra direção, pois, efetivamente, nós nunca o questionamos — e muito menos Elka — sobre aquela noite e aquela dança louca. Não nos passou pela cabeça o fato de que ele, ao nos entregar a pistola e nos mostrar seu estande de tiro ao alvo, estivesse nos afastando de algo muito mais importante. Pois o que era sua pontaria em comparação com seu hábito de falar numa língua estranha ou de levitar? Sim, a partir daquele momento nós poderíamos considerar Weiser como o nosso comandante em chefe, e nós, seus guerrilheiros; e poderíamos até imaginar que tudo acabaria num levante — mas não precisávamos perguntar a nós mesmos como era possível um homem levitar a meio metro do chão. Weiser — se é permitido usar uma analogia nesse ponto — introduziu-nos na antessala do seu santuário, mas, ao mesmo tempo, mostrou-nos uma cortina que era uma parede intransponível.

Afinal, o que ele desejava nos transmitir ou do que queria nos convencer — a nós, que éramos inconscientes de tudo? Como isso não era um tema para ser discutido com Szymek ou Elka, sobrava apenas Piotr, com quem nunca conversei sobre Weiser. Foi somente há dois anos — para ser mais preciso, exatamente há dois anos e um mês (porque agora, quando estou traçando estas linhas, estamos no fim de outubro) — que tomei a decisão de abordar aquela questão. Sempre que visito Piotr, sento-me na beira da lápide e fico caladinho por um bom tempo. É quando cada um de nós se acostuma com a presença do outro. E foi assim também naquela tarde de setembro: comecei retirando as folhas caídas sobre o cimento, e somente após algum tempo indaguei:

— Você está aí?

— Sim, já é o Dia de Finados?

— Não.

— Então por que você veio?... O que foi que aconteceu?

— Szymek foi preso.

— Por quê?

— Ele andou imprimindo uns folhetos, e agora está na prisão... Por que você não diz nada? Não se importa mais com ele?

— Quando alguém se mete em política tem que avaliar todos os riscos envolvidos.

— Você está falando como um forasteiro.

— Porque sou um forasteiro.

— Você está falando como uma pessoa insensível.

— Aqui não há muito que nos possa sensibilizar.

— Não posso acreditar nisso.

— Você vai se convencer quando chegar a sua hora.

— Não me assuste.

— Não o estou assustando; essas coisas são óbvias.

— Para mim, não são tão óbvias assim.

Ficamos em silêncio. Sobre o cemitério, bem alto no céu, passava um avião; de algum ponto distante vinha até nós o som pungente de um canto fúnebre, enquanto o vento arrastava gravetos e folhas ressecadas por entre alamedas formadas por túmulos.

— Piotr, por que estamos tão calados?

— Provavelmente porque você veio aqui para falar de outra coisa em vez de Szymek.

— Você acertou. Não queria falar apenas dele.

— E sobre quem mais?

— Preciso perguntar sobre Weiser!

— Você precisa? Por quê?

— Isso está me incomodando e a cada ano incomoda mais. Para quê ele precisava de nós? Por que nos envolveu nas suas maquinações? Será que foi só para deixar um monte de suposições e perguntas sem qualquer sentido? Para nos deixar encucados por todos esses anos? Por que você não responde, Piotr? Por que você finge que não está aqui?

— Nós combinamos que você viria apenas uma vez por ano e não faria perguntas; será que se esqueceu?

— Não esqueci, Piotr, só que para mim...

— Não há exceções; e agora vá embora, porque estou cansado.

Sim, 25 meses atrás ouvi de Piotr: "E agora vá embora, porque estou cansado." E aquela foi a última conversa que mantive sobre Weiser, ou que pelo menos tentei manter. Após isso, comecei a escrever — pois não havia nenhuma outra forma de esclarecer tudo aquilo.

E assim, tínhamos um manual de instruções, uma pistola sem carregador nem percussor e também uma porção de boas intenções e ainda melhores ideias. Weiser deixou de ser um ser milagroso. Com a leviana insensatez típica dos adolescentes, nossos pensamentos sobre ele passaram a tender mais na direção de um Robin Hood do que na de um bruxo caldeu ou um mágico circense. E não havia como fazer com que pensássemos de forma diferente.

No entanto, os treinos de tiro tiveram que ser postergados, já que na semana seguinte iniciava-se uma novena em prol dos agricultores — nome dado às missas que tinham por intenção trazer de volta a ordem na natureza, ou seja, fazer chover. Primeiro, as mães de todos os lares se dedicaram com afinco a lavar e vestir seus filhos. Depois, os homens vestiam camisas brancas, sendo que alguns deles, sem se importar com o calor, colocavam gravatas e escuros ternos domingueiros. Por fim, borrifados com água de colônia, que sob uma temperatura de 32 graus não conseguia eliminar o cheiro do suor, conduziam suas famílias para a rua e, indo a pé ou de bonde, dirigiam-se à Catedral de Oliwa. A primeira missa foi rezada pelo bispo, e todos estavam curiosos para ouvir com quais palavras ele iria se dirigir ao seu exausto rebanho. As missas seguintes seriam realizadas em diversas paróquias, sempre às 6 da tarde. Foi tudo que consegui arrancar da minha mãe, empolgada com isso desde a madrugada. Ela não me permitiu sair de casa nem por meia hora, na certa temendo que eu fosse vaguear por aí.

O suplicante canto de milhares de vozes podia ser ouvido mesmo antes de se entrar na catedral. Depois, quando eu já me encontrava no comprido e estreito (como uma nave de vikings) interior do templo, os cantos, as preces, o estrondo do órgão e os cheiros — de suor, de água de colônia e de incenso — se misturaram numa única súplica, implorando por chuva e pela reversão da esterilidade dos campos e da baía. Os representantes dos camponeses e pescadores estavam ajoelhados na primeira fila. Todos os olhos estavam fixos neles, como se suas preces tivessem mais peso que as dos demais.

— Nos tempos do paganismo — dizia o bispo, perdido nas profundezas das douradas grinaldas do púlpito —, quando havia uma seca prolongada, nossos antepassados faziam sacrifícios sangrentos para obter as boas graças dos seus deuses e, com isso, ser agraciados com chuva. Mas nós, sobre quem Deus derramou o Seu amor e graça na pessoa de Maria e do Seu Filho, nós, que seguimos o Evangelho, estamos livres das superstições e falsas crenças. Jesus Cristo, que verteu Seu sangue por nós e fez o maior e definitivo sacrifício, ouvirá as nossas humildes preces em nome dos camponeses, dos pescadores e de todos nós!

Soou o órgão. "Deus santo, Deus forte, Deus imortal, tende piedade de nós", emanou de milhares de gargantas. Cantavam todos, e eu estava convicto de que os bispos, os prelados e os nobres — que nos miravam dos enormes retratos pendurados nas paredes — cantavam conosco.

— Irmãos em Cristo — continuava o bispo —, o pecado frequentemente nos conduz a um caminho errado e afasta-nos de Deus. E é nessas horas que Deus nos submete à prova para que retornemos à trilha da virtude e da graça, para nos livrarmos de falsos profetas e de todas as tentações!

"Senhor, livrai-nos da fome, da guerra e da morte inesperada", ecoou sob as abóbodas, altas como o céu.

— E agora — dizia o bispo —, reflitamos juntos sobre quanta maldade, quantos pecados e quantas mentiras encontraram moradia nos nossos corações e como isso enfureceu o Senhor, que agora nos põe à prova! Quantos de vocês se tornaram adeptos de Mamon, da devassidão, de falsos ídolos; quantos de vocês, empedernidos e tolos, abandonaram a fé em Deus em troca de uma vida que imaginaram como mais fácil e cômoda? Quantos de vocês assim agiram, pergunto eu?

Um silêncio profundo apossou-se da catedral. Os fiéis, cabisbaixos, aceitavam humildemente as amargas palavras do bispo.

— Pois eu lhes direi. Muitos de vocês, meus caros, muitos de vocês pecaram contra a lei de Deus; muitos de vocês passaram a trilhar um falso caminho! Por isso, peçamos, com humildade nos nossos corações e mostrando arrependimento, peçamos a Maria para que ela interceda por nós junto ao Filho e ao Pai; peçamos por graças divinas, pois se essas não faltarem, as terrestres não faltarão. Amém.

Após as palavras do bispo, o órgão soou com força redobrada e o templo transbordou com o implorante canto: "Ouça, Jesus, as súplicas do povo! Ouça, e faça um milagre para nós!" As pessoas enxugavam disfarçadamente algumas lágrimas furtivas, enquanto eu olhava para trás, para onde ficavam os anjos com trombetas curvadas como cimitarras, onde giravam grandes estrelas, onde querubins com rostinhos rechonchudos sopravam em charamelas, tocavam sinos, batiam em triângulos e pratos, onde tudo aquilo — dourado, prateado, marmóreo ou feito de madeira — ressoava, se movia e tocava em eterno louvor.

Ao anoitecer desabou um temporal sobre a cidade — o primeiro daquele verão, e todos viram nisso um sinal de Deus, bem como uma prova da santidade de Sua Eminência o bispo. "Não fosse ele", diziam, "nem uma gota de chuva teria caído." Mas a tempestade não chegou a durar nem meia hora, e logo em seguida o céu se acalmou e tudo voltou a ser como antes: com a sopa fedorenta na baía, a atmosfera irrespirável e a prolongada estiagem na terra.

Na manhã do dia seguinte, quando minha mãe me enviou para fazer algumas compras na loja de Cyrson, pude ouvir o que as mulheres na fila comentavam entre si.

— Sim, sim, querida — dizia uma. — Se todo mundo tivesse comungado, teria chovido sem cessar por três dias e três noites.

— E dá para acreditar em homens nos dias de hoje? — exaltou-se outra. — Eles vão à igreja, um atrás do outro, e fingem rezar para a Virgem Santíssima; mas uma vez em casa ou no trabalho, esquecem de tudo. Nos dias de pagamento embebedam-se como porcos, e quando o comissário lhes pergunta qual é a sua crença, eles respondem de imediato que só creem em Marx, como se para os trabalhadores essa fosse uma fé melhor que a dos Evangelhos!

— E ainda se declaram católicos! — intrometeu-se uma terceira. — Caso eu me encontrasse com um desses sujeitos no paraíso... seria o fim do mundo!

— E vocês vão ver que os preços da farinha, dos ovos e das batatas vão subir — afirmava a primeira. — Com uma seca dessas, não há nada que se possa fazer!

— E isso tudo acabará numa nova guerra — assustou-se a segunda. — Quando os preços sobem, sempre eclode uma guerra.

Mas parei de escutá-las, pois me passou pela mente o pensamento de que teria sido melhor se, em vez de um bispo envolto em guirlandas, o púlpito tivesse sido assumido pelo Asas Amarelas, e os fiéis, em vez de ouvirem palavras de esperança e amor, tivessem escutado as terríveis profecias do maluco. Se o bispo, a exemplo de Asas Amarelas, tivesse mostrado à congregação a terrível imagem da destruição e da ira do Senhor, se tivesse falado de sangue, cadáveres e castigos pela falta de fé, certamente mais pessoas teriam caído de joelhos e admitido, batendo no peito: "Minha culpa, minha culpa, minha máxima culpa!" Mas, em nome de quem falava o bispo e em nome de quem falava Asas Amarelas? Em vez de responder, vou relatar o que se passou em seguida.

No dia anterior, Piotr escondera a Parabellum no porão, colocando a chave do cadeado sobre a cômoda na antessala. O destino quis que seu pai levasse a chave consigo ao ir trabalhar. Diante disso, tivemos que aguardar sua volta, entediando-nos enormemente no ressecado jardinzinho perto do nosso prédio.

Por volta das 2 da tarde vi a Sra. Korotek, com uma cesta repleta de roupas recém-lavadas.

— Meu Deus! — dizia, colocando a cesta no chão e pendurando cuecas, camisas e panos. — O que vai ser de mim? Os homens são uma verdadeira praga! O meu certamente vai se embriagar como um porco e não trará o salário para casa!

E pela primeira vez nos sentimos solidários com a Sra. Korotek e todas as demais mães e esposas do nosso prédio — pois era dia de pagamento!

— Ele não vai voltar antes das 4 — observou Piotr. — E se perder a chave? Da última vez ele perdeu a carteira com todos os documentos!

— E vocês não têm uma cópia? — perguntou Szymek.

— Se nós tivéssemos uma segunda chave, seu cabeça de bagre — respondeu rudemente Piotr —, você acha que teríamos ficado sentados aqui desde de manhã?

A situação era crítica; sabíamos que o pai de Piotr, assim como o meu ou o Sr. Korotek, poderia retornar à casa tanto às 6 da tarde quanto à meia-noite.

— Um dia inteiro desperdiçado — falei. — O que podemos fazer?

Uma inesperada ajuda veio da Sra. Korotek. Ao retornar à casa com a cesta vazia, parou diante de nós e indagou:

— O que vocês estão fazendo, meninos?

— Éééé... nada de especial; só batendo papo.

— E vocês já almoçaram?

— Sim.

— E não têm nada para fazer?

— Não.

— E um pouco mais tarde?

— O que a senhora quer dizer com "mais tarde"?

— Assim, em torno das 3 ou 3h30.

— A princípio, nada.

— E vocês estariam dispostos a me dar uma ajuda?

— Com todo o prazer, mas o que a senhora gostaria que nós fizéssemos?

— Nada de especial; que vocês fossem àquele bar onde vendem cerveja, o Liliput. Vocês certamente verão lá o meu marido, porque é lá que ele passa a maior parte do seu tempo livre. Aí, vocês se aproximarão discretamente dele e lhe dirão que eu adoeci repentinamente e que veio uma ambulância para me levar a um hospital. Vocês fariam isso por mim?

— Lógico que sim, Sra. Korotek.

— E o que dirão a ele?

— Que a senhora ficou doente, que veio uma ambulância e que vão levar a senhora para um hospital, e que o Sr. Korotek deve voltar para casa o mais rápido possível.

— Isso mesmo, meus queridos! Vocês são uns meninos de ouro. — A Sra. Korotek sorriu. — Não vão se esquecer?

— De forma alguma! Como poderíamos esquecer uma coisa tão importante? — respondemos em uníssono, já tecendo nas nossas mentes um plano para surrupiar do pai de Piotr a chave do porão, pois não tínhamos qualquer dúvida quanto ao fato de ele estar com o Sr. Korotek.

O bar Liliput ficava perto das ex-casernas prussianas, bem em frente ao lugar onde existira uma capela militar que logo depois da guerra foi transformada em um templo evangélico, o qual acabou sendo fechado naquele verão para ser transformado num cinema. Diariamente, desde a manhãzinha — e principalmente nos dias de calor —, o interior do bar e o pequeno jardim viviam repletos de grupos de homens bebendo, e o murmúrio das suas vozes podia ser ouvido de longe. O Liliput pertencia àquela categoria de locais onde, via de regra, a presença de mulheres não era bem-vinda. O bar não vendia vodca — os clientes traziam-na eles mesmos, dentro de pastas, bolsos dos paletós, enfiada nos cintos das calças, com o intuito de comprar algumas canecas de cerveja espumante e "reforçá-la" adequadamente com aquele líquido transparente. Todos os homens que moravam na nossa parte de Wrzeszcz Superior paravam ali após o trabalho pelo menos uma vez por mês, livrando-se em pouco tempo dos problemas da vida cotidiana, dos pensamentos sobre o futuro e das lembranças desagradáveis. Os que trabalhavam no estaleiro chegavam ao Liliput já bastante embriagados. Pelo caminho, logo após o segundo portão, aguardava-os o bar Pod Kasztanami, e somente de lá é que eles tomavam o bonde ou o trenzinho elétrico para chegarem ao seu novo destino.

Quando, às 3h20, defrontamo-nos com o desbotado letreiro do bar, a cerca de arame formava uma protuberância em forma de barril, causada pela pressão de corpos agitados e gesticulando. Num canto, perto de um arbusto, vimos o Sr. Korotek, e junto dele meu pai, o pai de Piotr e mais dois homens, todos com canecos de cerveja nas mãos.

— Eles simplesmente cagam para nós! — gritava o Sr. Korotek. — O contramestre deveria se ocupar com a distribuição dos bônus, em vez de ficar metido sempre em reuniões!

— É isso aí — concordou um dos desconhecidos. — O que está certo, está certo!

Os homens fizeram tlim-tlim com seus canecos e sorveram alguns goles. Meu pai tirou uma garrafa de vodca da pasta e adicionou um pouco daquele líquido incolor a cada um dos canecos.

— Vamos tentar escutar o que eles estão conversando — sugeriu Szymek —, antes que fiquem totalmente embriagados.

Aproximamo-nos do arbusto, vindo do lado da rua, e, parados à sombra das folhas, ficamos captando as palavras deles. Mas tudo parecia indicar que o tema fora exaurido, pois o Sr. Korotek virou-se em nossa direção, abriu a braguilha e se pôs a mijar. Uma vez concluída essa função, virou-se de volta para os seus companheiros, sem fechar a braguilha. Nós poderíamos não ter notado aquilo, mas o que se seguiu convenceu-nos das consequências do desleixo no trato de trajes e costumes:

— Ei! Feche a gaiola antes que o passarinho fuja! — gritou para o Sr. Korotek um dos pedreiros que trabalhavam na transformação do templo evangélico num cinema.

A exclamação jocosa pareceu divertir imensamente os seus colegas, e o Sr. Korotek, tendo bebido o resto do conteúdo do seu caneco de cerveja e secado a boca com a manga da camisa, respondeu:

— E quanto a você, seu babaca, saiba que a sua mão vai murchar!

— Ora, por quê?

— Porque quando se retira uma cruz de um lugar sagrado, a mão do gatuno acaba murchando mais cedo ou mais tarde.

A discussão que se seguiu, agora com mais participantes, foi se tornando cada vez mais áspera.

— Aquele templo é luterano; alemão!

— Luterana ou não luterana, uma cruz é sempre uma cruz!

— Você também faz aquilo que lhe mandam!

— E você agora resolveu ser filósofo?

— Basta que lhe paguem para você fazer qualquer coisa!

— Você, em troca de alguns trocados, seria capaz de comer a sua própria merda, quanto mais tirar uma cruz!

— Tome cuidado com a sua língua, senão...

— Senão o quê?

— Senão o camarada pode ficar sem a sua piroca!

— Ah, quer dizer que estou falando com um camarada? Vocês ouviram como um camarada se dirigiu a outro?

— Por quê? Não gostou?

— É assim que o Partido lhes ensina a dirigir-se aos mais velhos?!

— Você tem algo contra o Partido?

— Se tenho ou não tenho isso não lhe diz respeito, seu fedelho; mas eu bem que poderia lhe ensinar boas maneiras!

— Pois tente!

— Basta eu querer!

— Ora, ora, vejam só: apareceu um mijão metido a besta!

— Repita isso, se for homem!

— Ah é? E o que você vai fazer quando eu repetir?

— Vou fazer você esquecer o nome com o qual foi batizado, seu filho de uma puta, e nem Nossa Senhora poderá vir em sua ajuda!

— Olhem para este mijão que se propõe a ser o defensor da Mãe de Deus... — O pedreiro não chegou a concluir a frase, pois o Sr. Korotek arremessou o caneco vazio em sua direção, mas errou o alvo e acabou acertando um homem que não participara da discussão.

Por uma fração de segundo o bar Liliput ficou em silêncio. Em seguida, o mundo pareceu vir abaixo. Os companheiros do homem acertado pelo caneco partiram sobre os que estavam mais próximos, ou seja — os pedreiros. Esses, querendo defender o colega, se atiraram sobre um grupo que nada tinha a ver com a história. Peitos esbarravam em peitos, punhos se chocavam com punhos, canecos eram quebrados sobre cabeças, pernas chutavam pernas. Os soldados de um quartel próximo tiraram seus cinturões e passaram a bater com eles a torto e a direito. A briga se estendeu para o interior do bar, o que podia ser comprovado pelos pedaços de mesas quebradas que saíam voando pelas janelas do salão, junto com vidraças e caixilhos. Alguns transeuntes, sem saber do que se tratava, diminuíam o passo e lançavam para dentro olhares interrogativos, mas, a essa altura, mesmo os que estavam brigando não estavam em condições de explicar com quem e por que brigavam. E a pressão dos corpos sobre a enferrujada cerca de arame a rompeu, derramando dezenas de homens sobre a calçada.

— Polícia! A polícia está chegando! — gritou alguém.

— Salve-se quem puder!

E enquanto o som das sirenes soava cada vez mais claro, do monte de corpos foram emergindo, um após o outro, o Sr. Korotek, o pai de Piotr e o meu — todos fugindo na direção do nosso prédio para não serem presos.

E foi assim que, graças à sua braguilha desabotoada, o Sr. Korotek, embora com um olho roxo e a camisa ensanguentada, já estava em casa antes das 4 da tarde, e nós, meia hora depois, estávamos de posse da nossa Parabellum, de forma que o nosso treinamento pôde começar.

E como foi aquele início? Como uma nuvem de fumaça de incensório, do qual emergiu inesperadamente Weiser. Por que eu recuo no tempo e me repito, em vez de seguir em frente? Existem frases aparentemente claras e óbvias, que, ao serem analisadas com um pouquinho de atenção, tornam-se de repente confusas e tão diabolicamente complicadas que chegam a ficar incompreensíveis. São frases ditas por várias pessoas que nos vêm sem mais nem menos à mente e que, a partir daquele momento, não nos deixam mais em paz.

O que quer dizer, por exemplo, "O meu reino não é deste mundo"? O padre Dudak explicou-nos o significado dessas palavras mais de uma vez, e mais de uma vez nós as ouvimos ser mencionadas por pessoas mais inteligentes do que ele. E de que adiantou essa frase ter sido objeto de tantos comentários inteligentes? De que adiantou todo o seu conteúdo ter sido esclarecido por completo? Quando a leio em voz alta, ou mesmo baixinho; quando penso mais uma vez — nem a primeira nem a última — no seu significado, sou tomado por medo, pavor e, por fim, desespero. Pois essa frase não é clara nem óbvia, e quanto mais se pensa nela, maior é a incerteza e maior o negro buraco sem fundo que aparece diante dos nossos olhos.

E era assim — aliás, *é* assim — com Weiser: seus repentinos aparecimentos e sumiços só podem ser comparados a uma daquelas frases aparentemente óbvias e de fácil compreensão. É evidente que não estou fazendo uma analogia direta. Na nossa presença, Weiser nunca fez qualquer comentário sobre temas religiosos, portanto pouco podemos falar sobre sua vida interior, à qual, aparentemente, ninguém teve o mínimo acesso. No entanto, se ela pudesse ser comparada a uma frase daquelas, a frase em questão deveria ser repetida sem cessar, na esperança de que aquilo que estava sendo incompreensível pudesse de repente se revelar espantosamente simples.

Mas, onde foi mesmo que eu parei? Ah, sim; quando escrevi que meia hora mais tarde nós tínhamos a nossa Parabellum e o nosso treinamento pôde começar. Mas, ao contrário das nossas intenções, naquele dia não nos foi dado o privilégio de abrir o manual de instruções ou mesmo de adotar a posição de tiro ou regular a alça de mira. Logo após as 5 horas, quando pretendíamos nos dirigir à Colina de Bukow, fomos impedidos pela voz da mãe de Piotr, vindo da janela do segundo andar:

— Aonde vocês pensam que vão? Já para casa, tomar banho e trocar de roupa! Já esqueceram que hoje haverá uma missa às 6?

Não houve jeito; tivemos que obedecer à mãe de Piotr, porque sabíamos que ela falava na qualidade de mãe de nós três. Pois existia então — como existe até hoje — algo como uma associação internacional de todas as mães do mundo, assim como existe uma associação internacional dos pais que se embriagam no dia de pagamento.

Não vou me alongar sobre a missa rezada pelo padre Dudak. Tudo no mundo parece ter um protótipo, e, naquele dia, o padre Dudak apresentou-se como uma imagem refletida no espelho de Sua Eminência o bispo. Quando terminaram as rezas e os cânticos e quando soaram os últimos acordes do caquético órgão acompanhados pela rouca e desafinada voz do organista, saímos da igreja e nos agrupamos na estrada de areia que levava até a floresta. Elka aproximou-se:

— E então? — perguntou. — Estão se divertindo?

Não sabíamos ao que ela se referia: se aos nossos treinos com a pistola (que, até aquele momento, não tinham se realizado uma só vez), ou se à missa recém-concluída.

— Por que você quer saber? — indagou Szymek.

— Porque tenho algo para vocês — respondeu ela, sorrindo de forma matreira.

— Então entregue logo, e suma da nossa frente; não temos tempo a perder — respondeu Piotr, aparentando a maior indiferença.

Elka soltou uma gargalhada, mostrando a branca fileira de seus dentes de esquilo.

— Como vocês são palermas! Eu trago um recado!

— De Weiser?

— Sim. Amanhã, às 5 da tarde, estejam naquele vale atrás do estande de tiro, e... — acrescentou, formando uma pistola com os dedos — levem aquilo com vocês. Está claro?

Tudo estava claro, exceto o que Weiser iria nos mostrar ou nos mandar fazer. Sabíamos apenas que um terço das férias já se passara, mas nenhum de nós podia imaginar que o nosso relacionamento com Weiser fosse durar apenas mais alguns dias.

Ao chegarmos ao cemitério no dia seguinte, não vimos mais o Asas Amarelas.

— Ele deve estar vagando por aí... Ou então foi pego... Mas se o pegaram, não foi aqui, porque não tem rastros... — ficamos comentando entre nós.

— Basta de conversa fiada! Vamos treinar! — ordenou Szymek.

E, instantes depois, instruções altamente profissionais podiam ser ouvidas de dentro da cripta:

— Endireite-se!... Erga mais o braço!... Sem apoio, estou dizendo sem apoio!... Ajuste a alça de mira!... Aperte o gatilho... Muito bem... Mais uma vez... Você está demorando demais para mirar!... Tem que apertar o gatilho assim que o alvo estiver alinhado com a alça de mira!... Assim... Muito bem... Agora é a minha vez.

O sol já ultrapassara havia muito seu ponto mais alto, mas nós continuávamos repetindo sem cessar as mesmas atividades, adotando posições adequadas para disparar, apontando para o alvo e apertando o gatilho da pistola descarregada. De tempos em tempos Szymek subia ao topo da cripta, de onde examinava as redondezas com o binóculo francês, pois tudo que estávamos fazendo era uma preparação clandestina para um confronto de verdade. Depois, ficamos praticando disparos nas mais diversas posições — ajoelhados ou estendidos no chão —, exatamente como nos ensinava o manual de instruções de antes da guerra.

— Se tivéssemos uma pistola de verdade, poderíamos assaltar um banco — afirmou Piotr.

Szymek tinha uma opinião totalmente oposta:

— Membros da guerrilha não assaltam bancos.

Aí eu lhes lembrei um filme no qual um grupo de *partisans* armados esvaziava cofres de aço, conseguindo assim recursos para sua organização.

— Só que aquilo era durante a ocupação, e eles estavam tirando aquele dinheiro dos alemães — retrucou Szymek. — E agora nós o estaríamos tirando de quem?

Sua pergunta ficou sem resposta.

Depois do almoço retornamos ao cemitério, pois faltava ainda muito para as 5 horas. Mas não treinamos por muito tempo. Sobre o aterro do leito da ferrovia que levava a Bretów, vimos M-ski caminhando, mas sem sua costumeira rede de pegar borboletas e sem a caixinha para recolher amostras de vegetação. Não fosse a falta dos seus apetrechos, não o teríamos seguido; mas suas mãos vazias e seu passo apressado nos deixaram muito intrigados. M-ski andava pelo aterro na direção da ponte destruída, no lugar onde a desativada via férrea cruzava a Estrada de Rebiechów. Tendo atravessado a superfície asfaltada, ele não retornou àquele ponto no aterro, mas seguiu por uma trilha existente na metade da sua altura. Finalmente, chegou ao ponto no qual o Strzyz passa por baixo da via férrea através de um estreito túnel, e seguiu andando rio acima, sem olhar para trás.

— Olhem! — exclamou Szymek, apontando com o dedo. — Tem alguém esperando por ele!

Efetivamente, M-ski parou junto de um vulto que o aguardava numa clareira, distante cerca de 300 metros e semioculta por amieiros e aveleiras que cresciam às margens do rio. Aproximamo-nos cautelosamente, rastejando pelos últimos 20 metros. M-ski estava sentado na grama, junto de uma mulher de cabelos escuros e com toda a aparência de uma dona de casa que interrompera sua tarefa de cozinhar ou passar roupa. A mão do professor de ciências naturais estava se enfiando por baixo do seu avental.

— Não — dizia a mulher. — Já lhe disse para não vir mais aqui. Temos que nos encontrar num outro lugar!

— Então por que você acabou vindo? — indagou M-ski, tirando o avental da mulher e deslizando a mão sobre a sua coxa num movimento que lembrava o de um limpador de para-brisa, para cima e para baixo. — Mais uma vez — pedia —, só mais uma vezinha.

— Ah, não, não — falou a mulher, mas abriu a calça de M-ski. — Como de costume? — perguntou baixinho.

— Como de costume — respondeu M-ski.

Então a mulher se levantou, e M-ski fez o mesmo. A mulher tirou o vestido e M-ski tirou a ridícula cueca branca que usava debaixo da calça. Aí a mulher desferiu um tapa com toda a força no rosto de M-ski, seguido de um segundo e um terceiro.

— Oh! — ouvimos um gemido. — Mais!

A essa altura, a mulher esbofeteava M-ski sem cessar, enquanto nós víamos suas costas sardentas se erguerem e abaixarem a cada batida.

— Mais, mais um pouco — dizia, arfando, M-ski, o que fez a mulher trocar de mão e continuar a bater no rosto do professor. De repente, M-ski ficou reto e retesado como a corda de um arco, seu corpo foi sacudido por um espasmo e vimos suas nádegas tremerem.

— Oh! — suspirou ele.

— Pronto! — falou a mulher, colocando o vestido e o avental, enquanto M-ski vestia a cueca e a calça, de cujo bolso retirou uma nota enrolada, entregando-a à mulher, assim como se entrega um bilhete ao condutor do trem.

— Da próxima vez — falou a mulher —, não me procure aqui.

— Onde, então? — perguntou M-ski placidamente.

— Lá onde nos encontramos na última vez.

— Muito bem, mas você irá?

— Irei, irei — falou a mulher, subindo o rio, de onde parecera ter vindo, enquanto M-ski, tendo ajeitado a calça e a camisa, tomou o caminho oposto.

— Que coisa mais incrível! — exclamou Szymek, quando corríamos de volta na direção de Bretów. — Por que ele não ficou acariciando ela de um modo normal? Tem alguma coisa errada, porque ele nem chegou a deitar em cima dela!

— Independentemente de ele ter ou não ter se deitado em cima dela — indignou-se Piotr —, o que eles fizeram foi nojento!

— Pois se vocês tivessem visto o que a irmã de Janek aprontou com o namorado no sótão da nossa casa — continuou Szymek —, aí sim vocês poderiam ter uma ideia de como a coisa deve ser feita de verdade.

— Mas por que eles não foram para a floresta — perguntei eu —, em vez de fazer aquilo no sótão?

— Porque aquilo foi em pleno inverno, seu paspalhão! — respondeu Szymek, dando-me uma pancada nas costelas. — Mas vamos logo, porque já são quase 5 horas!

Corríamos ladeira acima, e somente os galhos dos arbustos freavam o nosso avanço. À nossa esquerda, bem abaixo, dava para ver os contornos do estande de tiro, e, à nossa direita, por trás da parede formada pela floresta, vislumbrava-se o mar, ainda mais distante e de um azul-celeste como numa pintura.

— Vocês fazem tanto barulho quanto uma manada de elefantes! — cumprimentou-nos Elka. — Esperamos vocês por mais de 15 minutos!

Mas ninguém esclareceu o motivo do nosso atraso.

— E agora — continuou Elka —, vocês vão ver algo que vai ensiná-los a dar o devido respeito!

Respeito a quê, ou a quem? Elka não esclareceu esse detalhe; disse exatamente assim: "ensiná-los a dar o devido respeito", sem acrescentar mais nada.

Weiser girou a manivela do detonador, e nós, deitados na beirada do vale, presenciamos a primeira explosão — aquela sobre a qual já escrevi que lembrava uma girante coluna de fumaça de cor azulada. Sim, aquela foi a primeira explosão que Weiser nos mostrou no vale atrás do estande de tiro. Quando corríamos ao seu encontro no lugar combinado, nada de semelhante nos passara pela cabeça. Estávamos mais propensos a nos defrontar com um teste da nossa pontaria, e eis que Weiser nos surpreendia mais uma vez com uma coisa espantosa. E quando ele preparou uma nova mina e o ar foi rompido pelo estrondo da explosão e uma nuvem bicolor ergueu-se no ar para logo se dissipar como se fosse uma névoa matutina, nós estávamos prontos a prestar não apenas um, mas uma dezena de juramentos a Weiser, e a fazer tudo que ele nos mandasse. Mas ele não parecia estar com pressa e, por enquanto, não exigiu nada de nós.

Elka recolheu o manual de instruções de manejo de armas portáteis e a pistola descarregada — e isso foi tudo, exceto pela definição do encontro seguinte, o qual deveria ocorrer na olaria abandonada, logo após o almoço do dia seguinte. Ficamos parados como palermas, sem saber o que viria em seguida.

— Podem voltar para casa — falou Weiser. — Por hoje, basta.

— E amanhã vamos poder atirar? — indagou timidamente Szymek.

Weiser não respondeu. Em compensação, Elka teve um acesso de fúria.

— Não o incomodem! — gritou, como se Szymek tivesse se comportado de uma forma indevida. — Ele tem assuntos mais importantes do que os estúpidos disparos de vocês! O papel de vocês é obedecer, e não fazer perguntas! Fui clara?!

O que poderíamos responder? Ao entardecer, não tendo nada melhor a fazer, ficamos atirando pedras com estilingues em latas perfiladas no tampo da lixeira, mantendo uma conversação mais ou menos nos seguintes termos:

— Pois eu afirmo que ele está preparando algo espetacular.

— Como o quê?

— Não sei exatamente, mas tenho certeza de que será uma coisa da qual a cidade inteira falará e os jornais vão escrever sobre nós!

— Que bobagem! Os jornais não escrevem sobre pessoas como nós!

— Pois vão começar a escrever!

— Se pegarem a gente, vamos direto para a cadeia.

— Por quê?

— Por quê? Você acha que ter uma arma é normal? Que o detonador e as explosões são coisas simples?

— Mas não são nossas!

— Nossas ou não, nós estivemos com ele!

— E o que você acha que ele está planejando?

— Um levante!

— Um levante? Um levante só pode ser feito numa cidade; precisa de barricadas!

— Então vai formar um grupo de guerrilha!

— Só com a gente? Cinco pessoas não é suficiente.

— E como você sabe que é só com a gente? Talvez ele tenha outros grupos e, por questão de segurança, uns não saibam da existência dos outros.

— Talvez você tenha razão.

— Por outro lado, quem sabe ele não pretende explodir o portão do zoológico e libertar todos os animais selvagens?

— Imagine um leão passeando pela avenida Grunwald!

— Passeando, não; atirando-se sobre uma mãe com uma criancinha no colo, e nós o atacamos... e bum!, não tem mais o leão... e bum!, não tem mais o tigre... e bum!, não tem mais a pantera-negra!

— Deixe a pantera-negra para ele!

— Tudo bem! Podemos deixar a pantera-negra para ele, mas vamos acabar com todas as outras feras e depois seremos fotografados por todos os jornais. Já imaginaram a manchete? "Alunos da Escola 66 salvam transeuntes de um ataque de animais ferozes!"

— Pois eu acho que o que está em jogo é um navio!

— Um navio?!

— Sim. Quando ele achar que já estamos bem-treinados, vamos raptar um navio do cais do porto!

— Não do porto, mas do ancoradouro!

— Está bem; pode ser do ancoradouro. Ele vai tomar de assalto o passadiço, e nós, as cabines e os porões... e partiremos para o Canadá!

— Para a África!

— Não, para o Canadá!

E assim, entre combates de guerrilha e sequestros de navios para empreender uma viagem ao Canadá, acabamos passando o resto da tarde atirando em latas enferrujadas. Cada vez mais pedras foram se acumulando junto na lixeira e cada vez mais energicamente esticávamos os pneus de bicicletas com os quais eram feitos nossos estilingues — até escurecer e termos que voltar para nossas respectivas casas.

Mas por que não discutimos a questão de M-ski? Por que não falamos do seu encontro com a mulher de cabelos escuros à beira do rio? Por que não nos deixou intrigada a imagem de um professor sendo esbofeteado, e isso com a calça e a cueca arriadas — o mesmo M-ski diante do qual tremíamos de medo nas aulas de ciências naturais e nos recreios? Teria sido por Weiser nos ter sido mais próximo do que os segredos de M-ski? Ou quem sabe não foi por ainda não termos tido contato com uma transgressão ética/moral?

Naquela noite tive um sonho do qual me lembro até hoje. Um sonho em tecnicólor — como um da Disney — e muito preocupante. Estava parado à beira de um mar, aparentemente de madrugada, quando começaram a sair da água os mais estranhos animais. Procurar por feras semelhantes àquelas em qualquer zoológico ou livro sobre a fauna de países do além-mar seria uma perda de tempo. O primeiro a sair, ainda totalmente encharcado, foi um leão alado; logo atrás dele apareceu na areia um urso com uma penca de ossos entre os dentes e, em seguida, emergiu das águas esmeraldinas uma pantera negra com quatro cabeças e asas no dorso. A procissão terminava com o mais estranho dos monstros — um cruzamento de rinoceronte com tigre, com enormes presas metálicas e vários chifres ramificados, como os de um cervo. Não sei quantos deles emergiam daquela cabeçorra horrenda — talvez dez ou uma dúzia, mas isso não era importante. As bestas do Apocalipse se atiravam sobre as casinholas dos pescadores locais e, com suas patas e garras enormes, despedaçavam portas e janelas, destroçavam os corpos dos homens recém-despertos e arrancavam os cabelos das mulheres, enquanto as crianças que conseguiam escapar da fúria assassina eram pegas pelas pernas ou braços e arremessadas contra as paredes caiadas das choupanas. Aquilo durou bastante, e o medo que se apossou de mim foi tamanho que não permitiu que eu despertasse daquele pesadelo. De repente, do lado oriental e à luz dos raios do sol nascente, vi um menino vestido de branco. Era Weiser, que se aproximava de mim e, com a mão estendida e aberta, mostrava-me algo ou alguém que eu não conseguia enxergar no meio de tantos cadáveres. Weiser chegava perto do leão e arrancava suas asas aquilinas — e a besta caía indefesa no chão, agitando inutilmente a cauda. Em seguida, ele apoiava a mão nas ventas do urso — que também desabava na areia. Então chegara a hora do monstro com chifres. Weiser os arrancava um a um como se fossem ervas daninhas, e o monstro caía, primeiro de joelhos e depois sobre a barriga; suas presas metálicas caíam de sua bocarra e se transformavam em moedas de 10 *zloty*. Por fim, Weiser enfrentava a pantera-negra de quatro cabeças e asas às costas — e isso era o mais terrível e o mais estranho de tudo ao mesmo tempo. Os quatro pares de olhos e quatro narizes, assim como as oito orelhas — tudo aquilo pertencia a M-ski, pois as quatro cabeças da besta tinham o rosto de M-ski. Jamais me esquecerei de como era horripilante sua aparência. Enquanto isso Weiser, a exemplo do que fizera no jardim zoológico, transfixava a pantera com seu olhar e, lançando mão de um meio conhecido apenas por ele, fazia dela um gatinho assustado que lambia a mão do seu domador. Não sei o que Weiser dizia aos pescadores que sobreviveram ao massacre; o barulho das ondas —

reforçado ainda pelo horrível guincho das rodas do bonde da linha número 4, que estava se aproximando — abafara tudo. Weiser pulava agilmente no interior do bonde e partia como se fosse um simples turista retornando da praia para a cidade. O brilho dos raios solares refletidos na vidraça do segundo vagão do bonde me cegava, e eu senti repentinamente a umidade dos lençóis causada pelo meu suor, dando-me conta de que estava deitado na cama e que tudo não passara de um sonho; o mais comum dos sonhos. O mais comum dos sonhos?

Um raio de sol passou por uma fresta na cortina e acariciou minha face. Do outro lado da porta que levava à cozinha ouvi meu pai saindo para o trabalho. Minha mãe, ainda exausta de tanto lavar roupa no dia anterior, roncava ao meu lado. Sobre a cama pendia, na parede, uma imagem de Nossa Senhora de Częstochowa, numa moldura estilo Bierdemeier. Através da janela aberta chegava até mim o som de uma carroça se deslocando rapidamente para chegar a tempo à Feira de Oliwa. Não havia mar, nem monstros, nem Weiser vestido de branco e nem pescadores esquartejados. Em vez disso, ouvi passos no corredor, indicando que o nosso vizinho estava se dirigindo ao banheiro. Num apartamento pós-alemão e cujos quartos foram divididos em pequenos cubículos por finas paredes, dava para se ouvir muitas coisas — inclusive o fato de o vizinho estar fazendo a barba com firmes e constantes deslizamentos de navalha e sofrer de uma diarreia provocada por excesso de bebida ingerida na noite anterior. Mas o que dizer sobre o meu sonho? Eu não omiti nem acrescentei nada. Quem sabe não foi fruto do fato de nunca termos tido uma conversa sobre M-ski? O pesadelo incutiu-me tanto medo que mesmo quando estive ajoelhado pela última vez junto da treliça do confessionário e o padre Dudak ainda me parecia tão importante quanto o próprio papa ou a Congregação para a Doutrina da Fé, mesmo assim eu não pude falar daquelas imagens indeléveis. Aquilo foi em janeiro de 1971, quando eu já sabia perfeitamente o que ocorrera com Piotr e como fora seu enterro. Não fui até lá para confessar meus pecados, mas, assim mesmo, permaneci ajoelhado como sempre, cheio de humildade e contrição diante da augusta figura do padre.

— Acalme-se, meu filho. Os mistérios da Divina Providência são muitos, e não cabe a nós tentar decifrar seus sentidos — dizia o padre enquanto eu sentia seu bafo azedo e ia ficando cada vez mais furioso e desesperado.

— Isso quer dizer, padre — perguntava —, que Deus quis a morte dele?

— Nunca se deve falar dessa forma! Nunca! — exaltou-se o padre, enquanto eu insistia:

— Mas se tudo que acontece é fruto do desejo de Deus, então essa morte deve ter-lhe sido necessária de alguma forma, não é verdade?

— Aquele que com ferro fere, com ferro será ferido — disse a voz do outro lado da treliça.

Aí eu não pude mais conter minha amargura e gritei a plena voz, afugentando todas as papa-hóstias que escutavam às escondidas:

— Mas isso não é verdade, padre! Piotr não feriu ninguém; nem chegou a levantar uma pedra! O senhor, padre, sabe muito bem como tudo se passou e que ele foi morto por acaso.

— Nada acontece por acaso no mundo de Deus! — interrompeu-me o padre Dudak. — O que você quer? Quer que eu, um servo Dele, explique os Seus mistérios a você, que não passa de um punhado de pó? Por que deveria Ele lhe revelar Seus desígnios? Você peca pela soberba, meu filho, e esse é um grande pecado. Homens mais importantes perguntaram, e Ele não lhes respondeu. Conhece o Livro de Jó? Quanto você sofreu em comparação com ele para ousar fazer esses questionamentos e ficar furioso? Você precisa aprender a ser mais humilde, meu filho! Humildade e paciência... eis do que precisamos todos nós!

— Não me falta humildade, padre — respondi, já com a voz mais baixa. — Mas não consigo compreender por que um injusto anda coberto de glória e zomba dos honrados e pios. Não há como mudar esse estado de coisas?

— Vocês serão regiamente recompensados no céu; portanto, não se meta em política!

— Mas Piotr nunca se meteu!

— Não cabe a você, filho, tentar desvendar os desígnios do Senhor. Você tem outros pecados a confessar?

— Não, padre. Eu vim apenas para indagar por que tenho cada vez menos fé...

— Portanto você cometeu um pecado — interrompeu-me novamente o pároco, agitando-se no seu assento. — Não só o de soberba como o da dúvida! Pare de pensar no seu amigo e reze.

— Não consigo! — E desta vez fui eu quem o interrompeu. — Eu não consigo, padre. Quanto mais penso, menos fé sinto!

— Arrependa-se dos seus pecados!

— Não consigo!

— Peça perdão a Deus!

— Eu não vejo qualquer pecado em mim!

— Satã está à sua espreita, filho! Implore pelo perdão divino!

— Eu não consigo! Não consigo! Não consigo!

E gritando assim saí correndo da igreja, pois diante dos meus olhos voltei a ver a cena do sonho, com o subjugador das bestas selvagens na Praia de Jetlików.

Weiser voltara a mim — desta vez através das treliças de um confessionário. Teria sido aquela inesperada invasão do lado pessoal da minha vida mais um truque para desviar a minha atenção? Ainda terei oportunidade de retornar a esse tema numa outra ocasião. Por enquanto eu continuava deitado no sofá, tendo despertado de um horrível pesadelo, ouvindo os roncos da minha mãe exausta pelo esforço de tanta roupa lavada no dia anterior e o som de descarga do vaso sanitário. Pensei com meus botões que Weiser certamente iria conferir se tínhamos feito progressos na arte de disparar e fiquei alegre só de pensar na visita à olaria desativada.

Enquanto isso... Enquanto isso? Pois é... Enquanto isso a porta do gabinete do diretor foi aberta pela enésima vez, e da enorme e fedendo a fumo bocarra do Leviatã foi empurrada para fora a franzina figura de Piotr. O fato de ter gritado lá dentro deixara-o embaraçado — preferiria que não tivéssemos notado que ele chorara. Apesar disso, no momento em que Szymek estava sendo levado para o interior do gabinete, ele manteve suficiente presença de espírito para fazer um gesto com a mão como se estivesse acendendo um fósforo. Aquilo significava que durante o interrogatório ele confessara o que havíamos combinado: que o pedacinho do vestido de Elka fora consumido pelas chamas de uma fogueira; assim, deveriam ficar satisfeitos aqueles três e o senhor procurador, tão interessado em concluir o inquérito o mais rápido possível. Fizemos um quase imperceptível sinal de cabeça. Só que onde ficara aquele infeliz resto do vestido? Onde deveríamos tê-lo achado? Na certa eles pegariam um mapa e nos mandariam apontar o lugar exato, com precisão milimétrica. E mais: onde teria estado a fogueira em questão? Não havíamos acertado esses detalhes e, infelizmente, nenhum de nós possuía o dom de telepatia. O homem de uniforme bateu a porta atrás de Szymek, e a secretaria — de cujo piso eu já havia contado todas as combinações possíveis de tacos — ficou num silêncio ameaçador, preenchido apenas pelo tique-taque do relógio.

Eu temia adormecer. Desde aquele pesadelo ficara traumatizado com a ideia de que ele pudesse reaparecer toda vez que eu fechasse as pálpebras sem antes ter afastado de mim quaisquer pensamentos malignos. Fiquei nutrindo aquele medo até o fim das férias, e agora, na secretaria da escola, ele adquirira proporções ainda maiores. Por que não contei o sonho a Piotr ou a Szymek? Por que ocultei aquela imagem de monstros emergindo do mar sobre a Praia de Jetlików? Por que não assumi a postura de Asas Amarelas e não revelei a eles a minha verdade? E foi somente quando estávamos sentados nas cadeiras de dobrar e quando Piotr abaixou a cabeça com resignação e eu pude notar os vergões nas palmas das suas mãos — foi somente então que comecei a compreender melhor um acontecimento ocorrido comigo após o meu sonho, quando disparávamos a Schmeisser no vale atrás do estande de tiro. Mas vamos por partes.

Chegamos à olaria na hora combinada. Weiser, sem dizer uma palavra, tirou do álbum de selos 12 Adolfos verde-apodrecidos, colou-os na parede de tijolos, entregou-nos a Parabellum carregada e disse:

— Quatro para cada um de vocês. Atirem até acertarem em todos!

Elka ficou encarregada de contar as cápsulas usadas e recarregar as armas. Lembro-me perfeitamente: quem se saiu melhor foi Piotr, tendo usado apenas seis balas para acertar os quatro selos. Em segundo lugar ficou Szymek, com oito disparos, e eu fui o lanterninha: para acertar os quatro Adolfos precisei de 11 balas. O som dos disparos ficou zunindo nos meus ouvidos.

— Nada mau — falou Weiser.

Depois, virando-se para mim, acrescentou:

— Quanto a você, precisa treinar mais.

Em seguida, Weiser nos informou que, como não ficara desapontado conosco, iria nos levar até o fundo do vale. Foi exatamente assim que ele se expressou. E quando nós estávamos descendo a encosta, por entre urtigas e samambaias, esperei que ele ficasse um pouco mais atrás do resto do grupo e contei-lhe o meu sonho, como se fosse o maior dos segredos. Falei-lhe das bestas emergindo do mar e da forma pela qual ele as destruíra, salvando a vida dos pobres pescadores. Mesmo na condição daquele que atirava pior, não creio que eu estivesse querendo bajulá-lo. Além do mais, Weiser não era do tipo que aceitava bajulações. Escutou-me até o fim sem me interromper e quando terminei, falou; lembro-me perfeitamente do que ele disse:

— Muito bem; não comente isso com ninguém.

Aquilo não soou como uma ameaça, sendo que ele acrescentou logo em seguida:

— Você vai ficar encarregado de trocar os alvos; é um trabalho de alta responsabilidade.

E eu segui adiante totalmente felíz, sentindo-me como se, apesar da minha péssima pontaria, tivesse recebido uma incumbência especial.

Sim, se eu escrevo hoje que Weiser era uma pessoa totalmente incomum, não deixo de ter as minhas razões, mas isso não quer dizer de forma alguma que àquela época ele não tivesse sido o nosso líder ou, melhor dizendo, o nosso general. Quem, a não ser um general, teria tido a ideia de disparar armas de fogo ao lado de um estande de tiro do Exército, debaixo dos narizes dos mais reais soldados do mundo? O porão da olaria era pequeno demais para brincar com metralhadoras. Mas onde poderíamos atirar sem que mais cedo ou mais tarde o som dos disparos não chamasse sobre nós a atenção dos moradores locais ou dos ocasionais colhedores de framboesas silvestres? A ideia de Weiser era simples: se no estande militar havia exercícios de tiro, nós deveríamos nos exercitar no mesmo instante e numa área bem próxima. O vale começava logo depois do parapeito do estande, e sua grama e seus arbustos espessos forneciam acesso a uma eventual necessidade de fuga. Além disso, o vale levava a um desfiladeiro coberto de pinheiros com 2 quilômetros de extensão e cuja boca precisaria de pelo menos cinquenta soldados para ser bloqueada. Weiser previra e planejara tudo aquilo nos mínimos detalhes. Ficamos olhando fascinados enquanto ele carregava a submetralhadora e aguardava o som de disparos vindo do outro lado do parapeito.

— Agora, vou lhes mostrar como a coisa deve ser feita — falou.

E quando ouvimos o som de uma saraivada de projéteis sendo disparados do outro lado do parapeito, Weiser disparou uma rajada da mesma duração que a outra.

— Eles nem vão desconfiar — falou. — Do outro lado, os nossos disparos soam como o eco dos deles; é só disparar exatamente no mesmo instante.

E era nisso que consistia o truque — bastava colocar-se em posição e aguardar até que lá — no estande de tiro do Exército do outro lado do parapeito — o soldado seguinte apertasse o gatilho de sua arma. Na verdade, disparávamos simultaneamente na mesma relva que cobria os dois lados da trincheira — só que os outros dispunham de modernas armas automáticas Kalashnikov 47, enquanto nós contávamos com submetralhadoras alemãs Schmeisser.

O mais difícil era seguir o ritmo deles. Suas rajadas eram curtas, na maior parte das vezes formadas por três sequências. "Ta, ta-ta, ta-ta-ta" era a sequência mais frequente — um, dois, três disparos em rápida sucessão. No entanto, ocorriam outras sequências, como: três-dois-dois-um, ou então: dois-três-dois, ou ainda: um-um-três e mais um inesperado disparo adicional.

— Eles estão atirando como se não tivessem munição suficiente — disse Szymek. — Não consigo entender.

Ao que Weiser sorriu daquela forma discreta tipicamente sua e acrescentou, de modo casual:

— Sua observação é a mais pura verdade. Um soldado deve sempre disparar como se tivesse pouca munição.

Piotr quis saber a razão disso.

— Quantas balas você conseguiria carregar consigo num campo de batalha? — perguntou altivamente Elka, como se tivesse uma resposta para tudo. — Cem? Duzentas?

Diante daquela pergunta, à qual na verdade ninguém se deu ao trabalho de responder, tivemos a certeza de que Weiser estava preparando algo grande. E assim, sentimo-nos repentinamente como participantes do grupo guerrilheiro de Fidel Castro que no dia 2 de dezembro do ano anterior desembarcara na província Oriente e estava lutando com o execrável Batista — um lacaio dos imperialistas sobre o qual nos falara detalhadamente M-ski durante toda a aula de ciências naturais.

— Que pena — sussurrou Szymek, quando jazíamos debaixo de umas samambaias durante um intervalo nos exercícios dos soldados —, que pena que não há um Batista desses por aqui.

— Por quê? — perguntou Elka.

— Não percebe? — falou Piotr. — Imagine a surra que daríamos nele! Desembarcaríamos na praia, atacaríamos os quartéis e o país inteiro se veria envolvido numa revolução de verdade, com guerrilha e tudo mais!

Elka riu tão alto que até Weiser lhe lançou um olhar de recriminação.

— É incrível como vocês são bobos! — disse ela, abafando o riso. — Que paspalhões! Como é possível fazer uma revolução pela segunda vez?

Mas não houve tempo para explicar a Elka o quanto ela estava enganada quanto às nossas aspirações, porque Weiser mandou que eu subisse no aterro e posicionasse os alvos, enquanto Piotr e Szymek tinham que se colocar a postos para a série seguinte de tiros.

Para o nosso desapontamento, os alvos nos quais íamos mirar não eram imagens de Batista, mas de M-ski, com um bigode pintado com tinta preta sobre um papel de embrulho. Assim como antes, no porão da olaria, eles tinham uma semelhança — talvez um pouco menor, mas sempre o suficiente — com os enormes retratos que ainda no segundo ano do curso secundário costumávamos carregar na parada do Primeiro de Maio. Foi então que aconteceu algo de que eu não me dera conta por completo naquele momento, mas que mais tarde, na secretaria da escola, ficou claro para mim que não havia sido puramente acidental. No exato momento em que eu estava colocando mais uma pedra para prender a folha de papel com o último alvo, ouviu-se uma saraivada de tiros do outro lado da trincheira. "Ta, ta-ta, ta-ta-ta" ecoou no vale. Era uma das sequências de tiros do tipo um-dois-três.

— Mais rápido! — gritou Elka. — Desça logo daí, porque já está começando!

Compreendi que tinha que sair da linha de tiro antes da sequência seguinte, pois Weiser estava pronto para atirar e apenas aguardava pela série seguinte do outro lado, que deveria ocorrer em menos de dez segundos. Portanto, eu dispunha de apenas dez segundos para descer do aterro, correr ao longo dele por uma trilha estreita até o fim e atravessar o vale para não correr o risco de ser atingido por uma bala. Corria o mais que podia, mas não havia ainda percorrido metade do caminho quando recomeçou o tiroteio do outro lado. Teria Weiser achado que eu já estava suficientemente afastado do alvo e que ele, sendo o melhor de nós todos, já podia atirar? Foi o que pensei alguns segundos depois, quando senti um leve beliscão no meu tornozelo esquerdo, logo acima do calcanhar, achando que uma folha de cardo ou uma pedra haviam perfurado minha pele. Mas, no momento seguinte, encontrei-me no chão e sem condições de me erguer e dar um passo. Meus colegas saíram de sob as samambaias e, deixando as armas para trás, foram correndo em minha direção.

— Foi um ricochete! — gritava Weiser. — Um ricochete! Não se mexa!

Momentos depois, já estavam do meu lado.

Elka tirou minha sandália e Weiser levantou minha perna para examiná-la. Efetivamente, a bala ricocheteara, raspando o meu pé e arrancando um pedaço de carne, mas sem penetrar.

— Bem — falou Weiser. — O osso está intacto. Temos que fazer um curativo para evitar uma inflamação.

— Estamos longe de casa — observou Elka —, e aqui não tem nem água oxigenada!

Fiquei olhando o meu sangue escorrer sobre a areia, formando pequenos torrões de barro escuro. Não pude dar sequer um passo sem a ajuda de Piotr e Szymek, que ficaram me apoiando — um de cada lado.

— Para a olaria! — ordenou Weiser, e todos nós nos sentimos como se estivéssemos numa guerra de verdade.

Do outro lado do parapeito chegavam até nós o som da salva seguinte e o zumbido de balas que perfuravam os alvos e afundavam na areia, enquanto eu estava realmente ferido e o meu pé doía terrivelmente. Dirigimo-nos à olaria, com Weiser caminhando na frente, seguido por mim, mancando e sustentado por Piotr e Szymek. Nossa coluna era fechada por Elka, que ficara para trás, pois Weiser lhe ordenara recolher os alvos e a submetralhadora envolta num pano de juta.

No porão da olaria o ar era mais fresco e por um instante minha dor pareceu abrandar — mas só por um instante, pois quando Elka tocou o meu calcanhar, eu berrei:

— O que você está fazendo, sua louca?!

E ela recuou imediatamente, assustada também pelo meu ferimento, que continuava sangrando bastante. Piotr e Szymek deitaram-me sobre uma grande caixa de madeira, e Weiser examinou a ferida.

— Está suja de areia — disse ele. — E isso não é bom. Vou precisar de água.

Ao que Elka saiu correndo para buscá-la, enquanto ele abria uma caixa e pegava um fogareiro a álcool.

— A água é só para fazer uma limpeza superficial — falou Weiser, para ninguém em particular. — Depois vamos ter que cauterizar o ferimento.

Depois do fogareiro, Weiser tirou da mesma caixa uma baioneta alemã quebrada — mais um dos seus achados. Elka trouxe a água e, com a ajuda de um lenço, lavou a ferida.

— Está doendo? — perguntou.

Mas eu não respondi, pois toda a minha atenção estava concentrada no que fazia Weiser: ele acendera o fogareiro e banhava a lâmina da baioneta na chama azulada.

— É a única maneira — dizia, sem tirar os olhos da chama — de evitarmos uma gangrena. Não tem outro jeito.

Szymek agarrou-me na altura das costelas e apertou meu corpo contra o tampo do caixote; Piotr pegou a minha perna direita — a boa — e segurou com força para que eu não me mexesse. Enquanto isso, Weiser colocava a barriga da minha perna esquerda debaixo de sua axila e, agindo como um profissional de medicina, dava início à intervenção cirúrgica. Como ele tinha que erguer o meu pé para perto da luz, pude ver sua mão o tempo todo enquanto ele trabalhava com a baioneta.

— Esta Schmeisser — falou calmamente, enfiando a ponta da baioneta no ferimento — já não presta para mais nada. Eu sabia que ela desviava um pouco a trajetória do projétil, mas um desvio desses é intolerável.

Foi assim mesmo que ele se expressou: "intolerável". E logo depois, quando a lâmina penetrou ainda mais fundo na ferida, acrescentou:

— Vai virar sucata. Vamos tirar a trava, o carregador e o percussor, e jogar o resto fora.

Para quem ele dizia aquilo? Todos, assim como eu, permanecíamos em silêncio, enquanto um fedor de carne queimada empestava o ambiente.

— Pronto — falou novamente, colocando a baioneta de lado. — Agora Elka vai fazer um curativo com um lenço, e daqui a pouco vocês poderão acompanhá-lo até em casa.

Elka cumpriu a instrução, enrolando delicadamente o meu pé com um pano umedecido, embora não precisasse ter sido tão atenciosa, pois desde o momento em que Weiser retirara a lâmina da ferida eu deixara de sentir qualquer dor, como se não tivesse um pé ou que ele não fosse meu, ou feito de madeira.

— Eu vou ficar aqui ainda por algum tempo — anunciou Weiser, e, virando-se para Elka, acrescentou: — Quanto a você, pode ir com eles.

E quando já estávamos começando a subir as rangentes escadas, reteve-nos ainda por um momento:

— Você vai ter que permanecer em casa por alguns dias — disse para mim. — Se perguntarem o que aconteceu, diga que você pisou num arame enferrujado. Sim, na farpa de um arame enferrujado — repetiu calmamente. — E agora, podem ir.

Não lembro mais qual foi exatamente o caminho que tomamos para retornarmos. Talvez tenha sido o de costume, pela colina de sobre o estande de tiro do Exército, ou pela clareira cheia de rochas — razão pela qual a apelidamos de pedreira. Já então as palavras de Weiser me soaram estranhas. A submetralhadora que usamos estava perfeita e não desviava a trajetória dos projéteis, tanto que eu, mesmo sendo tão ruim de pontaria, acertara cinco tiros no M-ski na minha vez. E mesmo se a desviasse, segundo os princípios de balística seria para cima ou para baixo, nunca para os lados.

"Você vai ter que permanecer em casa por alguns dias." Lembrei-me de sua frase quando já estava na secretaria da escola e de repente compreendi que Weiser fizera aquilo intencionalmente, para eu não estar junto dele nos dias seguintes, e assim eu tomaria ciência de tudo apenas pelos relatos de Piotr e de Szymek. Weiser me afastou de propósito — e não foi por causa da minha fraca pontaria. Talvez ele quisesse me alertar. Mas alertar do quê?

De qualquer modo, meu pé causou-me muitos problemas até o fim das férias, e mesmo agora, quando estou escrevendo e olho para a minha meia, sei que 2 centímetros abaixo do meu tornozelo há uma cicatriz resultante da cauterização do ricochete de Weiser. Também sei que cada vez que o vento da baía muda de direção eu sinto uma leve fisgada no meu pé esquerdo e que jamais poderei esquecer tudo que aconteceu no vale atrás do estande de tiro. Nem esquecerei Weiser, nem todos os dias do asfixiante calor daquele verão, quando a estiagem esvaziava os campos, a baía fedia a sopa de peixes podres, o bispo e todos os párocos com os seus fiéis imploravam a Deus por um pouco de chuva, as pessoas viam cometas em forma de cabeça de cavalo, Asas Amarelas escapava do manicômio e fugia da polícia, os pedreiros transformavam a capela evangélica num cinema em frente ao bar Liliput e os homens do nosso prédio encantavam-se com os discursos de Władysław Gomułka, afirmando que os trabalhadores jamais tiveram — e jamais tornariam a ter — um líder como ele.

Tudo aquilo que meus olhos viram e minhas mãos tocaram está contido naquela cicatriz de 1 centímetro de comprimento e 0,5 de largura. E é ela que costumo tocar com os dedos toda vez que perco o fio da meada ou me indago se tudo aquilo aconteceu de fato; se tudo foi real, assim como foram reais os paralelepípedos da nossa rua, a loja de Cyrson, a fedorenta salsicharia e as casernas junto das quais jogávamos futebol — ou quando imagino que tudo não passou de um sonho; o sonho de um garoto sobre sua própria infância, sobre um temível professor de ciências naturais, ou ainda sobre um menino insólito e obcecado por estranhas manias, neto de um alfaiate chamado Abraham Weiser.

Sim, é exatamente nessas horas que me inclino sobre meu pé esquerdo, acaricio a cicatriz com os dedos da mão direita e me convenço de que Weiser existiu de fato, de que as explosões no vale foram de verdade, e de que nada — uma frase, um acontecimento naquele ano ou um detalhe daquela investigação — foi inventado. Volto a ver o padre Dudak com seu incensório dourado, sinto o cheiro de âmbar queimado e ouço "Salve Jesus, Filho de Maria, Tu és Deus Verdadeiro na Hóstia Sagraaaada". E vejo Weiser emergindo repentinamente daquela nuvem acinzentada cheirando a misericórdia e eternidade. Vejo-o olhando para tudo aquilo com seus olhos fixos, e depois ouço: "David, Davizinho, não participa das aulas de religião!" E sua camisa quadriculada flutua no ar, Elka luta como uma leoa, e nós não conseguimos compreender patavina.

Aliás, existirá algo sobre o qual é possível dizer "compreendi"? Existirá algum ponto nesta história que pode ser "compreendido"? Será que consigo compreender, por exemplo, o motivo pelo qual Weiser afastou-me dele por algum tempo? Ou como Piotr, descansando debaixo da terra, pode conversar comigo? Como não há uma teoria que possa esclarecer esses pontos, a única coisa que me resta é continuar o meu relato.

Sim. Se Weiser, movido por algum motivo conhecido somente por ele, quis me manter por um determinado tempo em casa, ele conseguiu atingir plenamente o seu intento. Embora eu não tenha tido febre, já no dia seguinte meu pé inchou como um balão e um bocado de pus juntou-se na ferida. Mamãe levou-me a um médico, que lavou o ferimento e recomendou aplicações de compressas e repouso completo. Tive, então, que passar dias inteiros descascando batatas, cuidando da cozedura do macarrão e ouvindo minha mãe reclamar do meu pai e de todos os homens em geral — pois era esse o tipo de mãe que eu tinha: bondosa e reclamona. De acordo com ela, meu ferimento fora um castigo por desobediência e por vagabundagem diária fora de casa. Para piorar as coisas, o rádio da nossa casa ficava ligado o dia inteiro, e ao descascar batatas ou preparar a massa do macarrão — atividades que eu detestava por serem tipicamente de mulheres — soavam na cozinha músicas de bandas folclóricas de Opoczne ou Lowicz; e quando elas cessavam finalmente, eram substituídas por árias de *Boris Gudonov* ou *La Traviata*, árias chatas, compridas e pesadas, mescladas vez por outra com fragmentos de alguma abertura. Eu sentia muito não termos um rádio como o do Sr. Korotek, que permitia mudar de estação. No nosso, o máximo que se podia obter com o único botão de controle era baixar o volume dos agudos trinados de uma cantora popular ou do possante barítono de um cantor russo. Mamãe não permitia que o rádio fosse desligado, pois havia momentos em que era transmitida uma música para dançar ou, embora mais raramente, alguns trechos de jazz americano. Nessas horas, ela colocava o volume no máximo, tirava das minhas mãos o rolo de pastel ou a faca de descascar batatas e fazia o trabalho ela mesma, executando ao mesmo tempo uns passos de dança e cantarolando sorridente e feliz como nunca. Eu sabia que mamãe adorava dançar, mas não me lembro de meu pai alguma vez tê-la levado a um baile. Ele costumava voltar do trabalho invariavelmente cansado; jantava e logo após o segundo prato adormecia sobre o jornal. Aos domingos, assim que retornava da igreja, deitava-se na cama e podia permanecer dormitando o dia inteiro, a não ser que algum amigo ou vizinho fosse chamá-lo para irem ao Liliput.

E assim, fiquei entediando-me à beça, principalmente porque o único livro na nossa casa — além do livro de receitas da minha mãe — era, inexplicavelmente, *A boneca*, de Prus,* que eu abandonei logo após o primeiro capítulo, sem me interessar pelo que viria em seguida. Morria de curiosidade de saber o que os outros estavam aprontando, mas mamãe não permitia que eu ficasse horas a fio na janela, de modo que nunca tive a oportunidade de chamar Piotr ou Szymek caso os visse atravessando o pátio. Quanto a eles, passaram dois dias sem dar sinal de vida, como se Weiser tivesse lhes proibido de vir ao nosso apartamento. E foi somente no terceiro dia que Piotr bateu à nossa porta. Tivemos que sussurrar, pois nosso apartamento resumia-se apenas a quarto e cozinha, e minha mãe percorria os dois espaços, cozinhando e passando roupa ao mesmo tempo.

— Ontem ele nos mostrou um novo truque — dizia Piotr, mas sem grande entusiasmo.

— O que foi que ele fez?! — exclamei, mal conseguindo me conter.

— Nada de mais... Algo com carvões em brasa...

— Que carvões? Que brasas?

— Tínhamos acendido uma fogueira...

— Onde? — interrompi-o rudemente.

— Perto da olaria, naquela clareira perto da floresta de aveleiras.

Bombardeado pelas minhas perguntas, Piotr acabou contando que começaram o dia disparando no porão com os revólveres russos Nagan, o que se revelou bem mais com-

*Boleslaw Prus, pseudônimo de Aleksander Głowacki (1847-1912), um dos mais importantes escritores poloneses do século XIX, cujas principais obras foram *O faraó* (publicado pela Civilização Brasileira em 2012) e, precisamente, *A boneca*. (*N. do T.*)

plicado do que atirar com a Parabellum ou a Schmeisser, já que seus "coices" eram mais violentos, o que dificultava acertar o alvo.

— Depois — continuou Piotr —, Weiser nos falou de uma fogueira e, ao anoitecer, reunimo-nos no lugar combinado. Uma vez lá, Weiser nos disse que sabia que nós o tomáramos por um maluco quando o vimos dançando e flutuando no porão da olaria, mas que ele não tinha ficado chateado, porque se fosse ele a ter visto aquilo, também teria pensado o mesmo. Só que ele queria que nós soubéssemos que tudo aquilo não eram maluquices, mas o seu preparo para se tornar um artista de circo.

Não acreditei no que ouvia.

— Um artista circense — repetiu Piotr, comendo cerejas que mamãe trouxera num pratinho de cerâmica. — Ele decidiu fugir da escola assim que aperfeiçoar uns truques sensacionais, pois acha que qualquer dono de circo o receberá de braços abertos, mesmo sem o comprovante de conclusão do curso secundário... e que Elka será sua assistente.

— E o estande de tiro? E as explosões? E as armas? E o sequestro do navio? E o levante? E os *partisans*? Aquilo tudo foi para nada?!

— Acalme-se — falou Piotr, cuspindo caroços de cereja na mão em concha. — Nós lhe perguntamos isso, e ele respondeu que ficou atirando só por farra e que talvez acabaria aproveitando algo daquilo num dos seus números no circo. Depois ele nos mostrou um truque com brasas: tirou carvões incandescentes da fogueira, arrumou-os na grama e, descalço, ficou andando sobre eles para cima e para baixo, sem soltar um ai sequer. E quando terminou e nos mostrou as solas dos seus pés, não tinha nem sinal de queimadura. Que cerejas deliciosas! Será que você tem mais algumas?

Fui até a cozinha e peguei um escorredor cheio de cerejas — as últimas daquela estação do ano.

— E ela ficou tocando algum instrumento enquanto ele caminhava sobre as brasas?

— Não — respondeu Piotr com a boca cheia de cerejas. — Ela ficou tagarelando o tempo todo, nem parecia estar impressionada, já deve tê-lo visto fazer aquilo antes.

— E quanto a ele? Não disse mais nada?

— Nada. E o que você queria que ele dissesse, se estávamos boquiabertos diante do que víamos? Uma coisa dessas só pode ser feita por faquires... e ele consegue!

— Então por que ele não vai logo para um circo? Com o que ele já sabe, seria aceito imediatamente. Você está lembrado da pantera no zoo?

— Aham — murmurou Piotr, voltando a cuspir os caroços de cereja, dessa vez num pratinho.

— Quem sabe se ele não está preparando alguma coisa ainda mais espetacular?

Piotr deu de ombros.

— E como eu poderia saber? — falou. — Os artistas são imprevisíveis.

— E como você sabe disso?

— De ouvir falar — respondeu ele, cuspindo os últimos caroços.

Em seguida, Piotr levantou-se, disse "tchau" e foi embora, sem nem mesmo comentar o que eles estavam planejando.

Quanto a mim, passei o resto do dia imaginando como ficaria Weiser de fraque, com um chicote na mão e domando leões selvagens — ou, melhor ainda, uma pantera-negra — à luz de refletores e inclinando-se diante da plateia em meio a uma tempestade de aplausos. Aquilo poderia ser realmente lindo, com Elka num vestido coberto de lantejoulas brilhando como diamantes. Ela poderia estar segurando aros em chamas ou enfiando a cabeça dentro da bocarra do mais feroz dos leões, com o que os espectadores prenderiam a respiração e algumas velhinhas desmaiariam. Weiser conseguira enrolar-nos direitinho, porque acreditamos piamente nos seus planos e tomamos a sua última performance — a de caminhar sobre brasas — como uma confirmação das suas palavras. Quem poderia ter imaginado que aquilo não passara de um embuste? Não estou me referindo aos seus pés descalços pisando em carvões incandescentes, porque aquilo foi inquestionavelmente verdadeiro; mas ao desvio dos nossos olhos para uma direção totalmente diversa.

O relógio da secretaria marcava 11 horas. Recuperei o meu sentido do tempo. A porta do gabinete foi aberta repentinamente e ouvi a voz de M-ski dizer meu sobrenome.

— Sente-se — rosnou o homem de uniforme. — Quanto a você — falou virando-se para Szymek —, volte para o seu lugar!

— E então? — M-ski partiu logo para o ataque. — Por que somente Korolewski escreveu no seu depoimento que vocês queimaram numa fogueira um pedaço de vestido vermelho? Por que nem você nem o seu colega mencionaram tal fato?

— Fiquei com medo, professor.

— Ficou com medo?

— Sim.

— Então diga-nos onde vocês acharam aquele maldito pedaço de pano.

— No vale, logo atrás do estande de tiro, senhor professor. No mesmo lugar onde Weiser fazia suas explosões.

— Isso nós já sabemos — falou o diretor, num tom mais suave. — O que queremos agora é que você nos indique exatamente aquele local. Faça um esforço mental. Lembre-se, e tudo acabará bem.

Ao dizer isso, o diretor brincava com a ponta da sua gravata, que já não mais lembrava um jabô jacobino nem um pano molhado, mais parecendo o laço de uma corda com um nó corredio.

— Vamos, lembre-se — repetiu o de uniforme.

— Próximo das samambaias.

M-ski soltou uma risada seca.

— A quem você quer enganar? Naquele vale tem mais samambaias do que árvores!

O de uniforme desenrolou um mapa do vale sobre o tampo da escrivaninha do diretor.

— Chegue aqui — falou —, e mostre exatamente o local!

Que mais poderia eu fazer? Não tendo a mais vaga ideia do local que lhes mostraram Piotr e Szymek, escolhi um ponto próximo à cruzinha que indicava o ponto no qual Weiser colocava suas minas.

— Você está mentindo! — gritou ele. — Está mentindo de novo, assim como mentem os seus colegas! Vocês não passam de uns mentirosos, e eu já vou... — E estendeu o braço na minha direção para me agarrar pela orelha, mas o diretor o deteve com um gesto brusco.

— Um momento, colega. Perguntemos a ele onde eles fizeram a fogueira na qual queimaram aquele pedacinho de pano.

— Aquilo não foi um pedacinho de pano — falei, deixando todos espantados e aguardando pelo que eu diria em seguida. — Não foi um pedacinho de pano, senhor diretor, mas um grande pedaço de vestido!

— Korolowski escreveu claramente "pedacinho de pano"; portanto, se aquilo não era um pedacinho de pano, o que era? — perguntou o de uniforme, aproximando o rosto tanto do meu que pude ver gotas de suor escorrendo pela sua fronte. — Vai nos dizer agora que era um vestido inteiro?

— Não, senhor; não era um vestido inteiro, mas um pedaço dele, um pedaço tão grande... quanto este mapa — respondi, gesticulando com as mãos para lhes descrever quão grande fora aquele pedaço de vestido que ninguém jamais vira, já que Elka não explodira no ar.

— Se o pedaço do vestido era tão grande — observou o policial —, então deve ter havido também pedaços do corpo; e nem Korolewski nem vocês dois falaram disso.

— E então; havia ou não havia pedaços do corpo?! — rosnou M-ski. — Só não tente nos enrolar mais uma vez!

— Não. Só esse pedaço do vestido — respondi, feliz por tê-los deixado confusos.

Mas eles não caíram no meu engodo, e voltaram ao ataque:

— Grande ou pequeno, tanto faz — falou o diretor. — Você não nos falou o principal: onde foi que o queimaram?

— Perto do aterro ferroviário.

— Qual aterro?

— Aquele sobre o qual não passa nenhum trem.

— Em que lugar do aterro?

— Perto da ponte destruída.

— Você está enrolando de novo — falou M-ski, chegando perigosamente perto. — Há várias pontes destruídas. Especifique claramente qual delas.

— Daquela que fica atrás da Igreja de Bretów; onde o aterro atravessa a estrada para Rebiechów.

— Basta! — gritou M-ski. — Chega dessas mentiras! Seus colegas disseram outra coisa!

Em seguida, ele agarrou as minhas duas orelhas e ergueu-me do chão, e eu fiquei levitando como Weiser no porão da olaria desativada.

— Por quanto tempo você vai continuar mentindo? Havia lá algo mais do que apenas um vestidinho, não é verdade? Onde vocês enterraram os restos mortais da sua colega? — indagava, ora me erguendo, ora abaixando, enquanto eu, sem saber o que responder, apenas gritava:

— Solte-me, por favor! Largue-me!

Não acredito que tenha sido em função dos meus pedidos, mas o fato é que M-ski acabou me soltando, provavelmente por ter ficado cansado. Empurrou-me contra a parede, onde pude recuperar a respiração.

— Mão para a frente com a palma para cima! — ordenou arfando. — Talvez isso possa lhe refrescar a memória.

Ato contínuo, o professor tirou da gaveta um pedaço de mangueira — o mesmo que servia para manter a ordem nas aulas de ciências naturais.

— Aproxime-se — falou, mas eu permaneci onde estava. — Vamos, venha cá! Está com medo?

Continuei parado junto da parede.

— E então? — perguntou o de uniforme. — Você vai nos contar tudo ou não vai?

— Mas eu já disse aos senhores tudo o que tinha a dizer — falei fungando, pois, apesar dos meus esforços, lágrimas começaram a escorrer pela minha face.

Mas tal visão serviu apenas para enfurecer M-ski ainda mais. Ele se aproximou de mim, abriu a minha mão como se fosse a de uma criança e desferiu cinco golpes que soaram como batidas de cascos de cavalos sobre asfalto molhado.

— Fale!

— Foi exatamente lá onde vimos o senhor à beira do Strzyz.

— Onde? — perguntou o diretor.

— Na margem do Strzyz; aquele riacho que passa por baixo do aterro ferroviário.

M-ski ficou imóvel, mas só por um instante. Suas bochechas ficaram vermelhas.

— Eu costumo ir até lá para caçar borboletas — falou para os demais —, mas isso não tem nada a ver com esse caso!

E voltou a pegar na minha mão, mas consegui preveni-lo a tempo.

— Naquele dia o senhor não levava a rede de caçar borboletas — falei —, nem aquela caixinha para recolher amostras de grama.

O tubo de borracha ficou parado no ar e não desabou sobre a palma da minha mão. M-ski olhou para mim de forma ameaçadora, mas com um quê de temor.

— Tem certeza disso?

— Sim, senhor professor — respondi; e sorri descaradamente, porque embora o de uniforme e o diretor não suspeitassem de nada, as cartas haviam sido postas na mesa, mesmo que parcialmente.

— Muito bem — disse M-ski. — Vamos refletir sobre isso.

Em seguida, virando-se para os outros dois, completou:

— E agora, façamos um intervalo para tomarmos um chá.

Quando retornei à secretaria, sentindo pela primeira vez o nauseante sabor de chantagem misturado com lágrimas, o zelador ergueu-se de um pulo.

— E então? — indagou ao de uniforme. — Tudo concluído?

— Ainda não — respondeu aquele. — Traga uma chaleira com água, por favor; quanto a vocês — isso para nós —, nada de conversas.

O zelador sumiu com a chaleira e nós pudemos ouvir seus passos arrastados pelo corredor deserto, sendo que os outros deixaram a porta entreaberta para que não pudéssemos conversar entre nós. Se nos esforçássemos, conseguiríamos ouvir tudo o que eles falavam, mas, desta vez, não tiramos proveito dessa oportunidade.

— En-con-tra-do per-to do gran-de car-va-lho — sussurrou Szymek. — Quei-ma-do, na ped-rei-ra, às 6 da tar-de da-que-le mes-mo dia.

Com isso, o detalhe principal fora estabelecido antes de o zelador retornar. O que Szymek dissera fora muito bem pensado e, efetivamente, parecia fazer sentido. Era impossível não ver o grande carvalho no vale; e se partirmos do princípio de que Elka fora destroçada pela explosão, então um pedaço do seu vestido poderia facilmente ter voado até ali. Não sabíamos o que fazer com ele, e como na pedreira distante quarenta minutos de uma caminhada rápida desde o vale havia realmente um lugar destinado a fogueiras pelas autoridades florestais, nada mais lógico que nós termos ido até lá... E o fogo consumiu o pedaço de pano vermelho.

O zelador retornou com a chaleira e sumiu por um instante no interior do gabinete.

— Eu o a-chei jun-to dos ar-bus-tos — continuou a sussurrar Szymek. — Vo-cê o le-vou no seu bol-so — isso foi para mim — e Piotr o a-ti-rou na fo-guei-ra. De-pois, fo-mos pa-ra ca-sa.

Quando me lembro hoje daquela cena, acredito que foi o mais belo sussurro cênico que ouvi em toda a minha vida. Havia apenas um detalhe que nos deixara intrigado: por que eles, contrariamente às vezes anteriores, despacharam o zelador para buscar a água em vez de um de nós? Ao nos deixarem a sós, sem a presença do zelador, poderíamos facilmente ajustar as nossas versões, mesmo com a porta do gabinete entreaberta — e eles tinham plena consciência disso. Por que teriam agido assim? Teria sido por quererem concluir a investigação a qualquer custo? Tratar-se-ia de uma intriga de M-ski? Fiquei pensando em M-ski durante todo o tempo em que eles tomavam chá, enquanto nós, sentados em cadeiras dobráveis que machucavam nossos traseiros, permanecíamos na secretaria.

M-ski estava numa saia justa e sabia do que se tratava. E assim, a disputa investigativa travada entre nós passou repentinamente a ser apenas entre mim e M-ski. E embora eu nunca tenha contado a Piotr e Szymek sobre a chantagem — a primeira da minha vida —, essa disputa continuou por anos a fio. Continuou mesmo após eu ter concluído os estudos e após a morte de Piotr, e, para ser sincero, acredito que possa ainda estar perdurando — já numa outra época e num outro ambiente.

Quando terminei a escola, M-ski continuou sendo professor de ciências naturais e o substituto do diretor em questões disciplinares. Mais tarde, depois de 1970, quando os dois homens de Estado assinaram aquele acordo descrito como "histórico" pelos jornais alemães e poloneses,*

*O Tratado de Varsóvia, de 7 de dezembro de 1970, assinado pelos dois premiers: o polonês Józef Cyrankiewicz e o alemão Willy Brandt, pelo qual as fronteiras entre a Alemanha e a Polônia acertadas pelos Aliados ao término da Segunda Guerra Mundial foram consideradas definitivas. (*N. do T.*)

quando muitas pessoas partiram em definitivo para o país de Georg Wilhelm Friedrich Hegel, fui informado de que M-ski fora um deles. Naquela ocasião dei de ombros, achando que nunca mais o veria, mas me enganei. Durante a minha visita a Elka, sobre a qual já escrevi que também era uma disputa — só que referente a Weiser —, durante aquela visita, já no seu fim, M-ski apareceu inesperadamente, como se nada pudesse acontecer sem seu envolvimento.

Eu havia deixado Elka deitada no grande quarto do andar térreo e ido ao quarto em que eu me instalara. Meus braços não eram mais as asas do Ilyushin 14, enquanto os membros restantes não lembravam em nada a brilhante fuselagem que erguia o vestidinho vermelho. Ao lado da cama havia um pequeno televisor portátil. Liguei-o e, sem prestar atenção ao programa que estava sendo exibido, fiquei vestindo, resignado, o pijama de Horst. Foi quando vi na tela o sorridente rosto de M-ski respondendo às perguntas de um repórter.

— Por que o senhor levou tanto tempo para se decidir a voltar à sua pátria? — perguntava o jornalista.

— Ah, isso não é tão simples assim — respondia o rosto. — De modo geral, eu descreveria os motivos como sendo políticos.

— Com que o senhor se ocupava na Polônia?

— Com pesquisas científicas — dizia o rosto. — E, por necessidade, dei aulas numa escola.

— Por que "por necessidade"?

— Porque as minhas pesquisas, nas quais eu destacava a singularidade da flora e da fauna das florestas em torno de Gdansk — falou o rosto, meio crispado —, não eram divulgadas nem tiveram o merecido reconhecimento.

— E o senhor publicou o resultado das suas pesquisas após o seu retorno?

— Infelizmente — respondeu o rosto, mostrando sinais de impaciência e irritação —, meu manuscrito me foi confiscado na fronteira.

— Por quê?

— Temo que tenha sido novamente por motivos políticos — respondeu descaradamente o rosto.

— E com que o senhor se ocupa no presente?

— No presente... — o rosto pareceu meditar por um instante — no momento eu ensino matérias profissionais numa escola de horticultura.

— E o senhor não teve dificuldade em continuar com suas pesquisas científicas?

— Oh, não! — O rosto sorriu, como num anúncio de Coca-Cola. — Não tive dificuldade alguma!

— E em que consistem suas pesquisas, se é que posso perguntar?

— Conduzo observações — falou o rosto, adotando uma expressão séria — sobre as espécies em extinção das borboletas na Baviera Superior.

— E os resultados das pesquisas do senhor serão publicados?

— Sim — respondeu o rosto —, em breve.

Já estava pronto para desligar o televisor e fazer sumir aquele rosto — pelo menos naquela noite — quando surgiu na tela o rosto do chanceler Willi Brandt. Discursava no Bundestag,* polemizando com as teses do Partido Verde.

— O senhor nem pode imaginar — falei em voz alta, embora não houvesse ninguém no quarto — que tipo de aliado o senhor arrumou.

E desliguei o aparelho, temendo que repentinamente saltasse dele o mesmo rosto dos anos distantes, acrescido de bigodes pintados por Weiser.

Aquela descoberta acabou comigo de vez. No dia seguinte, já em Munique — na casa do meu tio, que além da casa tinha um belo jardim, um automóvel e nada mais —, voltei a pensar no que poderia ter motivado aquela senhora com a aparência de uma discreta dona de casa a dar tantos tapas no rosto de M-ski. Aquela imagem me deixa intrigado até hoje, pois se M-ski passa os verões caçando borboletas na Baviera Superior ou Inferior, na certa ele deve marcar encontros com donas de casa bávaras e, assim como lá na beira do Strzyz, fica parado junto de um riacho montês que abafa o som das bofetadas desferidas por uma robusta alemã.

O que veio em seguida? Acreditamos na história da carochinha contada por Weiser. Se ele não queria ser um líder revolucionário nem um pirata, por que não poderia tornar-se um artista de circo? O meu sonho parecia apenas confirmar isso; pelo menos, era assim que eu pensava naquela época. Weiser parecia ser a pessoa mais adequada

*O Parlamento alemão. (*N. do T.*)

para domar feras, mas para quê ele precisaria de todos aqueles efeitos pirotécnicos e do arsenal que ele acumulara no porão da olaria desativada? Eis algo que eu não conseguia compreender, já que as duas coisas não combinavam de forma alguma. E assim, eu acreditava e confiava apenas parcialmente e, sem compartilhar minhas dúvidas com ninguém, ia assistir às explosões seguintes no vale atrás do estande de tiro. Após cada uma dessas expedições, a ferida no meu pé voltava a ficar inflamada, causando acessos de fúria na minha mãe e aumentando sua vigilância para que eu não saísse de casa.

Não descreverei de novo as explosões; foram como as que descrevi. Nada mais posso acrescentar, já que nada ocultei e nada esqueci de mencionar. E quanto a Weiser? Além de preparar novas explosões, ficou ensinando tiro ao alvo a Piotr e Szymek no porão da olaria. Entediado em casa, eu sabia o quanto eles se divertiam, mas evitava sair — não tanto por medo da minha mãe, mas de o meu pé piorar ainda mais e dificultar a possibilidade de uma escapadela futura, quando, informado de véspera por Piotr ou Szymek, eu sabia que haveria uma nova explosão.

Passou-se um bocado de tempo e, num determinado dia, vi no céu as primeiras nuvens. Embora elas não indicassem uma mudança nas condições meteorológicas, pude permanecer por horas a fio na janela e, com o queixo apoiado nas mãos, seguir com os olhos suas sutis mudanças de formato, num céu da cor de água-marinha. As notícias trazidas por Piotr e Szymek eram sempre as mesmas — a sopa de peixes na baía ficara mais rala e a areia já não estava mais repleta de corpos em decomposição, mas ainda não havia qualquer possibilidade de se pensar em dar um mergulho. Um garoto que ousou enfiar o pé na água logo o retirou, com repugnância e nojo. As gaivotas começaram a morrer em massa, e os encarregados do serviço sanitário recolhiam seus cadáveres formando pilhas que mais pareciam montículos de neve. Depois, eles eram levados junto com os dos peixes para fora da cidade e queimados num aterro sanitário. Os pescadores de Jetlików entraram com uma ação demandando uma compensação pelos prejuízos, mas ninguém estava em condições de dizer algo de concreto. Em Bretów, Asas Amarelas voltou a aparecer e, desfilando entre as casas com o nosso capacete enferrujado na cabeça, causou grande comoção. Mas, assim como da outra vez, não conseguiram agarrá-lo. Ele não passava mais as noites na nossa cripta, de modo que devia ter arrumado outro esconderijo. Além disso, no vale, do outro lado do aterro e logo atrás do cemitério, apareceram uns homens munidos de estacas que se puseram a medir o terreno, dividindo-o em lotes demarcados por cercas de arame farpado. Quando um lote já estava devidamente cercado, apareciam outros homens que, usando tábuas, madeira compensada ou papel betumado, construíam barracos e casinholas. Eles demonstravam grande contrariedade caso alguém vagasse por perto, talvez por guardarem pás, forcados e enxadas naquelas rústicas construções, ou — como estava convencido Piotr — por serem pessoas más por natureza e mal-educadas desde nascença.

Em Gdansk, na rua Dlugi Targ, foi instalada a linha de um "bonde histórico" puxado por uma parelha de cavalos.

O bilhete custava meio *zloty*, e Piotr e Szymek viajaram nele sem Elka nem Weiser, que, naquele dia, haviam sumido sem deixar vestígios. Perguntei aonde eles poderiam ter ido — para o aeroporto ou para a olaria —, mas além da informação de que Elka portava consigo aquele mesmo instrumento musical com o qual acompanhara a dança de Weiser, Piotr e Szymek não sabiam dizer mais nada. Szymek achava que Weiser estava preparando um novo número de circo e que iria apresentá-lo a nós em breve. Hoje já sei que Weiser não tinha nada daquilo em mente, pois nunca pretendera de fato ser um artista de arena. Mas naqueles dias nós podíamos acreditar piamente em tudo que ele dizia e ficar admirando com calma seu arsenal ou, como Piotr e Szymek fizeram naquele dia, viajar ao longo da rua Dlugi Targ no bonde histórico, cada um pagando meio *zloty* pelo bilhete. Outra novidade consistia no fato de o chafariz de Netuno não soltar sequer uma gota d'água e o Sr. Korotek ter sido multado por atravessar em diagonal uma rua na qual fora instalado havia pouco um sinal luminoso. Como de costume, ele chamou os policiais de moleques e quase foi levado para a delegacia. Havia algo mais a contar? Ah, sim. Na rua vizinha à nossa foram instaladas novas lâmpadas elétricas, enquanto as lanternas antigas — a gás — iriam virar sucata. O Liliput ficou fechado por três dias após a última briga dos pedreiros com os soldados que costumavam escapar às escondidas do quartel próximo. O novo cinema iria se chamar Znicz e, segundo diziam, iria ter uma tela panorâmica, algo que o atual — Tramwajarz — não tinha.

Durante todo o tempo em que permaneci retido em casa, Weiser não me visitou uma só vez, sendo que nas ocasiões em que eu conseguia escapar e ir ver suas explosões, ele nunca disse uma palavra sequer sobre o buraco no meu pé, nem sobre o que aconteceu naquele dia. O tempo se arrastava calma e preguiçosamente no decurso daquele verão escaldante, onde a poeira junina, o pó de julho e a sujeira de agosto não foram eliminados uma só vez das folhas por gotas de uma chuva tão almejada por todos. Por falta de outra ocupação, fiquei desenhando nas páginas do meu caderno tudo que me vinha à cabeça. Uma delas continha a figura de Asas Amarelas de pé sobre o telhado de uma casa da Cidade Velha e com uma floresta de tílias às suas costas, enquanto sobre a cidade e as cabeças das pessoas acumuladas na calçada passavam esquadrilhas de aviões, todas em formação que lembravam as de cegonhas. Outra era preenchida com a imagem de Weiser planando sobre a baía montado numa pantera-negra; os pescadores caíam de joelhos, enquanto suas esposas escondiam as cabeças de tanto pavor. Outra ainda representava o Sr. Korotek rolando pelo pátio uma garrafa de vodca do tamanho de um barril, da qual ratos fugiam para a lata de lixo mais próxima. Desenhei M-ski, junto com o padre Dudak, cujas costas adornei com um par de asas de borboleta — e a quem coloquei dentro da rede do professor de ciências naturais, como mais um exemplar da fauna local. Cheguei a desenhar uma grande paisagem: por cima das montanhas voava um avião em forma de incensório; nós estávamos sentados no centro do quadro, enquanto sobre a cidade, a baía e o cemitério — em vez do sol — brilhava o enorme olho triangular, expelindo raios em todas as direções.

Minha mãe não gostava de me ver inclinado sobre o caderno, pois em vez de flores ou árvores ela via nos meus desenhos apenas coisas malucas — pelo menos era assim que ela chamava o que eu rabiscava. Diante disso, ela interrompia a toda hora os meus esforços artísticos, dando-me mais e mais batatas para descascar ou mais macarrão para ser cozido.

Até que num certo dia — creio que, após o da explosão, foi o quinto em que o meu pé já parecia estar sarado — Szymek bateu à porta do nosso apartamento. Nas mãos, tinha um rolo de papel.

— Você sabe o que é isto? — perguntou. — Vamos, adivinhe rápido!

— Uma bandeira? Uma convocação? Uma proclamação?

— Melhor. — Szymek sorriu. — É um cartaz.

— Ah, é? — falei, sem grande entusiasmo. — E daí?

Szymek não parava de falar enquanto desenrolava o cartaz colorido sobre o sofá:

— Ganhei-o daquele senhor que anda naquela bicicleta velha e cola cartazes. Olhe só que maravilha!

Efetivamente, vi a enorme bocarra de um leão ao lado de uma mulher vestida com trajes berrantes, e embaixo, escrito em letras garrafais: O CIRCO "ARENA" CONVIDA!!!

— Nada mau — falei —, mas o que isso tem a ver conosco?

— O que tem a ver? Tem a ver que amanhã nós vamos ao circo! Deu para entender?

— E os ingressos?

— Elka já foi comprar, inclusive um para você.

— Com que dinheiro?

— Não se preocupe com isso; você paga quando puder.

— Quanto?

— Dez *zloty* para adultos e 5 para cada um de nós.

— E onde vocês arrumaram essa grana toda?

— Já vou lhe contar — disse Szymek, afastando o cartaz e sentando-se no sofá, porque todas as cadeiras estavam ocupadas com roupa de baixo preparadas para serem lavadas. — Hoje de manhã Piotr foi até uma loja de ferragens em Gdansk para comprar pregos para seu pai. Foi quando viu os carros de um circo na praça Zebran. Aí, em vez de ir à loja de ferragens, saltou do bonde na parada seguinte, foi até a praça e examinou tudo: o carro com o leão, as jaulas com animais selvagens, cavalos, acrobatas. Chegou a ver a cartola do mágico, porque quando os carregadores transportavam os materiais, um dos caixotes se abriu e a cartola caiu no chão, perto dele. Aí, o mágico, que tinha toda a aparência de um homem normal, começou a gritar e a xingar os carregadores, chamando-os de incapazes. Tudo aquilo foi visto e ouvido por Piotr, que ficou observando os homens que erguiam a enorme tenda, esticando os cabos de aço e prendendo suas pontas em estacas fincadas no chão. Depois, ele se lembrou dos pregos, foi comprá-los e retornou, contando-nos tudo. E meia hora mais tarde, isso aqui — concluiu Szymek, apontando com o dedo para o cartaz — apareceu colado no poste de anúncios.

— E quanto ao dinheiro? Onde vocês o arrumaram?

— Ah, isso foi muito esquisito — continuou Szymek. — Estávamos parados junto do poste, olhando como aquele homem o lambuzava com cola e grudava o cartaz, repetindo a operação diversas vezes, porque, na verdade, ele cobriu o poste todo com o mesmo cartaz... Estávamos parados, como disse, e comentávamos como seria maravilhoso assistir ao espetáculo circense caso tivéssemos dinheiro suficiente para comprar ingressos para todos, porque eu tinha para o meu, e Piotr também, mas duvidávamos que Elka tivesse e não sabíamos qual era a situação de Weiser... nem a sua. Foi quando apareceu o Sr. Korotek, totalmente sóbrio; ele deve ter ouvido a nossa conversa, porque perguntou: "Quantos vocês são?" E nós respondemos: "Cinco." Aí, ele tirou a carteira do bolso e nos deu 30 *zloty*. "Tomem", falou, "e quando venderem garrafas suficientes, vocês poderão me devolver, mas só se quiserem." Elka foi imediatamente comprar as entradas para amanhã, porque hoje ainda não vai ter espetáculo.

Szymek concluiu o relato num tom triunfante e voltou a enrolar o cartaz.

— Vou pendurá-lo na parede da minha cama — falou. — A não ser que a mamãe jogue fora, porque aquela mulher está praticamente nua.

Szymek saiu contente da vida, enquanto minha mãe, que ouvira fragmentos da nossa conversa, anunciou que teria o máximo prazer em me dar 5 *zloty* para o circo e que não precisava (foi assim mesmo que ela se expressou) se aproveitar da magnanimidade do Sr. Korotek.

No dia seguinte, desde a madrugada o tempo custava a passar, porque o espetáculo para o qual tínhamos bilhetes começava somente às 4 da tarde. Assim que raiou o sol, saí de casa para ver os cartazes colados no poste de anúncios. Estava lindo de morrer — desde o chão até o topo envolto pelas mesmas bocarras leoninas e as mesmas damas de trajes lindos e ousados. Acostumado com a visão de um grosso cilindro de concreto no qual havia meses não se colava mais cartazes de qualquer tipo e onde resquícios de cartazes antigos se misturavam com grafites obscenos e com avisos de alistamento militar do ano anterior, fiquei maravilhado com o que via. Fiquei me indagando se o leão que eu veria no circo seria realmente tão ameaçador como o do cartaz, com a imensa bocarra aberta e duas fileiras de presas brilhantes. De repente, senti alguém bater no meu ombro.

— Vejo que você já pode andar — ouvi a voz de Weiser. — O pé já não o incomoda mais?

— Não — respondi. — Não dói mais nada, nem incha. E então?

Naquele meu "e então?" obviamente estava oculta a esperança de alguma revelação — de algo novo —, pois se Weiser aproximara-se de mim por trás e me fizera aquela pergunta, certamente tinha algo em mente.

— Então venha comigo — disse ele. — Você vai ver como se pegam cobras-verdes.

— E para quê você precisa de cobras-verdes?

Weiser deu de ombros.

— Se não quiser, não precisa vir. É que eu pensei que você gostaria de ver como se faz isso — falou lentamente, de forma resignada.

Eu queria ver como ele pegava cobras-verdes, mas também queria saber o que ele iria fazer com elas. Começamos a andar pela rua, e eu voltei a perguntar:

— Para quê você precisa delas?

— Você vai ver — respondeu ele. — Este é o saco no qual vamos colocá-las; quanto ao cajado, vamos achar um na floresta.

Passamos por uma fileira de casas pequeninas e quase idênticas com telhados inclinados, nas quais as semicirculares janelinhas das mansardas pareciam faróis de automóveis — só que apagados. Weiser calou-se. Durante todo o tempo em que fomos subindo o aclive por entre um bosque de larícios, não abriu a boca. Após dez minutos, chegamos ao topo da ladeira, arfando pesadamente. De lá, podíamos ver o aeroporto e a baía de um lado e, do outro, ao sul e bem ao longe, os contornos de Bretów e das colinas atrás das quais ficava o estande de tiro.

— É para lá que vamos — falou Weiser, apontando para o sul. — Onde estão demarcando lotes com cercas de arame farpado.

Para diminuir nossa velocidade, descemos a encosta como se estivéssemos esquiando: ziguezagueando ora para a esquerda ora para a direita. No ar havia uma mistura de aromas: o doce cheiro de alfafa misturado com o de tremoceiro e a fresca fragrância de menta ligada ao penetrante odor de tomilho.

— Ah, me conte logo: você pretende vendê-las? Ou vai levá-las para M-ski? Mas, nesse caso, não bastaria apenas uma? Para quê ele precisaria de mais de uma? — perguntei assim que chegamos ao vale entre o cemitério e o aterro ferroviário sobre o qual não passava nenhum trem.

Mas Weiser não respondeu. Primeiro, pegou um pau de quase 1 metro de comprimento, com uma bifurcação na ponta — praticamente igual ao que era usado pelos caçadores de cobras em Bieszczady. Depois, virou-se para mim e perguntou:

— Está vendo aquelas moitas?

Fiz um aceno positivo com a cabeça.

— Vá até lá e agite os arbustos, mas gentilmente, para que elas não saiam todas ao mesmo tempo.

A tarefa não era difícil. Fui caminhando lentamente ao longo da beirada da moita, agitando com um pau as folhagens de grama, urtigas, framboeseiras, giesteiras e samambaias. Dezenas de cobras-verdes foram serpeando por entre as minhas pernas — de início lentamente e, depois, cada vez mais rápido — na direção de Weiser, que, com extraordinária habilidade, primeiro as imobilizava com o pau bifurcado e, depois, pegando-as delicadamente com os dedos, enfiava-as no saco de juta.

— Mais uma vez — falou quando concluí a primeira batida. — Nunca saem todas na primeira tentativa.

Repeti aquela atividade exatamente da mesma forma e, para a minha grande surpresa, a quantidade de cobras-verdes em fuga não foi menor do que na primeira vez. Weiser fechou o saco com um nó firme.

— Muito bem — falou. — E agora, temos que levar essas cobras-verdes para o outro lado, e, para isso, teremos que atravessar aqueles malditos lotezinhos.

"Aqueles malditos lotezinhos", disse ele. Lembro-me perfeitamente, porque Weiser jamais dizia mais do que o mínimo necessário; assim, era muito fácil guardar todas as suas palavras.

— Malditos lotezinhos — voltou a repetir, quando passávamos pelos homens que os demarcavam e que, desde que chegaram, não paravam de remexer teimosamente o solo ressecado e, com uma teimosia ainda maior, construíam barracos de tábuas ou de gastas placas de madeira compensada. Ao concluir a construção de um desses barracos, eles, por uma razão totalmente desconhecida, decoravam suas paredes externas com pinturas de sorridentes anões, corças ingênuas e margaridas com rostinhos de meninas, o que lhes dava uma aparência muito feia, chegando a parecer indecente.

— O que vocês estão carregando neste saco, meninos? — perguntou-nos um gordão suado, erguendo o rosto da sua enxada. — O que procuram por essas bandas?

— Eh... Nada de especial, senhor — respondi. — Apenas grama para nossos coelhos.

Weiser diminuiu o passo, mas não parou e nem mesmo olhou para o gordão, e eu parti atrás dele, observando o saco que balançava acompanhando o ritmo dos seus passos.

— Da próxima vez — gritou o gordalhão — colham grama num outro lugar! Não quero vê-los novamente aqui, entenderam? Essa terra já não é mais um local público!

O mal-humorado continuou gritando, mas nós já estávamos longe e, descendo a trilha, chegamos ao aterro ferroviário.

— Gostei da sua presença de espírito — falou Weiser. — Pode-se contar com você.

Meu coração quase explodiu de tanto orgulho, e eu nem notei como chegamos à parte superior do cemitério, onde Weiser me reteve com um gesto de mão.

— É aqui que vamos soltá-las — disse, desamarrando o saco. — Aqui elas estarão a salvo de todo perigo.

Fiquei olhando as cobras-verdes saírem do saco, umas mais rápido e outras — talvez assustadas — mais lentamente, a ponto de Weiser ter que apressá-las com a mão. As cobras espalharam-se por entre os túmulos. Seus corpos marrom-acinzentados deslizaram ziguezagueando por entre as espessas moitas de urtigas e em poucos instantes não sobrou nem uma só no nosso campo de visão. Escrevi "nem uma só", mas isso não é correto. À bruxuleante luz solar filtrada pelo domo de folhas de faia como se fosse através dos esverdeados vidros dos vitrais na nossa igreja durante a Santa Missa, vi repentinamente uma delas, deitada sobre a lápide de uma sepultura. Tinha mais de 1 metro de comprimento, estava quase imóvel; apenas ora erguia a cabeça ora baixava-a de volta sobre a placa de granito, como se estivesse à procura dos raios de luz. As manchas amareladas nos cantos de sua boca iluminavam-se simetricamente toda vez que um raio solar conseguia chegar à lápide.

— Olhe — sussurrei para Weiser —, ela não tem medo de nós.

De fato, quando estendi a mão para a cobra e senti nos dedos o frio contato com sua cabeça achatada parecido com tocar o focinho de um cachorro, ela não fugiu, apenas recuou ligeiramente. E foi somente algum tempo depois que resolveu afastar-se e desaparecer no meio das samambaias, que se agitaram à passagem do seu corpo.

— Aqui tem alguma coisa escrita — falei para Weiser. — Você consegue ler?

Weiser inclinou-se sobre a lápide.

— "*Hier ruht in Gott Horst Meller. 8 VI 1925 — 15 I 1936*" — era a primeira inscrição, escandindo a segunda. — "*Werst unser Slieb alle Zeit und Hliebst es auch in Singkeit*". Não sei alemão — esclareceu —, mas a primeira passagem diz que aqui jaz em Deus Horst Meller, enquanto a segunda deve ser um poema, pois está rimada. Olhe aqui — falou, apontando com o dedo para o texto gravado em letras góticas — *Zeit* e *Snigkeit*. *Eit-eit*: definitivamente trata-se de um poema.

— Ele tinha 11 anos quando morreu — falei. — A mesma idade que nós dois.

— Não, ele não nasceu em 1925, mas em 1929 — corrigiu-me Weiser, olhando de mais perto a inscrição. — Isso não é um 5, mas um 9!

— Você está falando como se o tivesse conhecido — discordei dele pela primeira vez. — Aqui não tem 9 nenhum, e sim um 5; portanto ele nasceu em 1925 e tinha 11 anos quando morreu!

— De qualquer modo, não temos a mais vaga ideia de quem ele foi — cortou-me Weiser.

No caminho de volta para casa ele me contou que os homens que dividiam o terreno em lotes matavam as cobras-verdes porque não sabiam diferenciá-las de víboras e bastava verem algo serpeando para se juntarem e baterem naquilo com enxadas e ancinhos. Portanto, era preciso transportar as cobras para o cemitério ou para a planície, lá perto da pedreira, para que uma parte delas pudesse sobreviver.

Sim, Weiser estava certo. Já no ano seguinte, quando os lotes ocupavam todo o vale atrás do cemitério do outro lado do aterro, e quando em vez de longos caules de grama cresciam lá cenouras, ervilha e couve-flor, ver uma cobra-verde era muito raro. E quando isso ocorria, na maior parte das vezes era sob a forma de um corpo já apodrecido e cercado de formigas agitadas. E três ou quatro anos depois elas simplesmente não podiam ser encontradas — nem lá, nem nas cercanias do cemitério e nem na planície que chamávamos de pedreira, aonde Weiser as transportara num saco de juta.

A bem da verdade, eu nunca consegui descobrir por que ele fez aquilo. Certamente não por nutrir a mesma simpatia de M-ski por cobras-verdes, sendo que a explicação que ele me deu naquela ocasião jamais me convenceu de todo. Da mesma forma, nunca descobri quem foi Horst Meller, sepultado em 1936 e sobre cuja lápide uma das cobras-verdes tocou minha mão. A única coisa de que tenho certeza é que durante a evacuação das cobras-verdes Weiser jamais contou com a ajuda de Piotr ou Szymek, sendo que naquele dia que nós iríamos ao circo ele me levou consigo mais por um acaso, provavelmente movido por um impulso momentâneo. Ou será que achou que se meter com cobras-verdes não era para qualquer um?

M-ski saiu do gabinete, parou à porta, olhou primeiro para mim, depois para Szymek e Piotr, finalmente para o relógio na parede e disse:

— Basta!

Ficou olhando para nossos rostos como se quisesse decifrar neles seus próprios pensamentos, e repetiu, após uma longa pausa:

— Basta! Vamos acabar com essa palhaçada! Estou lhes dando a última chance, e se vocês a desperdiçarem, terão que se ver com o procurador e a polícia! Entenderam?

Não houve resposta.

— Korolewski! — soou o sobrenome de Szymek. — Você é o primeiro!

Fiquei repetindo mentalmente os detalhes do "enterro" do fragmento do vestido de Elka, e quando a porta se fechou atrás de Szymek, não me senti seguro de estar lembrado de todos. Será que a ameaça de M-ski tinha sido pra valer? Duvido disso até hoje, mas mesmo se tivesse sido verdadeira, não teria nos assustado. Pois o que mais poderia nos assustar? O relógio mostrava que faltavam 15 minutos para a meia-noite. Lá fora, na escuridão, gotas de chuva batiam no parapeito metálico, e tudo indicava que aqueles três também já estavam entregando os pontos. Afinal, por quanto tempo uma pessoa consegue repetir sempre as mesmas perguntas?

O espetáculo circense começara magnificamente. A orquestra, formada por instrumentos de sopro e um gigantesco tambor, tocou uma fanfarra, e no mesmo instante surgiu na arena o apresentador, vestido com um fraque verde e uma camisa branca enfeitada com renda no peito e nos punhos. Preparou-se para anunciar o primeiro número, mas antes que pudesse concluir sua fala, aproximou-se por trás dele um anão encapuzado que o puxou pelas abas do fraque. Aí, emergiu de lá um pombo que saiu voando, enquanto o apresentador, sem se virar e mais parecendo um cavalo, desferiu um coice no anão, que, soltando gritos, deu várias cambalhotas para trás e sumiu da arena. Um furacão de risos e aplausos acompanhou sua saída, enquanto a arena era tomada pelos acrobatas. Começaram dando uma volta pela beira da arena, mostrando músculos que pareciam metades de abóboras. Depois, postaram-se em fila de acordo com suas respectivas alturas e ficaram pulando uns sobre outros até formarem uma pirâmide, no topo da qual o mais baixo deles começou a fazer as mais complexas evoluções: plantava bananeira, equilibrava-se numa só perna, dava saltos no ar e, virando cambalhotas, pousava de volta na cabeça do seu parceiro.

— Este é *oberman* — sussurrou Weiser para Elka, mas suficientemente alto para que nós ouvíssemos.

— Quem? — perguntou Szymek.

— *Oberman* — repetiu Elka. — Aquele que está embaixo é o *unterman*; o do meio, *mittelman*, e aquele que faz piruetas é o *oberman*, o mais alto e o mais importante dos três.

— Ele não é o mais alto; é o que está no ponto mais alto — sussurrou Piotr, mas não houve tempo para discussões, pois o *oberman* concluíra um salto mortal duplo e pousara na areia ao lado do *unterman*; o *mittelman* saltara logo depois dele, e os três acrobatas voltaram a se perfilar, fazendo mesuras para todos os lados.

O homem de fraque verde voltou a aparecer na arena anunciando um número com cavalos e sua adestradora. Junto da cortina que separava a arena dos bastidores aguardava-o o anão, com uma corda esticada. A ideia era fazer o apresentador tropeçar e estatelar-se no chão, mas quando ele esbarrou na corda, quem caiu foi o anão, que, pulando feito um sapo, desapareceu atrás da cortina, junto com seu inimigo.

Após a exibição dos cavalos e, mais tarde, a de um par de acrobatas vestidos com malhas colantes, Fraque Verde anunciou o mágico (a quem chamou de ilusionista), enquanto todos procuravam ver o divertido anão, ansiosos para saber o que ele aprontaria dessa vez. De repente, Fraque Verde pôs as mãos na barriga, fez uma careta de dor, e o tocador de tuba emitiu o som de um pum do seu instrumento. No mesmo instante, debaixo das abas traseiras do fraque (que estavam estranhamente estufadas, mas ninguém reparou nesse detalhe) emergiu o anão contraído em forma de uma bola, que caiu no chão ao som de uma batida do tambor. Todos se puseram a rir, e quando o apresentador chamou os palhaços para limpar a arena e estes, tapando os narizes, chutavam aquela bola ofensiva, os espectadores passaram a uivar de alegria, especialmente por Fraque Verde caminhar com as pernas meio dobradas, como se tivesse feito cocô nas calças. O único que não riu foi Weiser, como se toda aquela pantomima não o interessasse.

Szymek, que até aquele momento permanecera imóvel, tirou o binóculo do bolso do seu casaco.

— Observe com atenção — lembrou-lhe Piotr. — Principalmente suas mangas e mãos.

O mágico estava vestido como o apresentador, com a única diferença de o seu fraque ser preto. Obviamente tinha uma cartola na cabeça, seus pés estavam calçados com brilhantes sapatos de verniz e ele fazia todos os seus truques com luvas brancas. Primeiro, sua assistente lhe entregou um guarda-chuva. Num piscar de olhos o guarda-chuva se transformou numa vara de pesca, com carretel de verdade e linha com anzol na ponta. O mágico levou a mão aos lábios, pedindo silêncio absoluto — afinal, sabe-se que os peixes não gostam de barulho. Depois, inclinou-se como se estivesse à beira d'água, aguardou um instante, ergueu o caniço — e no anzol apareceu um brilhante peixinho dourado! Piotr não aguentou.

— Você notou alguma coisa? Deu para perceber como ele fez aquilo? — indagava, cutucando Szymek. — Deixe-me olhar um pouco.

Mas Szymek ajustava nervosamente as lentes e não respondia.

O peixinho foi levado pela assistente para um aquário colocado numa mesinha. Dava para ver que estava vivo e que nadava como um simples peixinho num aquário normal. O mágico repetiu a operação, sempre com o mesmo resultado: não se sabe de onde, como se fosse do ar, a cada vez aparecia um novo peixinho no anzol, igualmente vivo e igualmente pronto para nadar no aquário.

O mágico colocou a vara de lado e tirou a cartola.

— Agora! — sussurrou febrilmente Piotr. — Fique atento!

O mágico retirou da cartola uma série de lenços coloridos e atados um ao outro. Em seguida, sacudiu-os violentamente e eles se transformaram num só pedaço de pano, com o qual ele cobriu o aquário com os peixinhos dourados. Ao agitar duas vezes a vara de pescar, ele a transformou numa varinha mágica e tocou com ela o aquário coberto pelo pano. Ao rufar do tambor e ao som de pratos, a assistente retirou o pano. Em vez de peixinhos e do recipiente de vidro com água, o tampo da mesa era ocupado por um coelho, que, agitando as orelhas, estava visivelmente assustado com a onda de aplausos.

— Não dá para entender! — exclamou Szymek, querendo se fazer ouvir no meio da algazarra. — Ele não me deixa ver nada!

Olhei para Weiser, mas ele parecia não reagir à excitação de Szymek e Piotr. Estava sentado ereto, com o olhar fixo num ponto indeterminado na arena, como se todo o espetáculo o entediasse e como se ele estivesse ali mais por educação do que por qualquer outro motivo. No intervalo, Elka e Piotr foram até o bar comprar laranjada, enquanto eu permaneci ao lado de Weiser, sem ter a coragem de lhe perguntar nada, apesar de ele ser um profundo conhecedor de todos os detalhes da profissão circense.

A orquestra tocava inspiradamente marchinhas e valsas, pessoas passavam por entre os bancos trocando impressões ou os protocolares "com licença", enquanto na arena dois palhaços se esbofeteavam, se chutavam nos fundilhos e atiravam baldes de água um no outro.

Àquela hora pensei que Weiser certamente teria preferido estar lá na arena, apresentando-se num traje magnífico, inclinando-se para o público e recebendo entusiásticos aplausos por um número bem executado. Foi o que pensei ao ver seu rosto concentrado e com um quê de alheamento, um claramente visível distanciamento de quem está convencido de que "eu teria feito aquilo melhor", típico de todos os artistas cujo talento não foi devidamente reconhecido.

Foi assim que pensei naquela hora e por muito mais tempo, mas hoje, ao chegar a este ponto da sua história, tenho que confessar que não penso mais assim, especialmente ao relembrar o que se passou na segunda parte do espetáculo. Obviamente, estou me referindo ao incidente que ocorreu durante o número com os leões, e à forma como ele se comportou na ocasião. Pois, desde o intervalo, eu fiquei observando-o atentamente durante todos os números; via seu rosto, suas mãos e seus dedos, que hoje me dizem algo totalmente diverso do que então, quando, assim como Szymek e Piotr e talvez até Elka, eu acreditava piamente que ele pretendesse se tornar um artista circense.

Weiser olhava para tudo aquilo com indiferença, aplaudia de leve e sem entusiasmo, sendo que as palhaçadas perpetradas pelo anão e o apresentador no intervalo entre os números eram a parte que menos o interessava. Assistiu com a mesma apatia ao desfile dos elefantes, às apresentações do engolidor de fogo, dos malabaristas, dos trapezistas, à partida de basquete disputada por cachorros e à segunda apresentação do mágico, que, dessa vez, fez surgir do ar os mais diversos objetos: um copo com leite, um balão inflado, um enorme buquê de flores, diversos pombos e um coelho. Por fim, sacou da sua cartola uma garrafa de champanhe e duas taças para com elas brindar o encerramento do seu número, enquanto a encantada plateia acompanhava com os olhos a trajetória da rolha, que, inesperadamente, se transformou numa pomba em pleno voo. No meio dos agitados e encantados espectadores, Weiser foi o único que não se mexeu nem uma única vez. Foi somente no final do espetáculo, quando

Fraque Verde anunciou a maior atração da tarde — um número com animais selvagens —, que Weiser ajeitou-se no banco, endireitou-se ainda mais e entrelaçou os dedos das mãos, mantendo-as nos joelhos, num claro sinal de grande expectativa.

Por um túnel gradeado adentraram a arena (cujo perímetro também foi protegido por uma grade) dois leões, uma leoa e uma pantera-negra, igualzinha àquela que vimos no Zoo de Oliwa. Atrás deles apareceu um domador com calça de montaria, bota de cano alto e uma camisa de colarinho duro. Carregava na mão um chicote um pouco mais curto que o usado para açoitar cavalos. Sua assistente, que, de acordo com o que dissera Fraque Verde, também era sua esposa, vestia um traje colante e coberto de lantejoulas e, a exemplo do marido, estava com botas de montaria, mas de cano de couro branco e com franjas na parte superior. As feras semicerravam os olhos, andando de lá para cá na arena e indecisas quanto ao que deveriam fazer.

— Herman! Brutus! — gritou o domador. — Aos seus lugares!

Os leões hesitaram, mas acabaram saltando sobre seus tamboretes.

— Helga! — Isso foi para a leoa. — Ao seu lugar!

A leoa pulou agilmente para o lugar que lhe fora destinado.

Agora, chegara a hora da pantera.

— Sílvia! Ao seu lugar!

A pantera, assim como os leões, foi para o seu lugar.

O domador lançou um olhar vigilante para o quarteto.

— Herman! Brutus! De pé!

E os leões se puseram de pé sobre as patas traseiras, mostrando o peito para a audiência.

— Helga! Sílvia! De pé!

As duas gatas cumpriram a ordem simultaneamente, e todo o quarteto agora estava de pé, todos apoiados sobre os traseiros, como cachorros implorando por um pedaço de salsicha.

O adestrador inclinou-se para o público, o que desencadeou uma onda de aplausos, enquanto os animais retornavam às suas posições anteriores. O domador aproximou-se deles, sacudiu o chicote até fazê-lo estalar e, quando sua assistente posicionou mais um tamborete, gritou:

— Herman, hop!

E Herman pulou do seu tamborete para o tamborete vago.

— Brutus, hop! — soou o comando seguinte.

E Brutus fez o mesmo que o seu antecessor, ocupando o tamborete vago por este.

— Helga, hop! — gritou o adestrador, mas por uma razão desconhecida Helga claramente não demonstrava qualquer intenção de saltar. — Helga, hop! — soou novamente o comando, mas foi somente após a terceira ordem reforçada por um novo estalo do chicote que Helga cumpriu o que lhe cabia fazer.

Já a pantera, sem esperar por qualquer comando, pulou sozinha assim que viu vago o tamborete antes ocupado pela leoa. Seu ato foi seguido por aplausos espontâneos do público, sem uma reverência do adestrador, que se aproximou de Sílvia e acariciou seu focinho com a ponta do chicote.

— Muito bem, Sílvia — falou, passando carinhosamente a mão sobre os longos bigodes da fera, que ergueu a cabeça e ronronou gostosamente. A terna carícia agradou à plateia, que a retribuiu com uma nova salva de palmas.

A assistente preparou uma grande bola de couro.

— Herman, hop:

E Herman pulou sobre a bola, rolando-a por alguns metros movendo suas patas, após o que retornou ao seu lugar, meneando a cabeça de forma engraçada. O mesmo foi feito por Brutus e por Helga, enquanto a pantera — mais uma vez sem ter sido incitada a isso — concluiu o número, deixando a bola no outro extremo da arena. Os aplausos foram ainda mais calorosos. No entanto, quando olhei para Weiser, notei que ele não batia palmas, apenas tamborilava os dedos sobre os joelhos. A assistente trouxe em seguida um arco envolto em algo que lembrava papel machê e o acendeu riscando um fósforo. Os bancos foram percorridos por um murmúrio de excitação.

— Herman, hop! — gritou o domador, estalando o chicote.

O leão deu um salto espetacular através do arco flamejante, parando no outro lado da arena.

— Brutus, hop!

Um novo estalo do chicote — e o elegante salto executado pelo gato encantou o público.

— Helga, hop! Sílvia, hop!

E ambas as gatas se encontraram junto dos leões.

O número foi repetido no sentido inverso. As feras saltavam através do arco em chamas e aterrissavam agora sobre seus traseiros, enquanto a esposa do domador, com as lantejoulas de seu traje brilhando e faiscando, colocava o arco na posição adequada. O quarteto voltou a se sentar nos seus tamboretes, e o domador inclinou-se diante do público, recebendo uma nova onda de aplausos.

Foi quando aconteceu uma coisa que ninguém poderia imaginar. A assistente apagou as chamas com um rápido movimento do arco e, virando-se de costas para as feras, foi buscar o objeto seguinte. Era um balanço formado por uma pequena tábua suspensa por cordas e que aguardava sua vez pendurado numa das barras da grade de proteção. A mulher deu dois ou três passos e tropeçou numa depressão na areia. Aquilo bastou para a pantera dar um impressionante salto em sua direção. Sobre o chão da arena desabaram, quase que simultaneamente, a esposa do domador e, sobre ela, atingindo-a na cabeça com a pata, a fera negra. Aquilo soou de uma forma difícil de descrever: um duplo baque e um abafado grito de mulher seguido por um silêncio sepulcral. No meio dos espectadores ninguém se mexeu; todos prenderam a respiração, num surdo estado de expectativa.

— Sílvia! — O adestrador deu um passo em sua direção. — Sílvia, já ao seu lugar!

Mas a pantera, em vez de obedecer, agarrou com as presas o corpo da mulher na altura das omoplatas e o sacudiu violentamente, como se estivesse desafiando o adestrador, dizendo: "Não se aproxime; isso é meu!" Os leões se agitaram impacientemente sobre seus tamboretes. Brutus oscilou de uma pata a outra e Helga soltou um surdo rosnado. Dos bastidores saíram dois homens com extintores de incêndio, mas o domador os deteve com um gesto da mão, pois naquele mesmo momento a mulher se mexeu e Sílvia rosnou ameaçadoramente e desferiu um novo golpe com a pata nas costas de sua ama, rasgando a brilhante roupa com suas garras afiadas. Sobre a areia caiu uma chuva de lantejoulas, enquanto da parte descoberta do corpo da mulher começaram a escorrer vermelhos córregos de sangue. Um dos espectadores, sentado numa das últimas fileiras, começou a soluçar, mas logo foi silenciado pelos demais.

Weiser permanecia sentado duro como uma pedra. Sua cabeça estava imóvel e somente seus dedos continuavam tamborilando os joelhos. "Cristo", pensei, "faça com que ele desça e mostre do que é capaz; que olhe nos olhos dela da mesma forma como fez lá no zoo, que a subjugue, faça com que ela se afaste, esmague a sua revolta e a domine assim como fez com aquela outra, transformando-a num dócil animal de estimação. E que faça isso antes que seja tarde demais."

Herman pulou do seu tamborete e ergueu a cabeça, farejando no ar um cheiro excitante. O domador fez um sinal para a orquestra, e os músicos começaram a tocar o toque de retirada. Os leões se agitavam nervosamente.

— Herman! Brutus! Helga! Já para cá! — gritou o domador.

Os leões, embora relutantes, encaminharam-se ao túnel gradeado; em seguida, lentamente e como se estivessem semiadormecidos, atravessaram a abertura do túnel gradeado, que foi imediatamente fechada por um dos funcionários do circo.

Então, o domador ficou sozinho frente a frente com a pantera, que o aguardava com as patas sobre o imóvel corpo da mulher, agitando perigosamente a cauda ora para um lado ora para o outro.

— Sílvia — sussurrava o domador. — Sílvia, boa menina, volte para o seu lugar.

Mas a pantera, ciente de sua vantagem, rosnou ameaçadoramente, seguindo com os olhos cada movimento do homem.

— Sílvia — disse ele, dando um passo à frente. — Já para o seu lugar!

No entanto, Sílvia não pretendia desistir da sua presa. Da sua garganta emanou um rosnado de advertência, e ela ergueu a pata num gesto ameaçador.

Os dedos de Weiser continuavam tamborilando o joelho. Quanto a mim, pela primeira vez estava furioso com ele e, não fosse o horror da situação, estaria gritando e batendo nele com os punhos cerrados. Por que ele não se moveu, por que não correu para baixo, por que não demonstrou sua habilidade naquele momento, quando a mancha de sangue sobre a areia foi ficando cada vez maior? Por que permaneceu sentado calmamente, como se estivesse olhando para um número de acrobacia ou para as bobagens dos palhaços? "Cristo", eu pensava, "faça com que ele se mexa, dê apenas um empurrãozinho, pois ele fará o resto; ele sabe exatamente o que fazer; apenas obrigue-o a agir, apenas isso." Mas Weiser permanecia sentado parecendo uma estátua e apenas seus dedos, extraordinariamente longos, continuavam a tamborilar no mesmo ritmo de três-quartos.

O domador estava impotente. Não podia avançar nem recuar. Parado, como num transe hipnótico, falava sempre as mesmas palavras, cada vez mais baixo:

— Ao seu lugar! Sílvia querida, ao seu lugar!

Um dos ajudantes do circo, munido de um extintor de incêndio e tomando muito cuidado para não chamar a atenção da pantera, contornou a jaula pelo lado de fora da banda, enquanto dos bastidores emergiu outro, com uma espingarda de ar comprimido pronta para disparar. Àquela época, eu não sabia que o extintor estava cheio de um líquido entorpecente e que a espingarda de ar comprimido disparava dardos com narcótico. Os dois homens pareciam ridículos e incapazes, dando a impressão de dois garotos que, munidos de uma espada de madeira e um estilingue, se preparavam para atacar um búfalo.

A pantera cutucou a mulher, mas sem muita convicção. O homem com o extintor apoiou o joelho no chão, adotou uma postura de atirador e esguichou um jato do líquido diretamente na bocarra da fera. A pressão do jato fez a cabeça da mesma ser atirada para trás, mas suas grossas patas continuaram ainda no mesmo lugar. E deve ter sido por isso que ela, não querendo separar-se de sua presa, arrastou-a ainda por alguns metros sobre a areia, até o momento em que, rugindo e defendendo-se com suas patas de um inimigo invisível, encolheu-se perto da banda de música. Acertada por um dardo da espingarda de ar comprimido, ficou se agitando por um momento numa dança epiléptica, até desabar por completo na arena. O domador já estava junto da esposa; ergueu-a nos braços e levou-a para os bastidores. Três funcionários do circo colocaram a pantera sobre uma lona e a arrastaram para uma saída secundária.

E aquilo foi o fim do espetáculo

Eu chorava. Sentia pena daquela linda mulher com seu belo traje de lantejoulas, porém, mais do que tudo, estava decepcionado com Weiser. Pois ficou óbvio que ou ele não sabia fazer tudo ou então simplesmente não quis ajudar. Tudo parecia indicar que ele não queria ajudar — e isso era horrível. Ele não desceu correndo para a arena e, enfiando-se por entre as barras da grade, não ficou com a pantera. Os surpresos espectadores não soltaram um grito de horror seguido por um de alívio e alegria quando o garoto aproximou-se da fera e a subjugou com um olhar mais possante do que todos os dardos e jatos de líquidos entorpecentes do mundo. Não, nada disso ocorreu, porque Weiser decidiu que não precisava sair em socorro da esposa do domador, vestida com um colante traje cheio de lantejoulas. E em ajuda de quem teria ele saído? Talvez de Elka, pensei; mas em prol de um de nós? Caso tivesse feito o que era esperado dele, além de salvar a assistente teria tirado daquele ato uma série de vantagens: fama, reconhecimento e, quem sabe, uma imediata contratação pelo circo, tendo como consequência viagens, apresentações em outras praças e uma fama adicional que ultrapassaria as fronteiras não só da nossa cidade como do nosso país. Viena e Paris, Berlim e Moscou — todas prostradas aos pés de um domador de feras de 11 anos que não precisava nem de chicotes nem qualquer adestramento. Manchetes gigantescas nos jornais e ainda maiores multidões na plateia. E ele desperdiçara tudo aquilo, apenas tamborilando os dedos nos joelhos: um-dois-três, um-dois-três, um-dois-três.

Hoje sei que não foi bem assim, porque Weiser nunca quis ser um artista circense. Alguém que levita e atira no chanceler do Terceiro Reich não pode se exibir num circo. Não. Esta frase não tem qualquer lógica, e se não a apago é porque tudo nesta história parece ilógico. Portanto, deixemos que ela permaneça.

No dia seguinte fomos até a tenda do circo para indagar se a esposa do domador sobrevivera. Também estávamos interessados em saber qual seria o destino da pantera. Mas a única coisa que descobrimos foi que a mulher estava no hospital e que o número com os animais selvagens passaria a ser feito sem a participação da pantera-negra. A mulher da caixa disse que ainda não se sabia o que fariam com ela — se voltaria a participar do número nos dias seguintes ou se o circo a venderia para o jardim zoológico.

Depois ficamos vagando pela Cidade Velha, mas por falta de grana e de quaisquer atrações tivemos que voltar para casa. Quando passávamos diante do poste de anúncios da nossa rua, vi Weiser vindo em nossa direção com um saco de juta debaixo do braço. Voltava da floresta; na certa estivera recolhendo cobras-verdes para levá-las até as cercanias do cemitério ou à planície que chamávamos de pedreira. Estava sem Elka.

— O que vamos fazer hoje? — perguntou-lhe Szymek. — Você tem algo em mente?

— Hoje estou sem tempo — respondeu ele, parecendo surpreso. — Venham amanhã à vala atrás do estande de tiro; haverá uma explosão.

Em vez de retornarmos à casa fomos diretamente para as ex-casernas prussianas, mas foi à toa, pois cerca de vinte jovens milicos estavam jogando bola no empoeirado campo de futebol. À tarde, partimos para o cemitério atrás da Colina de Bukow, com a intenção de dar uma espiada na cripta e talvez brincar de guerra, mas a proposta não despertou muito interesse em nenhum de nós. Durante todo o tempo em que estive retido em casa por causa do meu ferimento na perna, Weiser — como vim a saber de Piotr naquele momento — por duas vezes se recusou a emprestar a velha Parabellum, e quanto à Schmeisser, nem quis conversa. Correr com um pedaço de pau e gritar "tá-tá-tá-tá" quando se teve a oportunidade de pelo menos uma vez ter segurado uma arma de verdade definitivamente não era mais a mesma coisa. Mas não havia como discutir com ele; se Weiser recusara, então não voltaria atrás.

Szymek chutava pinhas que jaziam aos montes no caminho, enquanto eu mastigava um longo caule de grama com um penacho na ponta. Já havíamos deixado o aclive para trás e logo após a curva emergira a ponta do cemitério. Na parte na qual nos encontrávamos, todos os túmulos estavam destruídos e as enferrujadas cruzes, cobertas de hera, grama e urtiga, pareciam mastros de navios afundados. Quando passávamos pelo túmulo de Horst Meller, ouvimos um repentino e inesperado badalar dos sinos.

— Asas Amarelas! — gritamos todos, quase ao mesmo tempo, sendo que Szymek, o mais impulsivo de nós, ordenou:

— Vá para a cripta, porque o pessoal vai persegui-lo de novo!

A ideia não era das melhores, pois mesmo ficando de pé sobre a cripta, não dava para ver o que se passava em torno do campanário, mas corremos para lá como se fôssemos nós que estivéssemos sendo perseguidos, e não um louco que fugira do hospício e se escondia pelas redondezas. Passaram-se cerca de três minutos durante os quais o som dos sinos ecoou pela floresta, e depois tudo ficou em silêncio.

— Alguém está se aproximando — sussurrou Piotr. — Deve ser ele!

E, com efeito, em meio a estalos de caules partidos e frufrus de galhos afastados, vimos Asas Amarelas correndo em nossa direção. Devia estar lembrado da cripta, mas quando chegou a uma distância de apenas alguns passos e viu três rostos observando-o atentamente, continuou sua fuga na direção do aterro, onde terminava o cemitério e começava o vale com os primeiros pomares dos novos lotes. Era provável que ele, absorto em sua fuga, não tivesse nos reconhecido, ou então se assustara. E assim, em vez de mergulhar na cripta, onde não seria encontrado nem pela polícia nem pelos enfermeiros do manicômio, continuou fugindo, perseguido pelo sacristão manco e por mais um homem, a quem nunca tínhamos visto antes. Jatos de areia pareciam emanar dos pés de Asas Amarelas. A grama se inclinava diante dele, e os arbustos pareciam afastar seus galhos para lhe dar passagem.

Fosse por distração, fosse por falta de conhecimento, Asas Amarelas não se deu conta de que o vale já não era mais aquele de outrora, com densos tufos de grama e samambaias selvagens, onde, nos dias de sol, serpenteavam suavemente cobras-verdes e perdizes alçavam voo sob nossos pés como se fossem projéteis alados. Tropeçou na primeira cerca de arame farpado, caiu, ergueu-se, livrou-se das farpas e continuou a fugir. Mas aqueles homens dos lotes, com enxadas, ancinhos, pás, bastões, tábuas e brochas nas mãos, já o tinham visto. Como cães de caça, captaram seu cheiro e, com música nos corações e perversidade no olhar, saíram no seu encalço, querendo bloquear sua passagem.

Corremos atrás do sacristão e daquele outro homem para vermos o que aconteceria em seguida. Asas Amarelas viu os vultos que se aproximavam. Parou por um instante e voltou a correr, mas na direção do sacristão. O homem que acompanhava o capenga estendeu a perna no momento exato (é preciso reconhecer que o fez de uma forma profissional) — e Asas Amarelas desabou por terra aos pés do acambetado sacristão. Caso tivesse se levantado imediatamente e corrido em nossa direção, estaria salvo. Mas ele levou muito tempo para se erguer, dando ao homem tempo suficiente para saltar sobre suas costas. Por um instante ambos se puseram a lutar como dois cães raivosos e, finalmente, Asas Amarelas conseguiu se livrar. Voltou a correr, mas novamente na direção errada — os homens dos lotes já haviam conseguido formar um semicírculo à sua volta

Foi quando vimos Asas Amarelas sob um prisma totalmente novo. Parou de fugir, plantou-se firmemente no chão, inclinou levemente a cabeça para a frente e, numa postura de praticante de luta greco-romana, permaneceu imóvel aguardando os agressores. E estes pararam, sem saber direito o que fazer.

— Alguém tem que ir correndo até o telefone na casa paroquial! — gritou o sacerdote manco. — É preciso telefonar para a polícia ou para o manicômio!

Um gordão — o mesmo que abordara Weiser e a mim quando estávamos transportando as cobras-verdes — colocou a enxada no chão e se encaminhou na direção do cemitério. No mesmo instante, dois dos homens que formavam o semicírculo se aproximaram de Asas Amarelas.

— Fique calmo — falou um deles. — Nada vai lhe acontecer.

— Sim, sim — confirmou o segundo. — Nada vai lhe acontecer desde que você se deixe ser levado de volta ao manicômio.

Mas ficou evidente que Asas Amarelas tinha outros planos. Num gesto rápido como um raio, arrancou o bastão da mão do primeiro valentão e derrubou o segundo com um golpe de cotovelo. Os dois valentões recuaram rapidamente, enquanto Asas Amarelas, erguendo o bastão com ambas as mãos e parecendo um samurai cercado de inimigos, adquiria proporções dignas de respeito.

— Esse louco é perigoso — falou um dos homens. — É melhor esperarmos a polícia chegar.

— E por acaso não somos suficientes — ofendeu-se outro — para enfrentarmos um míscro maluco?

Foi quando vimos a parte mais linda do espetáculo — sim, pois tudo aquilo era um espetáculo: aqueles homens adultos com a idade dos nossos pais munidos de enxadas e ancinhos e, no meio deles, Asas Amarelas no papel de um herói lendário. Os homens foram se aproximando cada vez mais, e Asas Amarelas ficou ereto, com as pernas afastadas.

— Ele deve ter sido um espadachim — afirmou Szymek, erguendo a cabeça. — Olhe só para ele!

Sim, Asas Amarelas não só era capaz de ameaçar a Terra e seus habitantes com o fogo do inferno; numa luta com paus, ele era claramente superior aos seus adversários. Dava saltos, girava para todos os lados, aparava golpes com a rapidez de um raio e retribuía-os com precisão. Ao som de pedaços de madeira se partindo misturavam-se gritos dos atacantes. Num determinado momento parecia que eles já o tinham em seu poder, que já o cobriam com suas ferramentas de remexer a terra, mas aquilo não passara de uma ilusão. Os agressores recuavam com manchas roxas nos rostos, machucados e esfarrapados. Enquanto isso, Asas Amarelas continuava soberbo no seu lugar e triunfava. Os brutamontes se agruparam e ficaram cochichando. Depois, voltaram ao ataque com um ímpeto ainda maior, mas com o mesmo resultado de antes: não conseguiram pegá-lo e saíram da contenda em piores condições do que haviam entrado.

De repente uma pedra voou na direção do vencedor. Depois, uma segunda, e uma terceira. Asas Amarelas desviava-se agilmente, tendo rebatido alguns projéteis com seu bastão, mas as pedras foram ficando mais frequentes; caíam com rapidez cada vez maior e vinham de todos os lados. Uma delas acertou seu pescoço. A segunda deve ter lhe causado muita dor, pois feriu uma das suas mãos e ele se viu forçado a segurar o bastão com apenas uma. Depois, levou uma pedrada na cabeça, mais uma no pescoço e novamente na cabeça. O que se passou em seguida já não deu para ver, com as pedras caindo como granizo e os homens fechando o cerco até chegarem junto dele. Asas Amarelas ainda tentou resistir, mas nós só podíamos ver agora pedaços de pau se erguendo e baixando, além de rostos contorcidos e dentes arreganhados.

Quanto tempo pode ter se passado até soar o som de uma sirene vindo dos lados de Rebiechów? Só me lembro que durante todo aquele tempo, que pareceu uma eternidade, paus e cabos de pás e de enxadas foram sendo erguidos e baixados sem cessar. Lembro-me, também, de que quando chegou a ambulância com uma cruz vermelha pintada na porta e dois enfermeiros com jalecos brancos, eu já estava correndo para o cemitério, perseguido pelos gritos de Szymek e Piotr. Corri para o campanário de madeira e, uma vez lá, desamarrei a corda atada pela mão do sacristão numa tábua enegrecida, e a puxei com toda a força dos meus braços e pernas. Eu a puxava erguendo-me do chão e voltando a tocar nele, uma vez após outra, como se tivesse enlouquecido, pois foi exatamente naquele momento que — pela primeira vez na vida — me senti tomado por um acesso de loucura. Puxava a corda e chorava, chorava e puxava, e voltava a chorar, até Szymek e Piotr me alcançarem e me separarem dela à força e me arrastarem até a floresta na Colina de Bukow. Lembro ainda que não lhes dirigi uma palavra sequer e que fui sozinho à Praia de Jetlików. Fiquei lá sentado até o anoitecer, à beira da imunda e fedorenta água da baía. Volta e meia um desolado pescador se aproximava da margem e, usando uma vara, testava a consistência da sopa de peixes. O farol de Brzezno já começara a girar e os navios ancorados na baía acenderam suas luzes. Ao longe, na direção de Sopot, alguém acendera uma fogueira. Mesmo se Weiser tivesse se aproximado de mim àquela hora; mesmo se ele, em pessoa, me tivesse pedido não importa o quê — mesmo assim eu teria permanecido mudo.

*

Szymek saiu do gabinete do diretor e deu uma piscadela em nossa direção. Aquilo queria dizer: "Tudo bem; falei da forma que combinamos." Ouvi o meu sobrenome. Notei que o policial estava com o uniforme abotoado e o diretor ajeitara sua gravata, que, a essa altura, já não lembrava mais um jabô jacobino nem um trapo contorcido e nem mesmo um cachecol, mas uma simples gravata comprada numa loja de Wrzeszcz.

— E então? — indagou M-ski. — Conseguimos nos lembrar de alguma coisa? Ou vamos preferir conversar numa cela de prisão com o senhor procurador?

— Me lembrei de algo, senhor professor.

— Então desembuche logo — falou o policial, fazendo um gesto de resignação com a mão. — Conte tudo que sabe.

— Os senhores querem que eu conte tudo, desde o princípio?

— Não — disse o diretor. — Apenas como foi aquela história do vestido da Wisniewski.

— Mas não se tratava de um vestido, senhor diretor; apenas de um pedacinho dele.

— Muito bem; que seja apenas um pedacinho. O que queremos saber é onde vocês o acharam após a explosão.

— Junto daquele carvalho. Foi lá que o encontramos.

O de uniforme empurrou um mapa para baixo do meu nariz.

— Aponte!

— Aqui fica o carvalho, e aqui — apontei com o dedo — foi onde o encontramos.

— Quem o encontrou? — perguntou rapidamente M-ski.

Fiz uma pausa, como se tivesse que fazer um esforço para me lembrar daquele detalhe.

— Szymek, senhor professor.

— Muito bem — falou M-ski. Seu rosto permaneceu inexpressivo, mas pude pressentir que ele ficara satisfeito. — E onde vocês queimaram aquele pedaço do vestido?

— Na pedreira, senhor professor.

A última resposta não agradou ao de uniforme.

— Não existe qualquer pedreira nestas redondezas; pare de falar bobagens!

— Não precisa ficar exaltado — falou o diretor para o policial. — É um descampado cheio de rochas, e todos daqui o chamam de pedreira.

— E quando foi isso? — continuou M-ski.

— No fim daquele mesmo dia, senhor professor.

— E foi você quem carregou aquele pedaço do vestido?

— Sim. Como o senhor soube disso?

M-ski sorriu de forma triunfal.

— Como você está vendo, é muito difícil ocultar alguma coisa de nós. E a que horas foi isso?

— Não me lembro exatamente, senhor professor; devia passar das 7, ou melhor, era pouco antes das 8.

— Está bem. E o que vocês fizeram em seguida?

— Mais nada. Voltamos para nossas casas.

— E por que não contaram nada disso aos seus pais?

— Porque aquilo foi horrível, senhor professor. A visão deles explodindo em pleno ar foi algo tão medonho que nem sei se seria capaz de relatar, mesmo num confessionário — respondi de um fôlego.

M-ski voltou a sorrir.

— Mas acabou relatando a nós; e não a um padre!

— Vocês são daqui? — indagou repentinamente o de uniforme.

— Não compreendo — respondi, porque efetivamente não consegui atinar qual teria sido o propósito daquela pergunta.

— O que quero saber é se os seus pais são daqui.

— Sim, senhor oficial. Meus pais são daqui. Meu pai e minha mãe nasceram em Gdansk.

— Muito bem. — M-ski estava concluindo o interrogatório. — E quanto aos pertences de Weiser? Vocês encontraram vestígios deles?

— Não, senhor professor. A explosão foi tão violenta que nem chegamos a procurar nada. Vimos aquele resto do vestido por mero acaso.

— Pode ir e chamar o seu colega — falou o diretor. — Vamos, o que está esperando?

Pela primeira vez desde o início do inquérito me senti mais seguro.

— Piotr, é a sua vez — falei para ele da porta, e quando ele passou por mim dei-lhe a mesma piscadela que nos dera Szymek, indicando que tudo estava se passando como tínhamos combinado e da forma como aqueles três haviam desejado desde o início.

Sentei-me na cadeira dobrável e fiz um sinal para Szymek que ele captou de imediato. O zelador ficou bocejando, abrindo a boca e mostrando uma fileira de dentes escurecidos e podres, enquanto eu me lembrava do que se passara em seguida.

Logo na manhã seguinte, quando estive na loja de Cyrson, ouvi a seguinte conversa entre duas das nossas vizinhas:

— A senhora ouviu? Pegaram aquele maluco que andava por Bretów assustando as pessoas.

— Aquele lá não era louco, minha cara; era um pervertido.

— Jesus Maria! Um pervertido, diz a senhora?

— Sim senhora; um pervertido. Onde já se viu um maluco normal correndo pelo cemitério e tocando os sinos? Que tipo de maluco coloca um capacete na cabeça e fica desfilando pelas ruas? Um maluco normal, minha senhora, se faz de Napoleão ou de Mickiewicz.

— Pois a minha cunhada — uma nova mulher se meteu na conversa. — A minha cunhada diz, e ela sabe das coisas porque mora naquelas bandas, que não se tratava de um louco mas de um homem inspirado, quase santo, que certa vez subiu num telhado e ficou dizendo coisas como se fossem de Escrituras Sagradas.

— Como, "Escrituras Sagradas"?

— Bem, não exatamente, mas como se fossem. Falava o tempo todo de Deus e dos castigos divinos pelos nossos pecados.

— Que coisa! Isto comprova que se tratava de um maluco. Quem deve falar de Deus é o padre; para isso é que ele existe. Em cima de um telhado, a senhora falou?

— Sim, do topo de um telhado. Aí veio a polícia, mas ele conseguiu escapar.

Chegou a minha vez de fazer a compra, de modo que não ouvi o resto da conversa, e, ao sair da loja, dei de cara com Szymek.

— E então, está mais calmo? — perguntou ele, sem recriminação.

— Sim.

— Então leia isso — falou, empurrando para debaixo do meu nariz o jornal que levava para casa.

"AÇÃO CITADINA" constava na manchete, em letras garrafais.

— Do que se trata?

— Não pergunte, leia — respondeu impacientemente Szymek.

A notícia se referia à captura de um perigoso insano graças à ação dos felizes proprietários da Cooperativa Estatal de Plantação de Legumes e Hortaliças Rosa de Luxemburgo. Assinada com as iniciais KZ, não despertou em mim qualquer interesse.

— Já li — falei. — E daí?

— Daí, nada. Só que escreveram sobre ele, e não sobre nós.

— E você teria preferido que tivessem escrito sobre nós?

— Nesse caso, não. É melhor que ninguém saiba que o ajudávamos.

— Sim — respondi. — É melhor que ninguém saiba.

Atravessamos a rua. Da salsicharia atrás da loja de Cyrson emanava o desagradável e adocicado cheiro de tripas. Quando chegamos ao nosso prédio encontramos Weiser e Elka, que estavam saindo naquele exato momento.

— Venham hoje mais cedo, porque vamos fazer um piquenique — falou Elka alegremente.

— No lugar de sempre?

— No lugar de sempre — respondeu ela, preparando-se para correr atrás de Weiser.

— Um momento — falou Szymek, agarrando-a pelo braço. — Se vamos fazer um piquenique, não vamos precisar de algo para comer?

— Não se preocupe; já providenciei tudo. Vocês não precisam levar nada — respondeu ela, mostrando uma cesta que carregava na mão direita e dirigindo-se para a floresta.

— Um piquenique explosivo! — Szymek riu da sua piadinha. — Nada mau!

Mas o piquenique não teve nada de explosivo. Quando chegamos ao vale, Elka e Weiser estavam sentados debaixo do carvalho diante de uma toalha estendida sobre a grama.

— Onde você conseguiu essa toalha? — perguntou Piotr. — Com o padre Dudak?

— Cuidado para não manchá-la! — respondeu Elka. — Não está vendo como está impecavelmente limpa?

Tudo fora preparado com muito esmero. Era preciso admitir que quando Elka resolvia fazer algo ela o fazia com apuro: ao lado de tomates cortados em fatias havia pepinos e, no meio deles, um saleiro, manteiga num pote de porcelana e queijo amarelo, também fatiado. Sentamos à moda turca. Szymek tirou de uma sacola cinco garrafas de laranjada que havíamos comprado em conjunto para não irmos de mãos abanando.

— Muito bem — falou ela, botando sal nos tomates. — Vejo que vocês também trouxeram algo.

Quando tudo estava pronto, Elka tirou da bolsa um pão e uma faca. Passou-o para Weiser, que o cortou em fatias, passando uma a cada um em sentido horário.

— Pensando bem, um piquenique é uma ideia excelente — dizia Piotr, mastigando uma fatia de pão com tomates. — Comer numa floresta em vez de nas nossas casas. Por que não tivemos essa ideia antes?

Quanto a mim, perguntei a Elka qual era o motivo do piquenique.

— Ah, como vocês são burros! — riu ela, mostrando seus dentes de esquilo. — É a despedida das férias!

Aquilo nos entristeceu. Realmente, dentro de dois dias estaríamos na sala de ginástica, trajando camisetas brancas e calções escuros e ouvindo o discurso do diretor, no qual ele nos diria que o verão estava terminando, que estávamos descansados e queimados de sol e que ele estava feliz por novamente nos dar boas-vindas naqueles muros que nós deveríamos amar e respeitar. Só que normalmente o fim de um verão podia ser sentido em tudo — nos novelos de nuvens que, como asas de anjos, deslizavam sobre a baía no límpido ar dos últimos dias de agosto; no fresco sopro do vento, ainda não frio, mas salgado como num prenúncio de tempestade. A lenta agonia do verão podia ser sentida com a partida dos veranistas e o cada vez maior número de cadeiras de praia vazias nas areias de Jetlików. Mas desta vez, quando caiu um silêncio em torno daquela toalha branca, tudo era diferente — o verão parecia florescer num ar resplandecente e aquecido; a poeira acumulada por três meses cobria com sua camada cinza as folhas das árvores e samambaias; nem uma brisa, por mais suave que fosse, perturbava o quase tangível silêncio entre a terra e o céu plácido e imóvel, de onde chegava a nós o leve som de um avião invisível. Somente os grilos se comportavam como sempre, cricrilando o seu canto monótono. E, como em todos os anos nesta época do ano, surgiram as estranhas e misteriosas formigas munidas de finas membranas em forma de asas, e que desapareciam após duas semanas para reaparecer somente um ano depois, à mesma época.

— Cristo, o que eu não daria para que isso durasse ainda pelo menos um mês — quebrou o silêncio Szymek.

Mas ninguém estava disposto a conversar. Welser abriu a primeira garrafa de laranjada e despejou seu líquido borbulhante num copo que lhe foi entregue por Elka. O recipiente passou de mão em mão, enquanto eu me perguntava pelo motivo de tanta cerimônia, visto que sempre bebíamos diretamente do gargalo.

— Vermelha — observou com satisfação Piotr. — Não sei por que, mas a vermelha sempre tem um gosto melhor que a amarela.

Mas também dessa vez ninguém estava a fim de conversar, já que todo mundo que comprava laranjada na loja de

Cyrson estava careca de saber que a vermelha tinha mais gás e cheirava melhor do que a amarela.

Quando tudo foi comido e bebido, Elka guardou os utensílios na cesta, enquanto Weiser tirava do meio dos arbustos um detonador e, como sempre, se punha a ligar os cabos. Saímos de sob o carvalho e fomos para o outro lado do vale.

Eu já escrevi que a última explosão — muito embora àquela época não soubéssemos que seria a última — havia sido distinta das que a precederam. Também já escrevi que a nuvem de poeira, torrões de terra e tufos de grama pareceram um tornado escuro, quase negro, afunilado na parte inferior e alargado na superior; escrevi também o que ele me fez lembrar mais tarde. E embora essa minha comparação possa ter parecido pretensiosa e até fora do contexto, o que eu NÃO escrevi antes foi que o tornado se deslocava por quase todo o vale como um pião impulsionado pela mão de alguém invisível, sugando para seu interior galhos ressecados, folhas caídas das árvores naquele ano e no anterior, pinhas e até pequenas pedras. Igualmente, não escrevi que o tornado absorvera também a cesta que ficara debaixo do carvalho, fazendo com que todo o seu conteúdo, incluindo as garrafas de laranjada, caísse com estrondo por terra, enquanto a toalha branca descia lentamente, oscilando da direita para a esquerda e vice-versa.

Depois, Weiser e Elka despediram-se de nós — não de uma forma especial, mas com um normal "tchau" — e foram juntos na direção das montanhas. Já não consigo mais lembrar se estavam ou não de mãos dadas, mas, diante do que aconteceu no dia seguinte, aquele foi um detalhe de menos importância. Szymek teria dito "foram brincar de médico", mas eu não estou tão certo disso. Pode ser que eles tenham passado aquela noite no porão da olaria com ela tocando a flauta de Pã e ele dançando, caindo por terra, murmurando palavras numa língua incompreensível e levitando. Pode ser que tenham ficado vagando a noite toda pela floresta, ou se sentaram no topo de uma colina e ficaram aguardando o nascer do sol. Tudo é possível. De qualquer modo, a primeira pessoa que encontrei na manhã seguinte nas escadas do nosso prédio foi o avô de Weiser.

— Onde está David? — perguntou-me ele asperamente, e eu me assustei, porque o Sr. Weiser quase nunca saía de casa, e quando finalmente o fazia sempre tinha uma aparência ameaçadora.

— Não sei — respondi.

Ao que ele se inclinou em minha direção a ponto de a fita métrica pendurada no seu pescoço tocar o meu nariz.

— Você tem que saber — falou lenta e distintamente —, porque quem mais a não ser você há de saber?

Não sei o que teria acontecido caso naquele instante a Sra. Korotek não estivesse voltando para casa com as compras. Tendo ouvido o que o Sr. Weiser dissera, logo se meteu na conversa:

— Então o senhor não sabe que ele foi com Elka para Pszczólki?

— Para onde, minha senhora? Com quem? — indagou o Sr. Weiser, olhando para ela por sobre seus óculos.

— Para Pszczólki, Sr. Weiser. É um vilarejo perto de Tchew, a meia hora de trem daqui.

— Para onde?

— Estou lhe dizendo; para Pszczólki.

— Como?

— Já lhe disse; a meia hora de trem daqui. Elka foi lá visitar a avó e vai passar a noite na casa dela.

— E David?

— O senhor quer saber de David? Ele está sempre atrás dela. — A Sra. Korotek sorriu, mostrando os poucos dentes que ainda lhe restavam. — O senhor não sabia que ele não vê nada neste mundo além dela?

Mas o Sr. Weiser não se deu por satisfeito com a explicação. Ajeitou os óculos e tirou a fita métrica do pescoço.

— David sempre me conta tudo, portanto não consigo compreender por que não me falou disso.

— Então o senhor deve lhe perguntar quando ele voltar — respondeu a Sra. Korotek, dando o papo por encerrado.

Minutos depois ouvi o Sr. Weiser bater na porta do apartamento de Elka e perguntar sobre tudo, com a Sra. Wisniewski respondendo que sim, que achava que era isso mesmo, porque Elka perguntara se podia convidar um colega para aquela viagem e ela concordara, por que não deveria? Afinal, lá no vilarejo havia mais espaço do que ali, e ela ainda lhes dera alguma comida para beliscarem pelo caminho, porque da estação ferroviária até a casa da avó de Elka eles teriam que andar mais de 3 quilômetros.

E quando desci e atravessei o pátio, Szymek e Piotr já sabiam de tudo, pois, escondidos atrás da portinhola que levava ao jardim, ouviram a conversa toda. Até aquele momento, a única coisa que sabíamos era que Weiser não viajara para Pszczólki. Procuramos por eles na olaria, mas não os encontramos, sendo que a porta pela qual se entrava na área de tiros estava trancada por dentro. Também não os encontramos nem no vale, nem no cemitério e nem na pedreira. Haviam desaparecido. Acabamos indo pelo aterro ferroviário até a Estrada de Rebiechów, onde era possível sentar-se nos restos da ponte destruída e ficar olhando para os automóveis que ocasionalmente passavam 10 metros abaixo dos nossos pés. Só que dessa vez não nos sentamos; de pé na beirada da placa de concreto armado, ficamos cuspindo para baixo a cada carro que passava.

A parte restante dos destroços da ponte continuava no outro lado da estrada, sendo que o aterro descrevia um suave arco até chegar à boca de um túnel. E é exatamente lá, à sua esquerda, que tem início a cerca do manicômio, sendo que um pouco antes, ainda sob o aterro, flui o rio Strzyz, naquele ponto reduzido a um riacho. Para chegar à margem daquela ribeira não se deve caminhar sobre os dormentes de trilhos no aterro, mas por uma trilha na sua base — a mesma que M-ski usava para seus encontros com a dona de casa. A trilha terminava abruptamente ao chegar ao Strzyz. Para seguir rio acima era preciso enfronhar-se no meio da vegetação, assim como fizemos quando estivemos seguindo o nosso professor de ciências naturais. Já rio abaixo, o Strzyz forma uma pequena lagoa, desaparecendo em seguida na boca de um canal subterrâneo na direção da cidade. Vejo tudo isso nitidamente como num mapa gravado na minha memória e tenho a nítida impressão de que a qualquer momento soltarei um grito de alegria e estenderei a mão na direção daquele ponto no qual o riacho chega ao aterro, enquanto nós três, abandonando a ponte destroçada e tropeçando uns nos outros, correremos pela trilha. Pois teria sido exatamente lá, onde o Strzyz penetra no estreito túnel debaixo do aterro ferroviário, que nós teríamos visto Elka e Weiser sentados calmamente à beira daquele riacho; e — independentemente de quantas vezes eu me lembrar daquilo — nós sempre estaremos correndo ao encontro deles com a mesma algazarra e a mesma alegria, como se tivéssemos descoberto a Câmara de Âmbar* ou o tesouro do último rei dos incas.

Mas, afinal, como tudo terminou? Não, não como terminou aquele dia nem a história toda, pois esta história não tem um fim — o que eu pergunto é como terminou a investigação 15 minutos antes da meia-noite, quando Piotr concluiu seu depoimento e quando M-ski convocou o nosso trio ao gabinete. Ficamos alinhados diante da

* Considerada a oitava maravilha do mundo, a Câmara de Âmbar foi um presente de Frederico Guilherme da Prússia ao tsar Pedro, o Grande. Desmontada e levada pelos invasores alemães em 1944, não foi encontrada até hoje. A que se encontra no palácio imperial em São Petersburgo é uma réplica, inaugurada em 2003. (*N. do T.*)

escrivaninha, junto com o zelador; o ar fedia a fumaça e suor; do lado de fora das janelas, gotas de chuva tamborilavam nas vidraças, enquanto nós três fomos assinando, um após outro, os depoimentos e o rascunho do protocolo — em duas vias cada —, o que significava que cada um de nós deixara quatro autógrafos, confirmando a versão dos acontecimentos acertada entre nós.

Havíamos visto a última explosão no vale atrás do estande de tiro. Os corpos de Weiser e Elka ficaram despedaçados. Infelizmente nada mais sobrara além daquele pedaço do vestido vermelho que nós — apavorados — queimamos na pedreira naquele mesmo dia. Não sabíamos de nada sobre estoques de material explosivo além do que foi encontrado nos porões da olaria desativada. Sim, Weiser tinha uma velha e enferrujada metralhadora alemã que ele chegou a permitir um dia que nós tocássemos, mas isso era tudo. Não tínhamos mais nada a acrescentar. O primeiro a colocar sua assinatura enviesada foi Szymek; ele sempre escrevia com a mão esquerda e com letras inclinadas. Depois dele, Piotr — com letras tão grandes como moedas de 2 *zloty*. O último a assinar fui eu, e, no exato momento em que estava terminando, o relógio de parede bateu meia-noite.

— Muito bem — falou M-ski. — Agora vocês podem ir para casa; o sargento vai acompanhá-los.

O diretor ergueu-se da cadeira e abotoou o paletó, enquanto o zelador esvaziava os cinzeiros numa cesta de lixo. Sim, era um momento em que M-ski teria dito algo inspirado, uma bela frase, uma máxima do tipo: "Quem não deve, não teme"; indubitavelmente ele teria dito algo nesse sentido, mas a porta da frente da escola foi agitada violentamente enquanto alguém berrava, querendo ser ouvido apesar da chuva:

— Abram! Abram imediatamente! Abram!

À luz do lampião aceso pelo zelador e no meio de torrentes de chuva, vi o meu pai, acompanhado pelo Sr. Korotek e pelo pai de Piotr e, um pouco mais atrás, pelas duas mães — a de Szymek e a minha.

Meu pai adentrou o gabinete e, antes que alguém pudesse dizer algo, agarrou M-ski pelas lapelas e gritou:

— Acharam-na! Acharam-na!

E quando finalmente papai largou M-ski, todos começaram a falar ao mesmo tempo como numa recepção social ou num mercado, de modo que nos primeiros momentos não deu para entender patavina.

Sim, encontraram Elka à margem da lagoa, logo depois do túnel, onde o riacho se alarga no meio do juncal. Estava viva, mas ainda não recuperara a consciência. Não se sabe como ela foi parar naquele lugar. Durante as buscas, toda a região fora vasculhada, mas somente até o estande de tiro do Exército. Também ninguém sabia o que acontecera com Weiser. A polícia estava agora procurando por ele nas cercanias de onde Elka fora achada.

M-ski olhou para nós, e pude notar nos seus olhos aquele ar de suave surpresa igual ao que dava a um aluno que respondera corretamente às questões escritas no quadro-negro, ou quando dava nota 10 a um dever de casa.

— Diante disso — falou —, o inquérito não está concluído e vai ser encaminhado à procuradoria.

— Nada contra — respondeu meu pai. — Só que não hoje!

E ao dizer isso, olhou em volta de uma forma tão ameaçadora que caso M-ski, o diretor ou o de uniforme quisessem nos deter nem que fosse por um momento, ele certamente os teria agredido. Aí começaria uma tremenda confusão, ainda pior que aquela do bar Liliput, porque o Sr. Korotek e o pai de Piotr, ambos com cara de poucos amigos, plantaram-se ao lado de papai.

Só que o inquérito não foi reaberto na segunda-feira — nem em qualquer outro dia — porque assim que Elka recuperou a consciência foi interrogada exaustivamente, mas não se lembrava de nada, nem mesmo do seu nome ou de onde morava. Após três semanas já sabia onde morava, mas afirmava que era um menino e que se chamava Weiser. Não sabia o nome de diversos itens e, ao dizer à enfermeira "me dê o relógio", na verdade queria um prato de sopa. Foi somente no começo de outubro que voltou à normalidade, mas se recusava a falar daquilo, mantendo-se calada como um túmulo. O máximo que se permitiu foi afirmar que brincara com Weiser pela última vez em meados de agosto e que não se lembrava dos detalhes.

Àquela época o Sr. Weiser já havia morrido, e além do senhor procurador, que nos interrogou mais uma vez após um longo intervalo, ninguém mais se interessou por David. Dissemos ao procurador que obviamente nunca houvera aquele "enterro" do vestidinho e que víramos Weiser e Elka pela última vez logo após a explosão, dirigindo-se para a colina. E assim, a investigação foi dada como concluída, com a seguinte versão final:

Após a explosão, o deslocamento do ar atirara Elka para o meio das samambaias, enquanto nós, assustados, dávamos no pé. Não pudemos ver Weiser porque seu corpo fora destroçado pela explosão, nem Elka, porque ela desmaiara no meio dos juncos. Medo e fantasia fizeram com que imaginássemos ter visto Elka e Weiser andando na direção das montanhas. Não vimos; aquilo não passara de um devaneio de uns garotos traquinas que andaram brincando com material explosivo e, assustados com o que aprontaram, inventaram toda aquela história. Elka recuperou parcialmente a consciência, pelo menos para tentar voltar para casa, mas se perdeu pelo caminho, caiu na lagoa, mas conseguiu boiar até a margem antes que se afogasse.

Todas aquelas mentiras nos foram perdoadas, já que, como ficou patente, Weiser fora o responsável por nos ter incitado àquelas perigosas brincadeiras e foi o mais culpado de todos. Somente M-ski ficou olhando para nós com desconfiança até o último dia de aula, provavelmente por sabermos algo sobre suas práticas secretas.

E isso foi tudo? Sim, teria sido tudo caso não tivesse havido aquele dia no qual chegamos até o riacho, e Elka virou a cabeça em nossa direção e exclamou:

— Silêncio! Vocês estão assustando os peixes!

Era claro que ela estava brincando; o rio não continha peixes e eles não tinham caniços nem redes.

— O que vocês estão fazendo? — perguntou, ofegando, Szymek. — Todos estão procurando vocês.

— Estão nos procurando? — espantou-se ela. — Quem?

— Bem... — Szymek ficou confuso. — Para ser exato, o avô de Weiser, que está muito preocupado.

— Mas eu disse a ele que iria com Elka para Pszczólki — falou Weiser.

— Não minta! — respondeu Szymek, pela primeira vez elevando a voz com ele. — Não minta, pois nós ouvimos o seu avô perguntando a todos sobre você, sem saber onde você estava. Além do mais — acrescentou, num tom no qual havia um misto de admiração e ardente curiosidade —, vocês não foram para Pszczólki.

— Vocês não têm nada a ver com isso — respondeu Elka. — O que vieram fazer aqui; espionar a gente?

— Está bem — falou Piotr, de forma conciliadora. — Estamos pouco nos lixando para se vocês foram ou não foram para Pszczólki; mas o que estão fazendo aqui? Afinal, aqui não tem um mísero peixinho!

Elka olhou para Weiser, que, a essa altura, estava parado no meio do riacho com a água chegando à metade das suas panturrilhas.

— Não estamos fazendo nada — respondeu por ela e, após uma breve hesitação, acrescentou: —, nada de concreto; apenas preparativos.

Ele estava testando a nossa curiosidade, e nós sabíamos que nessas situações não deveríamos fazer perguntas, porque o resto seria dito logo em seguida.

— Preparativos para uma explosão especial — esclareceu. — Mas antes temos que calcular tudo, nos mínimos detalhes.

Olhei riacho acima, onde o Strzyz serpenteava por entre amieiros e aveleiras, e no mesmo instante compreendi o que ele tinha em mente. A ideia era genial: ao colocar uma mina dentro do túnel debaixo do aterro, a explosão iria tampar sua estreita entrada com torrões de terra, transformando-a numa represa de 7 a 8 metros de altura. E assim, no lugar onde estávamos agora se formaria um lago de verdade, chegando até as primeiras árvores da floresta.

— Genial! — sussurrou Szymek, a quem também agradara a ideia de bloquear a entrada do túnel. — Vamos poder nadar à vontade.

Em seguida acrescentou, fazendo um largo gesto abrangendo toda a planície do lado da Estrada de Rebiechów:

— Tudo isto vai ficar submerso!

— Sim — confirmou Weiser. — Tudo isto ficará coberto pela água, mas antes é preciso calcular a quantidade de terra que será deslocada e a força da explosão.

Piotr foi o único que não se encantou com a ideia de Weiser. Dizia que do outro lado da encosta já havia uma pequena lagoa na qual dava para nadar. Mas nós não o deixamos continuar, principalmente porque a lagoa em questão estava cheia de lodo e coberta de vegetação aquática, e só de pensar em mergulhar numa água como aquela dava para ficar com nojo.

— Alguém vai ter que entrar no túnel e medir exatamente o seu comprimento — falou Weiser. — Algum voluntário?

Apresentei-me imediatamente.

— Muito bem — falou ele, dirigindo-se a mim. — Preste atenção a onde vai pisar e conte cuidadosamente os passos.

O túnel não era alto. Seu teto — no ponto mais elevado e que ficava exatamente na metade da sua extensão — chegava à altura dos meus olhos. Fiquei de cócoras, olhando para aquele buraco negro.

— Alô! — Meu grito retornou sob forma de eco: alô... alô...

Entrei, apoiando as mãos nas úmidas e escorregadias paredes do túnel... Onze, doze, treze... Avançava cuidadosamente, pé após pé sobre plantas apodrecidas, lodo acumulado por anos e pedaços de tijolos... Vinte e um, vinte e dois, vinte e três... Senti-me envolvido por um fedor de mofo, lama e madeira apodrecida... Trinta e um, trinta e dois, trinta e três... Era um cheiro semelhante àquele da cripta do Cemitério de Bretów ou do porão da olaria desativada, mas ele não me assustou, assim como não me assustaram os muitos metros cúbicos de terra sobre a minha cabeça, pois no fim do túnel e no meio da escuridão que me envolvia... Quarenta e dois, quarenta e três, quarenta e quatro... Pois no fim daquela escuridão eu já vislumbrava o cada vez maior ponto de saída, e a sensação de frio foi diminuindo sensivelmente... Cinquenta e nove, sessenta,

sessenta e um... Até ser cercado pelos ardentes raios de ofuscante claridade, semicerrar os olhos e me endireitar, porque já me encontrava do outro lado.

— Quatro minutos — ouvi a voz de Piotr junto da saída do túnel. — Quatro minutos cravados. Não dava para fazer mais rápido?

— É lógico que dava — respondi —, mas eu não queria errar a contagem dos passos.

Subimos o íngreme aclive do aterro, e quando chegamos ao topo Piotr apontou com o dedo para o hospício, visível dali por cima das copas das árvores.

— Você acha que ele está lá? — indagou.

— Sim — respondi —, tenho certeza que sim, porque não o mataram naquele dia.

Lembro-me de que, quando estávamos iniciando a nossa descida no outro lado do aterro, meu pé ficou preso por algo fincado no chão. Era um dormente coberto de hera, um dormente daqueles sobre os quais são assentados os trilhos de trem. Elka e Szymek nos aguardavam dentro do riacho, com Weiser à sua margem. Tinha uma vareta na mão, e vi que desenhava algo num lugar onde o solo estava livre de vegetação.

— O que você está fazendo? — indaguei, mas Elka me disse logo para não atrapalhá-lo.

Weiser desenhara um quadrado subdividido em outros quadrados menores e, usando a vareta, ora escrevia, ora apagava, ora escrevia novamente alguma coisa em cada um dos quadradinhos.

— Quantos passos? — perguntou, sem erguer a cabeça.

— Sessenta e um — respondi, e ele novamente escreveu e apagou algo, como se aquilo fosse um ábaco.

— Venha cá! — chamou-me Elka. — Não está vendo que ele está ocupado?

Fui ter com eles, mas antes consegui contar os quadradinhos — eram 36, divididos em seis colunas de seis.

Piotr dizia que, caso a explosão não desse certo, toda a planície se cobriria de água, que, não tendo por onde escapar, chegaria até a estrada.

— E aí o que poderá acontecer? — perguntei, mas Elka não pareceu preocupada com aquilo.

— Virão bombeiros e soldados e abrirão uma nova passagem ou um novo túnel; enquanto isso, teremos tido tempo de tomar banho à vontade e sumir — explicou alegremente, como se estivesse se referindo a uma excursão a Jetlików.

— E nós vamos ficar olhando para o trabalho junto com o resto do pessoal — falou Szymek. — Ninguém vai conseguir descobrir quem fez aquilo.

— E se ainda um trem passasse sobre o aterro — acrescentou Piotr —, aí sim, teríamos um espetáculo e tanto!

Weiser desfez com o pé os seus quadrados.

— Já acabei — falou. — Tudo está claro.

— E agora? — perguntei impacientemente.

— Agora preciso verificar quais são os melhores pontos para a colocação das minas. Você viu se no túnel havia cacos de vidro? — falou, virando-se para mim, e eu logo compreendi que ele iria entrar lá.

— Não — respondi. — Posso ir com você?

— Não. Fique aqui.

Elka aproximou-se dele e disse:

— Eu também quero ver.

E no momento seguinte vi ambos chegando à entrada do túnel, inclinando suas cabeças e desaparecendo naquele buraco escuro, assim como eu fizera pouco antes, enquanto Piotr subia correndo o aterro para aguardar por eles do outro lado.

Fiquei parado com as mãos apoiadas na abóbada de concreto armado, vendo a silhueta de Elka andando agachada atrás de Weiser e ouvindo o cada vez mais tênue som dos seus passos misturado ao murmúrio de água corrente. Finalmente, à tênue luz do sol na outra extremidade do túnel, vi os já quase indistintos contornos dos seus vultos, que foram se desmanchando até desaparecerem por completo.

Quanto tempo aquilo poderia ter durado? Não estou pensando na demora resultante da travessia — indago quanto tempo poderia ter-se passado até eu ouvir o grito de Piotr:

— O que aconteceu?! Onde eles se meteram?!

Szymek afirmava que foram entre oito e dez minutos, mas nem àquela hora, e ainda menos agora, quando estou escrevendo isto, serei capaz de dizer quanto tempo se passou. Piotr ficou aguardando do outro lado — aguardava e contava; contava e aguardava — até ficar entediado com aquilo e olhar para dentro do túnel. Como não os viu, imaginou que tivessem encontrado os locais adequados para a colocação das minas e dado meia-volta. Diante disso, subiu e desceu o aterro vindo para o nosso lado, onde me encontrou parado diante da entrada daquela passagem subterrânea. Pensei que ele estivesse brincando quando falou: "Eles não saíram por aquele lado", enquanto ele achou que era eu quem estava querendo me divertir à sua custa. E foi somente após algum tempo que nos demos conta de que aquilo não era uma brincadeira nem dele nem minha — mas de Weiser.

— Não é possível! — falei. — Lá não existe nenhuma bifurcação, nem mesmo um nicho no qual eles pudessem se esconder.

Mas a verdade era que eles não estavam nem deste nem do outro lado do aterro. Szymek e eu passamos mais de uma hora chafurdando no interior daquele túnel, dando pancadas em cada pedra, cada fenda, cada tijolo e cada pedaço de cimento. Eu gritava: "Weiser! Acabe logo com essa brincadeira de mau gosto! Onde vocês estão?!", mas, exceto o murmúrio da água e o eco, nada nos respondia. Permanecemos lá até o anoitecer — eu, à entrada do túnel, Szymek à saída e Piotr no topo do aterro —; tudo em vão.

Voltamos para casa cabisbaixos, pois embora cada um de nós estivesse convencido de que não acontecera nada de grave e que certamente eles apareceriam no dia seguinte para a cerimônia da abertura oficial do ano letivo, aquele desaparecimento tivera um quê de anormal. Era como se Weiser tivesse preparado aquilo para gozar da nossa cara, algo que até então jamais fizera.

Quando deixamos para trás o Cemitério de Bretów — porque caminhamos pelo aterro — e quando, tendo chegado ao topo da Colina de Bukow, vimos os telhados das casas do nosso bairro e, mais ao longe, a pista de pouso do aeroporto e a baía, emanaram do mar as primeiras rajadas de um vento fresco e revigorante. Junto das casas, onde terminava a floresta, senti pesadas gotas de chuva, grandes como uvas. Caíam sobre o solo e logo eram por ele absorvidas, mas eram seguidas imediatamente por outras, de modo que, em questão de minutos, não somente a rua e a nossa cidade, mas o mundo todo se viu mergulhado em cinzentas torrentes pluviais.

Aqui termina esta história. Meus pensamentos a respeito de Weiser perturbam-me a tal ponto que não irei mais escrever sobre eles, embora os tenha guardado na memória e no coração.

Mas sobrou Piotr. E foi para ele que juntei as folhas manuscritas e, tendo-as embrulhado com papel betumado, enfiei o pacote numa fenda na placa de cimento.

— É você que está aí? — perguntou ele.

— Sim, sou eu — respondi.

— Por que veio hoje? Ainda não é Dia de Finados.

— É que eu trouxe uma coisa para você. Leia e eu virei amanhã para conversarmos.

Piotr não respondeu; o que queria dizer que estava de acordo.

Não consigo explicar a razão pela qual resolvi ir àquele encontro a pé. Começo passando pela Colina de Bukow, na qual as bem-conservadas aleias não lembram em nada os tempos de outrora. À minha esquerda deveria estar o Cemitério de Bretów. É aqui. Vejo uma grande praça sem nenhum túmulo com inscrições góticas. As árvores foram derrubadas. Junto da igrejinha de tijolos vermelhos, um buldôzer empurra com sua lâmina pedaços de pedras e fragmentos de lápides e cava o terreno para as fundações de uma nova igreja, muito maior do que a atual. O buraco tem alguns metros de profundidade e as dimensões de um campo de futebol. Sigo em frente. Lá, onde ficava a cripta, ergue-se um prédio de quatro andares. Seus primeiros moradores penduram cortinas e, apesar do frio, limpam as vidraças, que os pintores sujaram. Agora estou no aterro ferroviário. Lá, onde por cima das copas das árvores da floresta dava para enxergar as colinas que circundavam o estande de tiro, agora só dá para ver prédios recém-construídos, com paredes ainda não caiadas. Um, dois, três e, mais atrás, um quarto. O topo do aterro é ainda pior que o daqueles tempos — foi danificado pelas rodas de caminhões e de automóveis dos proprietários dos lotes. Continuo andando pelo aterro na direção da Estrada de Rebiechów, que, a essa altura, nem lembra mais uma estrada. É apenas uma rua, com calçadas, postes e muitos carros. Sinto-me cansado, como se fosse muito velho, e me arrependo por não ter pegado um ônibus. "Mas quem sabe", penso, "se não foi bom poder ter olhado tudo aquilo?" Porque Piotr sempre inicia as nossas conversas indagando por notícias da cidade e exige que eu lhe conte tudo, detalhe por detalhe. Diante disso, vou olhar mais uma vez em volta e, depois, irei até o cemitério no qual ele está enterrado. Sem pensar mais, desço pela rua, depois viro para a direita, volto a subir e — pronto — chego aonde deveria chegar. À direita do portão do cemitério está o caminho que leva ao hospício. Caso o seguisse e passasse pelos seus pavilhões de janelas gradeadas teria chegado ao lugar no qual vi Weiser pela última vez. Mas não foi para isso que empreendi esta jornada. Por enquanto, preciso conversar com Piotr. Sento-me na placa de cimento e ajeito o meu cachecol.

— Você leu? — indago, sem a certeza de ele estar disposto a bater papo.

— Sim — responde ele.

Ficamos em silêncio por um bom tempo. Em seguida, tiro o manuscrito da fenda e guardo-o na pasta. Mas Piotr não inicia a nossa conversa com o costumeiro "o que há de novo?". Hoje, o nosso bate-papo adquire um caráter um tanto diferente — o que pressinto assim que ele faz a primeira observação:

— Você não descreveu o vestido que Elka trajava.

— Quando?

— Quando vocês estiveram à beira do Strzyz.

— É óbvio que era vermelho.

— Pois isso deveria ter sido mencionado.

— O mesmo que ela trajava no aeroporto.

— Que seja. Mas o que você tem a dizer sobre as armas guardadas por Weiser? No inquérito consta que foram achados somente explosivos. Quanto às armas, nem uma só palavra!

— Porque foram encontrados apenas bananas de dinamite e detonadores. Weiser deve ter escondido as armas antes de nós o procurarmos na olaria. Você se lembra? A porta que dava para o esconderijo estava trancada por dentro.

— Lembro.

— Pois é. Ele deve ter previsto e planejado tudo detalhadamente, você não acha?

— Passemos para outros detalhes. A sua descrição de M-ski está perfeita; ele foi exatamente assim. Mas ele jamais seria capaz de cometer erros no campo de botânica ou de ciências naturais. Nunca trocou o nome de uma planta, de uma borboleta ou de uma classificação, e você

— Quer dizer que não se tratava de uma *Arnica montana*?

— É evidente que era uma *Arnica montana*, mas você escreveu que M-ski a classificara como pertencente à primeira subfamília: *Liguliflorae*, ou seja, com flores linguladas, sendo que M-ski jamais cometia erros desse tipo. À primeira subfamília pertencem, por exemplo, *Scorzonera hispanica* ou *Taraxacum officinale*, mas...

— Cristo! O que vem a ser isso?

— *Scorzonera hispanica*? É uma planta que conhecemos como "erva viperina". Já a *Taraxacum officinale* é o nosso dente-de-leão, aquela plantinha que solta pequenos paraquedas quando a sopramos. Essas, sim, pertencem à subfamília *Liguliflorae*, e não a *Arnica montana*!

— Como você sabe tudo isso? Certamente não foi M-ski quem lhe ensinou!

— Já a *Arnica montana* pertence à segunda subfamília, a de flores tubulares, *Tubuliflorae* em latim; a mesma à qual pertence, digamos, a *Achillea millefolium*, o nosso simples mil-folhas.

— E isso é tão importante assim?

— Já que você escreveu sobre M-ski, sim. Mas isso não é tudo... Peguemos o tal Horst Meller. Você descobriu quem foi ele?

— Pelo amor de Deus! Pare com isso! Quem poderia se importar hoje com quem foi Horst Meller?

— Concordo. Mas o problema é que volta e meia você escreve sobre um detalhe sem importância, enquanto a ação principal fica suspensa no ar. Aquela história de formigas com membranas em forma de asas... Ninguém se interessa tanto por formigas. Ou então, por que descrever o cheiro que emanava da salsicharia atrás da loja de Cyrson? Não acha que exagerou?

— Não. Já que você citou o caso da subfamília da *Arnica montana*, então as formigas e a salsicharia são igualmente importantes.

— Só falta você dizer que tudo é importante.

— Pois saiba que é isso mesmo; ou tudo, ou nada.

— Então por que você não escreveu que eu sempre tive medo do escuro? Que eu tinha medo de corredores e porões mal iluminados? Mesmo lá, na margem do Strzyz, eu não tive coragem para entrar naquele maldito túnel. Fiquei do lado do fora, esperando por eles e contando o tempo que se passava, mas não entrei. Por que você não escreveu isso?

— Mas como eu poderia saber disso se você estava do outro lado?

— Você não viu a minha silhueta?

— Não. Só as costas de Elka, andando agachada naquela direção. Mais nada.

— Mais uma coisa: que história é essa de "diretor"? A escola fundamental não tinha diretores, mas "dirigentes".

— É verdade. Foi só mais tarde, quando você não estava mais entre nós, que eles passaram a ser chamados de diretores.

— E então?

— Se você considera isso importante, posso transformá-lo em dirigente. Acho que ele não vai ficar chateado; há muito tempo que está aposentado.

— Afora isso, tudo se passou como você descreveu.

— E você não tem nada a acrescentar?

— E o que você esperava? Li o manuscrito e comentei o que achei que deveria ser comentado.

— E quanto a Weiser?

— O que tem Weiser?

— O que você tem a dizer sobre ele? Afinal, ficou claro para nós que ele jamais quis ser um artista de circo. Ele nos enganou o tempo todo. Onde ele está agora?

— Você escreveu tudo isso e não sabe?

— Sei mais do que sabia, mas não tudo. É por isso que vim falar com você. Preciso saber a verdade.

— Eu mantive a minha promessa, mas você continua com as suas perguntas.

— O que aconteceu com ele?

— Já falamos o suficiente.

— O que aconteceu com ele? Piotr, por que você permanece calado? Por que parou de responder?

E assim, você voltará a caminhar mais uma vez sobre aquela trilha que leva ao cemitério, primeiro descendo e depois subindo e, depois, descendo novamente. Você parará na margem da fugitiva água do riacho, vendo-a penetrar na entrada do túnel. Você entrará naquela água gelada e parará junto da entrada daquela passagem subterrânea, apoiando as mãos no úmido concreto. Você encherá seus pulmões como se estivesse no topo de uma montanha, e gritará: "Weiser!" O eco lhe responderá com sílabas abafadas — mas só o eco, nada mais. A água que gorgoleja sobre a soleira de concreto é a mesma de sempre, e, não fosse o céu encoberto, você acharia que estava de volta no tempo. Você gritará novamente "Weiser! Eu sei que você está aí! Saia imediatamente!", e atirará uma pedra dentro daquele buraco. Nenhuma resposta virá do meio do marulho. "Weiser, seu porco imundo, saia daí!", você gritará cada vez mais alto, "Está me ouvindo?!" Você enfiará a cabeça naquela abertura escura e, afundando cada vez mais na água, avançará de joelhos sobre ervas limosas, musgo e pedras, em direção ao ponto de luz na outra extremidade. "Weiser!", você voltará a gritar, "Não tente me enganar, seu filho da puta, eu sei que você está aí!" Você ouvirá um ribombo, como se um trem estivesse passando no aterro acima da sua cabeça, mas ninguém responderá ao seu chamado. Finalmente, você sairá do túnel. Encharcado e coberto de lama, você sentará à beira do riacho e, tiritando de frio, vai se lembrar daquele velho mote: "Davizinho Weiser não participa das aulas de religião." Você olhará para o céu onde, por trás das nuvens cor de chumbo, roncavam os motores de um avião invisível. E, em vez de dizer algo, em vez de praguejar ou blasfemar, você ficará matutando sobre como tudo que seus olhos viram e tudo que suas mãos tocaram já se transformou em pó. Você ficará olhando para a frente com um olhar vago e imóvel, sem mais ouvir o murmulho da água e nem mesmo o uivo do vento que encrespará seus cabelos emaranhados.

Este livro foi composto na tipologia Chaparral Pro, em corpo 11,5/16, e impresso em papel off-white 80g/m² no Sistema Cameron da Divisão Gráfica da Distribuidora Record.